아버지의 괭이꽃

저자 최제순

하움출판사

《아버지의 괭이꽃》을 시작하면서

괭이꽃은 사실 아버지의 고통만을 먹고 아버지의 손에서 자라던 누런 괭이에 화사한 꽃을 붙여 표현한 것입니다.

우리의 아버지들은 평생토록 이런 괭이꽃이 손바닥에서 피워 나게 하면서 살아오셨습니다.

가족을 위해서 그래야 했습니다.

아니, 그럴 수밖에 없었습니다.

아버지라서 그랬습니다.

아버지라서 그럴 수밖에 없었습니다.

아버지는 그래야 했습니다.

그런데 그런 아버지도 결국에는 세상을 떠나야 했습니다.

떠날 수밖에 없었습니다.

생각해 보면,

우리 아버지의 삶을 되돌아보면

우리 아버지가 평생을 살아오신 시간이,
그렇게 긴 시간은 아니었던 것 같습니다.

그런데!
아마 그래서일 것입니다.
아버지를 생각하면
아버지의 손바닥에서 자라던 괭이꽃이 생각나고,
괭이꽃을 생각하면
아버지의 고통스러웠던 그 날들이 생각이 납니다.

누구도 알 수가 없는 괭이 꽃 속에는
아버지가 살아오시면서 겪은 고난과 고통의 날들이 하나도 빠짐없이
세세하게 들어 있습니다.
그래서 나는 내가 세상을 살아오면서 체험한 다른 무엇보다도 소중하
게 아버지의 힘들었을 날들을 마음속에 간직하고 삽니다.

아버지가 세상에 살아 계시던 어느 날이었습니다.
그날 아버지는 새벽에 일어나 방을 나서 마당으로 가셨습니다.
그리고는 마당을 가로질러 집 처마에서 헛간까지 길게 쳐 있는 빨랫
줄 아래 서서 새벽달이 둥실 떠 있는 하늘을 보고 긴 한숨을 내뱉으셨
습니다.
이유는 알 수 없었지만,
나는 그런 아버지의 모습을 보았습니다.
순간 나는 반쯤 감긴 눈으로 생각에 잠겼습니다.

"우리 아버지에게 무슨 일이!

우리 아버지가 이 세상에 해결할 수 없는 일도 있을까!" 하는 생각이 들었습니다.

그리고 정말 궁금하기도 했습니다.

하지만 그런 생각도 순간이었습니다.

동쪽 하늘이 붉게 열리면, 나는 책보를 허리에 질끈 동여매고 학교를 향해 가야 했습니다.

그런데 사실은 며칠 전부터 내 머릿속을 지배하는 일들이 벌어지고 있었습니다. 학교에만 가면 바로 내 옆에 앉은 친구가 하필이면 그 귀한, 아니 아무도 함부로 신을 수가 없는 운동화를 신고 학교에 와서 앉아 있는 것이었습니다. 그 멋지고 탐이 나는 운동화를 신고 말입니다.

그래서 나는 몇 날 며칠을 속앓이만 끙끙하다가 마음을 단단히 먹고 책보를 허리에 질끈 동여매고 집을 나서며 아버지를 조르기 시작했습니다.

"아부지! 나 오늘 운동화 사 주세요! 다른 친구들은 다 운동화를 신고 학교에 오는데, 나만 운동화를 안 신고 다녀요! 동네 점방에도 운동화가 있대요!"

"그래야! 그놈의 운동화를 오늘 꼭 사 줘야 되겠냐! 오늘은 너 보다시피 이렇게 바쁜게, 다음에 사 주면 안 되겠냐?"

"아따, 아부지! 다른 친구들은 다 운동화를 신고 학교에 오는데, 나만 운동화를 안 신어서 얼마나 창피한지 몰라요! 그래서 그래요! 아부지, 오늘 운동화 안 사 주면 나 학교 안 갈래요!"

"그래야! 그것은 네 맘대로 해라! 그런데 선생님이 운동화 안 신고 오면, 어째 공부를 못 하게 한다더냐!"

"아니요!"

"그러면!"

"선생님은 절대로 그런 말 안 했어요! 아따 아부지, 점방에서 내일 돈 준다고 하고 사 주면 되잖아요. 외상으로라도 사 주세요!"

"그래야, 그러면 외상은 어떻게 갚고야! 이놈아 너는 참 속도 없고, 철도 없구나! 그렇게 뭣을 몰라도 모르냐! 사람은 형편에 맞게는 살아야 한다, 이놈아! 너는 왜 그렇게 너만 생각하냐. 너는 도대체 우리 집 형편을 모르는구나! 하나 나는 일을 해야 한다. 혹시 느그 어매한테 한번 말해 봐라!"

"어매요! 어매가 어디 계신다요, 안 계시는데요!"

"그래, 그것은 나도 모르겠다. 오늘은 하여튼 그렇다! 나는 이제 저 똥장군 지게를 지고 밭으로 갈란다!"

"아부지! 아따, 아부지!"

"이놈아! 너는 왜 그렇게 이 애비 말을 안 듣냐! 이 애비가 오늘은 그렇다고 하지 않느냐! 어째 너는 그렇게 철이 없냐! 오늘 당장 그깟 운동화 한 번 신지 않았다고 해서 사람이 죽는 것도 아니고, 또 그것이 그렇게 급한 일도 아닌데, 이놈아! 네가 지금 그깟 운동화 타령이나 할 때냐! 논에서는 벼가 다 타 죽지를 않나, 가뭄 극복을 하려고 동네 사람들이 모여 관정을 파고 난리인데, 어떻게 아무리 어려서 생각이 없다지만 지금이 그럴 때냐! 이놈아, 생각이 있거라! 응?"

하지만 나는 아버지의 이런 역정도 무시하고 운동화만 사 달라고 떼를 쓰고, 조르는가 하면 급기야 억지까지 부리기 시작했습니다. 두 손을 눈에 대고 가식적으로 엉엉 우는 소리까지 내고 울면서까지.

그런데 아버지는 아무렇지도 않다는 듯 고개를 떨구며 한숨 소리를 내며 "자, 가 보자." 하더니, "예끼, 오살 놈의 세상!" 하고는 허리를 구부리며 지게 밑으로 들어가셨습니다. 그러고는 두 손을 무릎에 대고 "어이 차!" 하고 소리를 내며 힘들게 일어나더니 똥장군 지게를 진 채로 집을 나섰습니다.

그런데 그때까지만 해도 나는 아버지는 내가 떼만 쓰기만 해도 없는 것도 착착 만들어 내는 특별한 기술을 가지고 계신 줄만 알고 있었습니다.

물론 그때는 너무 어려서 철이 없어도 한참 없었고, 또 아버지가 처한 현실과 아버지의 마음을 몰라도 한참 몰라서 그랬겠지만, 그때 그 순간을 생각하면 "오늘은 돈이 없어서 그러니 다음에 사면 안 되겠냐!" 하는 말을 차마 못 하신, 아버지의 그 마음은 얼마나 아팠을까! 하는 생각에 마음이 아픕니다.

아마 아버지는 마음으로라도 울면서 이렇게 말씀을 하셨을 것입니다.

"예끼, 이놈아! 너는 그렇게 이 아버지의 마음을 모르냐! 참 철이 없구나! 이 애비도 너한테 무엇인들 다 해 주고 싶단다. 무엇이라도 더 해 주고 싶지! 그런데 지금 우리 집의 현실은 너 한 사람보다는 우리 식구가 보리밥 한 그릇이라도 더 배부르게 먹는 것이 더 급한 것을!

그리고 너는 누구보다도 현실을 두 눈으로 똑똑히 보고 있지 않느냐. 그런데 네가 그래! 그리고 네가 보다시피 내가 한순간이라도 앉아 쉬기를 하냐? 정말 뼈가 빠지도록 일만 하고 있지 않냐! 그래도 우리 식구 사는 것은 팍팍하기만 하고, 눈만 뜨면 먹을 것 걱정해야 하는 판 아니냐?

나라고 왜 소중한 아들인 네가 원하는 것을 해 주고 싶지 않겠냐! 더구나 너는 내가 얼마나 사랑하는 아들인데!

그뿐만 아니라 바로 네 옆에 의자에 앉아서 공부하는 아이가 하필이면 운동화를 신고 학교에 온다는데!

하지만 그래도 더 급한 것은 우리 식구들 목구멍이 포도청이라는 것이다. 그래서 아무리 네가 떼를 써도 이번만은 어쩔 수가 없단다!"

그래도 아버지는 그날 똥장군 지게를 지고 들녘으로 가서 지게를 내려 놓고 하늘을 보고 목놓아 울었을 것입니다.

그러던 나도 아버지가 되었으며 어느덧 아버지의 나이까지 먹게 되었 습니다. 그러고 보니, 이제서라도 아버지의 마음을 조금이라도 알 것 같 습니다. 그래서 생각합니다.

세상에 어느 아버지라도 자식은 누구의 자식보다 자기 자식이 더 소중 하다는 것을 잘 알고 있다는 것을, 그리고 자기 자식이 남의 자식에 비해 더 천한 모습으로 학교에 가는 것을 보고 싶어 하지 않는다는 것도.

그리고 세상에 아버지는 다 그러하실 것이라고 믿습니다.

더구나 그 시절에는 꽁보리밥 한 숟갈이라도 배부르게만 먹을 수 있다 면 그보다 더한 행복은 없다고 생각되는 그런 시절이었습니다.

그런데 철이 없어도 한참 없던 나는, 아버지는 세상에 없는 그 무엇도 만들어 내는 특별한 기술이나 능력이 있는 줄만 알고, 내가 원하는 것만 있으면 무조건 해내라고 떼를 쓰고 조르기만 한 것입니다.

그런데 아버지는 "차마 오늘은 돈이 없어서 도저히 안 되겠다, 내일 사 주면 안 되겠니!" 하는 말을 하지 못하고 자신을 한탄하며 가슴으로 울 었을 것입니다.

그런 아버지 마음을 조금도 헤아리지 못하고 나는 무조건 조르고, 억 지만 부리며 떼만 썼으니, 그때 아버지 마음은 얼마나 아팠을까요!

지금 생각해도 가슴이 아픕니다.

어머니께서는 나를 낳아, 젖을 물려 먹여 가며 키워 주시고,

아버지께서는 나의 빡빡머리와 고사리 같은 손을 쓰다듬으며 올바르

게 자라라며 길러 주시고, 나는 그 따뜻한 부모의 품 안에서 쌔근쌔근 잠을 자며 포동포동하게 자라 책보를 허리에 묶고 학교에 갈 만큼 자랐는데, 바로 그 순간부터 자신이 원하는 것만 있으면 무조건 아버지라서 해내야 한다며 조르고, 떼를 쓰고, 억지만 부려댔으니, 그때 말로는 할 수가 없는 아버지의 마음은 얼마나 아팠을까요!

사람이 사람을 가장 힘들게 하는 것은,
사람이 사람을 무시하는 것이며,
도저히 할 수 없는 것도 무조건 해내라며 억지를 부리는 것입니다.

또 사람이 사람을 역겹게 하는 것은,
없는 것도 만들어서 내놓으라고 까탈을 부리는 것이며, 고통 속에 허덕이고 있는 사람에게 또 다른 고통을 주는 것입니다.

저는 이제라도 어린 시절 철도 없고 중정도 없었던 것을, '내가 왜 그랬을까!' 하고, 후회하며, 또 아무 생각도 없이 아버지에게 무작정 떼만 썼던 것을 반성합니다.
그러면서 "참 나는 그때 철이 없어도 너무 없었어. 그리고 세상도 모르면서 왜 중정도 없이 그러기만 했을까!" 하며 뉘우치기도 하고 반성도 합니다.

그리고 그때를 곱씹어 가며 생각해 봅니다.
그러면서 그때 "아버지는 그래서 새벽이면 일어나 마당으로 가서 하늘을 보고 계셨구나!" 하는 생각을 합니다.

아버지!

우리 아버지!

아버지는 그때 하늘을 보고 이런 말씀을 하셨죠!

"달아, 달아! 누가 내 마음을 알거나!

눈만 뜨면 일어나 뼈가 으스러지도록 일을 해도 세상은 팍팍하고, 조금이라도 나아지지는 않고, 그렇다고 내 마음을 알아 주는 사람도 없고! 세상 사는 것이 이렇게 팍팍해서야, 원! 참 세상은 답답하다. 그래도 어쩌겠냐! 일, 일은 해야지. 그래야 먹고라도 살지. 팔자려니 생각하고 죽는 날까지 일은 해야 해! 내 마음을 누가 알아주든 말든 그런 것은 상관도 없고, 나는 일을 해야 한다. 그래야 나는 아버지고, 아버지라서라도 나는 일을 해야 한다."

그러면서 아버지는 하늘이라도 내려앉을 듯 그렇게 크고 긴 한숨을 내뱉으신 겁니다.

사람은 육체적 고통보다 마음이 아플 때 웁니다.

울음은 소리 내서 우는 것보다는

가슴으로 울 수밖에 없는 슬픔이 더 큰 상처가 있는 것입니다.

나는 이제 아버지를 아무리 보고 싶어 해도 볼 수가 없습니다.

또 아무리 만나고 싶어 해도 만날 수가 없습니다.

그래서 아버지에게 이런 말이라도 하고 싶습니다.

"아버지! 정말 죄송합니다,

아무것도 모르는 내가

왜 아버지 마음만은 그렇게 아프게 했는지!

아버지 정말 죄송합니다.

그리고 아버지!
이제 내가 아버지를 그렇게 힘들게 하며 살아왔는데
아버지의 나이를 먹었습니다.
그래서일까요!
아버지가 그렇게 힘들어하셨을 날들이
하나하나 새록새록 생각이 나며 가슴에 새겨집니다.

그런데 아버지는,
제가 아무리 그리워해도,
제가 아무리 보고 싶어 해도
아버지는 결코 볼 수가 없습니다.
아니, 결코 돌아올 수도 없는 아버지가 되어 계십니다.

아버지!
제가 그렇게 가슴 아프게 했던 날들을 잊어 주실 수는 없을까요!
아버지가 아니 계시니,
아버지와 함께 좋았던 날들보다는 아버지의 가슴을 아프게 했던 날들
로 인하여 아버지가 더욱더 그리워지고, 아버지의 소중함까지도 더 알
게 되는 것 같습니다.
아버지!
이제 이런 생각조차도 참 부질없다는 것을 압니다,
아버지!

그런데 아버지!

내가 만약 나의 사랑하는 자식들에게 이런 말을 하면 어떻게 생각할까요!

"자식들아, 내가 사랑하는 나의 자식들아!

너희들도 금방 내 나이를 먹을 것이다.

그러면 나와 같은 생각을 하게 될 것이고,

그때서야 내 마음도 알게 될 것이다."

그런데 아버지!

정말 이러기라도 할 수 있다면 좋겠습니다.

이 또한 나만이 갖는 자식들에 대한 기대로 끝이 나고 말 것입니다.

하지만 아버지!

말의 의미가 얼마나 어떻게 전달이 되고 이어질지는 모릅니다.

그래도 꼭 이런 말은 남겨 놓으려고 합니다.

"아버지께 죄송했다는 말!

아버지가 그렇게 소중하더란 말!"

그리고 생전에 아버지가 하셨던 말들을 토씨 하나 틀리지 않게 기억하며 살려고 합니다.

"너, 이놈아! 항상 네가 살아 있다는 것과 살고 있음에 감사해라!

그리고 네 옆에 있는 모든 것들과 사람들을 소중하게 생각해라!

그리고 매사에 진실로 임하며 노력하거라!

세상에 진실한 노력 이상의 것은 결코 없다!"

그리고 아버지!

그동안 저와 생사고락을 함께했던 사사로운 것들까지도 마치 이 순간을 기다리기라도 했다는 듯, 저와의 작별을 고하려는 것 같습니다.

세상이 윤회하는 섭리라는 생각도 들지만,

그 속에 작별을 통한 소중한 가치도 있는 것 같습니다.

이 또한 아버지가 냉철하게 가르쳐 주신 이별에 대한 참 진리가 아니겠습니까!

아버지!

아버지가 생전에 하시던 말씀 그대로,

생명이 있는 것이라면, 세상의 그 어떤 것도

반드시 이별을 고하게 되어 있는 것 같습니다.

아버지!

아버지를 진심으로 그리워하며

아버지를 깊이깊이 생각하며

열심히 살겠습니다.

아버지!

낳아 주시고 키워 주시고,

오늘에 내가 있게 하심에 감사드립니다.

아버지를 생각하고 그리워하며

나를 이해하고

나를 사랑해 주신 분들께 꼭 감사하며 살겠습니다.

또

시대의 변화에 순응해 가며

참 순수한 진리를 찾아 나서는 한 사람으로라도 남겠습니다.

감사합니다.

2024년 초겨울에

중도에서 최 제술

1부

2부

3부

4부

5부

1부

괭이꽃

괭이꽃은 아버지의 손에서 누렇게 자라고 자라던 괭이가 오직 아버지의 고통만을 먹고 어느 날 꽃을 피우는 것을 말합니다.

괭이꽃은 아버지가 그 어떤 고통이라도 참고 이겨 내야만이 반드시 피울 수 있는 인내의 꽃, 고통의 결과가 아버지의 손에서 남은 결과의 꽃이기도 했습니다.

그런 괭이꽃이라서 아버지가 그 어떤 고통이라도 반드시 이겨 내야만이 피어나는 꽃이었습니다. 그래서 아버지는 비가 오면 오는 대로, 눈이 오면 오는 대로 맞으며, 그 고통과 슬픔을 이겨 내며 반드시 꽃이 피어나게 했습니다.

그런 괭이꽃이라서,
괭이꽃은 아무나 피워 낼 수 있는 꽃이 아니었으며,
오직 아버지만이 피워 낼 수 있는 유일한 꽃이었습니다.

어느 날 그런 괭이꽃이 아버지 손에서 자라면서 아버지를 정말 힘들게 하면 아버지도 어쩔 수 없었습니다.
그런 날이면 아버지는 손에 바늘을 들고 양지에 앉아 괭이꽃을 산산조각 내며 파내기 시작했습니다.

그러다 손이 아프면 손을 입에다 대고 호호 불며 참기도 하고, 그도 여의치 않으면 손에든 담뱃불로 지져서 꽃의 동맥을 끝까지 찾아서 끊어 버려야겠다며 어금니를 지그시 물고 작심을 하기도 했습니다.

아버지는 그동안 손이 그렇게 아파도 참아 왔다며 인정사정 볼 것이 없다고 그랬습니다.

하지만 괭이꽃 역시 생존을 위해 아버지의 마음을 냉정하게 거부하고, 아버지의 고통만큼의 꽃은 피워 내야 한다며, 꼭 피워 내야 한다며 생명을 버린 적은 결단코 없었습니다.

그런데 이쯤에서 끝이 났으면 참 좋으련만, 아버지의 손에서 자란 괭이꽃의 상처는 어머니의 마음까지도 아프게 했습니다.

피로 얼룩진 상처투성이의 괭이꽃을 본 어머니는 아버지의 손을 잡고 흔들며, "얼마나 아플까! 얼마나 아프요!" 하고 아버지의 손을 잡고 호호 불며 눈물을 글썽이며 긴 한숨을 내뱉기도 했습니다.

그러면서 이렇게 말씀을 하셨습니다.

"괭이꽃아! 괭이꽃아! 너도 살아야 해서, 꽃은 피워야 한다고 하겠지. 하지만 우리 당신 너무 아프게 하지 마라!

우리 당신! 말은 '괜찮아 이 사람아! 뭘 이 정도야!' 하지만, 나도 모르고 너도 모르는 어딘가에 가서는 얼굴을 두 손에 묻고 흐느끼기도 한단다. 아니, 가슴을 쥐어짜며 통곡하기도 한단다.

'내가 무엇을 위해서 이렇게 살아! 내가 누구를 위해 이렇게 살아! 내가 이러려고 사는가!' 하면서.

괭이꽃아! 너도 살기 위해서 우리 당신에게 그 힘든 고통을 주겠지만, 그런다고 해서 우리 당신이 그렇게 쉽게 쓰러지고 무너질 그런 나약한 사람은 아니란다.

아버지란다. 우리 당신이 사는 이유는 오직 아버지로서 본분과 막중한 책임이 있어서 산단다. 그래서 비가 오나 눈이 오나, 자나 깨나 아버지로서의 본분을 위해 산단다.

괭이꽃!

너는 우리 당신이 없어서도 아니 되겠지만, 우리 당신이 울지 않으면 화려하게 꽃을 피울 수도 없고 화려하게 웃을 수도 없지.

그도 꼭 하필이면 우리 당신의 고통만큼의 꽃을!

발바닥에도, 복숭아뼈에도, 어깨에도, 허리에도, 등에도 그렇게 화려하게.

하지만 우리 당신의 입가에 행복한 미소가 보이기 시작하면 너는 그 소중한 몸과 꽃잎까지도 자신도 모르게 사라져야 하지.

그래서 괭이꽃!

너는 내가 아무리 잊으려고 해도 절대 잊을 수가 없는 꽃이야!

괭이꽃!

너는 아버지를 생각하면 도저히 잊을 수가 없는 꽃이야!

너는 이름은 괭이꽃이지만 우리 아버지의 고통을 먹고 자랐어.

또 우리 어머니의 가슴에 상처를 주었어.

너는 내 마음에 상처로 남아 있는 꽃이야!

괭이꽃아!
그 어떤 시련과 힘든 고통이 와도, 우리 꼭 잊지 말고 기억하며 살자!

그러다 내가 떠나는 날 너도 떠나면, 우린 한 줌의 흙이 되어 어딘가에서 또 만나기만을 기대하면서….”

병원 가는 길

장날이 되면 침묵만이 흐르는 우리 마을버스 정류장에서도 도란도란 사람들의 이야기꽃이 피워집니다. 장에 가기도 전인데 마치 보고 싶어 하는 사람을 보기라도 한 것처럼, 또 만나고 싶어 하던 사람을 마치 만나기라도 한 것처럼.

그러면서 장에 가서 사야 할 물건들도 많다고 말은 하는데, 실은 온몸이 쑤시고 어찌나 아픈지 병원에 먼저 들러야 한답니다.

우리 동네 사람들을 마을 입구에 있는 버스 정류장에서 태운 마을버스는 종점이 읍내에 있는 버스터미널입니다. 그래서 버스가 종점에 도착하면 우리 동네 사람들은 자연스럽게 '아이고야, 아이고야.' 소리를 노래 삼아 부르며 버스에서 내립니다. 그리고 마치 누가 시키기라도 한 것처럼 일렬로 자연스럽게 줄을 서며 병원을 향해 한 걸음 한 걸음 발걸음을 옮깁니다.

그리고 병원에 도착하면 바로 침대에 올라가 물리치료도 받고, 팔뚝에 링거 주사도 맞으며 옆에 있는 사람과 이야기도 실컷 나눕니다.

그런데 어제만 같아도 그랬는데 어찌 된 영문인지 요즘 장날은 과거에 비하면 하루가 다르고 달라도 너무 다릅니다.

그렇게 많은 사람이 북적거리고 구경거리도 많은 장이라고, 장날이라고 했는데, 구경하는 사람도 없고 을씨년스럽기만 합니다. 거기에다 신기한 것도 없고, 그렇게 장날을 장날답게 하던 뱀 장사마저도 발길을 끊어 진짜 아득한 옛날이야기가 되어 있습니다.

그뿐만 아닙니다. "뻥이요! 뻥뻥!" 하고 목청을 높여 가며 뻥튀기기에 바쁘던 뻥튀기 장사도 이제는 가뭄에 콩 나듯이라도 볼 수 있으면 그나마 운이 좋은 장날이라고 생각해야 할 정도입니다.

또 온통 장바닥을 그렇게 떠들썩하게 해서 정말 장날의 맛을 잊을 수가 없게 하던 소와 돼지 그리고 염소와 닭이 중간상에 의해 주인이 바뀌던 장터도 땅속에 자취를 감추어 버린 지는 꽤 오래전의 이야기입니다.

그러니 우리의 기억 속에 있는 소와 돼지, 닭의 울음소리까지도 들을 수가 없는 장날이 되어 있습니다.

닭 한 마리라도 다리와 날개를 새끼로 꽁꽁 묶어 장으로 가지고 가서 사기도 하고 팔기도 하고, 또 보자기에 곡식 한 됫박이라도 싸서 들고 장에 가서 팔고 사고 하며 돈도 만지고, 돼지고기 한 근이라도 사서 먹을 수 있던 장날의 이야기는 이제 아득히 멀어져 버린 옛날이야기가 되어 버렸습니다.

또 장터의 후미진 구석, 그것도 함석지붕 처마 밑에 얼굴이 검게 타고 주름까지 가득한 할머니가 입맛을 다시고 앉아서 나물을 팔다 덤으로 한 주먹을 주기도 하던 장터의 서정적인 모습은 아예 그림으로 그릴 수 있는 사람조차도 없는, 그런 현실의 삶을 우리는 살고 있습니다.

따라서 우리가 생각하고 기억하는 오일장의 그 전원적 풍경은 오직 아련한 추억 그 자체일 뿐입니다.

그래서 요즘 현대판 장날은 이렇습니다.

과거처럼 그렇게 신기하고 이상한 물건이 많아 구경거리라도 있으면 좋으련만, 그도 없으니 사람들이 구경도 나오지 않습니다.

또 거기에다 고물가 시대여서 그런지 물건값 또한 천정부지로 하늘에 닿을 정도입니다. 그래도 시대가 양산한 손수레를 끌고 다니는 장사가, 할아버지들 귀에 속삭여 물건을 파는 그런 장사는 있습니다.

하여튼 그렇게 흔하고 흔하던 장날의 덤, 인심마저도 사라지고 없는 것입니다.

다만 하나 진화에 진화를 거듭한 뻥튀기 장사는 그래도 차에 뻥튀기 기계를 싣고 나타나 뻥뻥 튀기고 있습니다. 그래서 운이 좋은 장날에는 말이라도 한마디 잘해서 김이 모락모락 나는 뻥튀기 한 주먹이라도 덤으로 얻어먹을 수 있는 행운이 있기를 기대해 보기도 합니다.

하지만 장날 장터에 서서 시간 가는 줄 모르고 그렇게 흥미진진하게 구경하던 닭싸움을 볼 수 없다는 것은 정말 아쉽습니다.

또 장터 옆 후미진 곳에 있는 국밥집에서 누렇게 때가 낀 나무 탁자 위에 소주 한 병을 탁 놓고 앉아서 장날 종일을 죽치고, 그렇게 푸짐하던 국밥을 안주 삼아 만나는 사람과 술잔을 주고받으며 나누던 그 정겨움까지도 사라져 버리고 있다는 것은 참 가슴 아픈 일이기도 한 것 같습니다.

현대판 장날을 한마디로 말하라면, 참 볼 것도 없어 쓸쓸하고 고독한 장날이 되어 있다고 해야만 할 것 같습니다.

문제는 오일장만이 아닙니다.

우리 마을 사람들이 하루하루 기다리는 것이 겉으로는 오일장 같지만, 사실 장날은 병원에 가는 날이라는 것입니다.

지팡이에 의지하고 걸을 수밖에 없는 우리 마을 사람들!

네 바퀴 수레에 의지하고 걸어야 하는 우리 마을 사람들!

입에서 아이고 소리가 저절로 나오는 우리 마을 사람들이!

말은 장날이라고 기뻐하지만 실은 병원 가는 날이 되어 있다는 것은 썩 아쉽습니다.

그래서 우리 마을 사람들은 병원에 가면 첫마디를 이렇게 시작합니다.

"아이고 의사 선생님! 나 죽겠어, 밤새도록 온 삭신이 얼마나 쑤시고 아팠는지, 한숨도 못 잤어! 저번 장에 와서 맞은 그 주사 좀 놔 주쇼! 저기 올라가서 누울게라요!"

"아따, 아짐! 뭣이 그렇게 바쁘요? 말하는 것 본게, 금방은 절대 안 죽겠는데. 입으로 죽는다는 사람 치고 금방 죽은 사람 여태껏 본 적이 없는데! 그나 일단은 좀 기다리쇼, 먼저 온 사람이 있은게, 내가 금방 봐 줄게라요. 금방 죽을 병은 절대 아닌게, 마음 놓고 있으쇼. 저번처럼 보채지 말고, 세 살 먹은 애도 아닌게! 저 할매 좀 보쇼, 내일모레 구십이라는데 저렇게 점잖게 앉아서 기다리고 있는 것 좀 보쇼. 하여튼 먼저 온 손님 좀 빨리 보고 올 게라요, 잉!"

"그래라요! 글면, 나는 의사 선생님만 믿고 기다리고 있을라요, 잉! 그래도 원장님! 나 죽지는 않고, 살기는 살 거소!"

"하따, 참말로, 그런단 말이요. 바빠 죽겠는데, 그 속에서도 죽을 걱정은 안 하고 살 걱정이네! 아짐, 내가 시방 뭐라 그라요. 아무것 걱정하지 말고 저기 가서 그냥 기다리라고 안 하요. 아짐은 그냥 아무렇게 살아도 백 살은 넘게 산다니게! 아따, 참말로 사람을 지글지글 볶은 놈에 죽것네! 일할 사람도 없는데."

"정말 그래라요. 호다, 그러기만 하면 얼마나 좋겠소!"

"아짐 같은 사람은 걱정도 하지 말고, 밥 잘 먹고 측간만 잘 갔다 오면 된단게요!"

"참말로라요? 내가 그것은 정말 잘하는데, 선생님도 보는 눈은 있네!"

"그나 아짐! 아재는 잘 계신다요! 저번 장날에 아재 얼굴 본게, 어째 얼굴이 시커멓고 없던 점도 생기고 그랬던데, 혹시 어디가 아픈 것은 아니라요?"

"아따, 의사 선생님이라 그런지 눈 끝이 매섭기는 하네, 잉! 어째 하필 그런 것만 보았소, 잉! 오살 영감이 얼마나 고집이 센지 몰라! 아마 그 고집으로 내기를 한다면 어디에 내놔도 일등은 할 것이여! 내가 다른 것은 다 그럭저럭 넘어가도 그 고집 하나만큼은 알아 주지. 특히 그렇게 먹지 말라는 그 염병헐 술은 뭣이 그렇게 좋다고 먹어 재끼는 줄 몰라! 제발 그 개 같은 술이나 좀 안 먹고 살았으면 좋겠어. 그 염병헐 술은 뭣이 좋다고 그렇게 날이면 날마다 고주망태가 되도록 처먹는지! 그렇게 처먹고도 안 아프면 사람이 이상하재. 그 인간이 아픈 것은 오직 술병이여, 술병! 그래도 그 인간은 참 멍청해. 그렇게 끙끙 앓으면서도 아프다고 말은 안 해! 그러다 영 못 참고 죽겠으면, 그때는 나를 불러. 그리고 얼마나 귀찮게 하는지 몰라! 그러면서 하는 말이, 군대 가서 죽도록 처맞아서 생긴 병이라나! 그런데 이 병은 날궂이도 해! 날이 어두침침해지고 빗방울이 떨어지려고 하면 이 인간이 나를 불러 어깨 좀 주물러 달라, 다리를 좀 밟아 달라, 허리에 파스를 좀 붙여 달라, 배를 손으로 좀 문질러 달라, 얼마나 나를 귀찮게 하는지 말도 못 해! 내가 생각해도 골병은 골병인데, 거기에다 밤낮없이 지게를 지고 일만 했으니 안 아프면 오히려 사람이 이상하재!

또 군대서 맞은 것도 맞은 것이라지만, 새끼들을 가르쳐 놔야, 우리처럼 남 종노릇 안 하고 산다며 밤낮없이 얼마나 일만 했어! 이런 정도면 사람이 쇠라고 해도 버티지 못할 것이여!"

"아짐! 그건 그러지, 그런게 더 건강하게 오래오래 살아야 해. 오순도 순 아재하고 사는 집에서 검은 머리가 파뿌리가 되도록 말이여! 새끼들 그 고생해서 다 가르쳐 놓았응게, 이제라도 그 덕도 좀 보고!"

"호다, 그러기만 하면 얼마나 좋게! 근데, 우리가 새끼들 덕 볼라 고 가 르쳐 간디! 거기까지는 바라지도 안 하제! 제 놈들만 잘 먹고, 잘 살기만 하면 되제. 근데 세상이 그래! 이놈의 세상이 어떻게 될라고 그러는지, 너무 시끄러워! 다 밥그릇 싸움 이것제, 오살 놈들! 금으로 된 밥을 먹고 사는 것도 아닌데 왜들 그렇게 서로 못 잡아먹어서 안달인지 모르겠어! 돈이나 권력이 죽어서 싸 들고 가는 것도 아닌데. 우리처럼 일밖에 모르 고 사는 사람들은 다른 것은 다 필요 없고, 안 아픈 약이라도 있어서 마 음대로 사서 먹고 살았으면 좋겠어! 그도 아니면 오래오래 사는 약이라 도 있든가!

그도 아닌데 귀신은 뭐 하고 있는지 몰라, 저런 놈들 안 잡아가고! 어 느 놈이 오래 사는 약이라고 주기만 해도 콱 그놈을 찍어 벌겠는데, 그런 놈은 눈 씻고 찾아도 없어! 그런데 입만 벌리면 거짓말 잘하는 놈은 왜 그렇게 많아! 그놈의 거짓말, 정말 아주 징해 죽겄어! 그전에는 TV에서 볼 만한 연속극도 있었는데, 어째 지금은 그런 것도 아예 없어! 한마디로 정말 세상이 염병을 하고 있어!"

"아따! 아짐, 그것이 어디 하루 이틀 일이요? 그것은 그놈들이 일상 하 는 짓인게, 나라를 말아먹든지 팔아먹든지 내버려둬 벌고, 얼른 올라가 서 엉덩이 보이게 옷이나 내리고 누우쇼! 팔뚝도 걷어 올리고라요. 그나 아짐은 기술자요. 야, 그 바쁘다는 사람 잡아 놓고 할 말은 다한 것 본게! 그나 다음 장에는 아재하고 꼭 같이 와서 진찰도 좀 받고 약도 사고 주사 도 한 대 맞고 그리고 가쇼! 아짐 알았지라요!"

"야, 알았소! 다음 장에는 내가 뭔 일이 있어도 다 팽개쳐 벌고, 우리 집 인간 꼭 데리고 나올라요, 의사 선생님! 내가 꼭 명심할 것인게, 오늘 나한테 한 말 절대 잊어벌면 안 돼요!"

"아따, 내가 다른 것은 다 잊어먹어도 아짐한테 한 말은 절대 잊어먹지 않을 것인게, 걱정은 하지도 말고요!"

우리 동네 아짐이 간호사의 치료가 끝났다는 말을 듣고 지팡이에 의지하며 병원 문을 나섰다. 병원 셔터가 마치 기다리기라도 했다는 듯 잘잘 소리를 내며 내려왔다.

내려진 병원 셔터에 파란 간호복을 입은 간호사가 나와서 '옆문을 이용하세요!'라는 안내판을 내걸었다.

장터에도 어둠이 깔리고 있었다.

읍내 버스터미널이 종점인 우리 동네 마을버스도 장터에서 마지막 손님 한 분을 태우고 출발하고 있었다.

어디선가 장터를 향해 바람이 불어왔다.

그 바람의 끝자락에 다음 장날은 어떤 모습일까!

다음에 장터는 어떤 모습일까!

다음 장날에 아재와 함께 병원에 오겠다는 아짐은 과연 그 약속을 지킬 수 있을까!

답은 어둠만이 알고 있을 터였다.

장닭의 운명

70년대!

그러니까 지금으로부터 한 오십 년 전은 되는 것 같습니다. 그때만 해도 시골집에서는 가족들에 대한 보양을 목적으로 닭을 키웠습니다.

그때 우리 집에서도 닭을 키웠는데, 요즘처럼 미국산으로 파란색의 알을 낳는 청계나, 동남아가 원산으로 깃털, 가죽, 살, 뼈까지 모두가 검은 빛을 띠고 있으며 풍증에 좋다는 오골계와 같은 다양한 종류의 닭은 사실 구경도 할 수가 없었습니다.

그래서 이탈리아가 원산이며 난용종이라는 레그혼 닭은 어떻게든 구해서 키워 보려고도 하던 귀한 닭에 속했습니다.

그래서 내가 알고 있는 닭에 대한 상식 또한 고작해야 닭의 수명은 7에서 13년 정도라는 것이며, 오골계는 풍증에 좋고, 청계는 재래 닭과 교잡되어 파란 알을 낳고, 또 그 알에는 불포화 지방산이 많이 들어 있어 고혈압에 좋다, 이 정도이며, 특별하게 다른 것이라면 아마 기억에 남아 있는 남의 닭장 속에 있는 닭을 잡아서 먹어도 장난으로 통하던 그런 시대의 이야기일 것입니다.

또 닭은 알을 낳으면 왜 꼬끼오 울까에 대한 의문이 이어지고 있으며 닭이 자신이 낳은 알을 가슴으로 품어 병아리를 부화해 낸다는 것이 참 신기하다는 것입니다.

또 닭이 자신의 노력으로 부화한 병아리를 날개로 포근하게 감싸주며 자라게 하는 것과 마당에 있는 두엄에서 지렁이 등을 비롯한 먹이를 찾아 병아리들이 쉽게 먹을 수 있도록 쪼아 주는 것 역시 참 신기하다는 것입니다.

이렇게 엄마 닭의 배려와 사랑 속에서 자란 병아리들이 걷는 모습을 우리는 '아장아장'이라고 정겹게 말해 왔습니다.

그러면서 우리는 암탉보다는 볏이 크고 꼬리가 길며, 그 꼬리가 하늘을 향해 서 있고, 암탉에 비해 화려한 색상의 옷을 입고 있으며, 새벽이면 일어나 꼬끼오하고 우는 닭을 장닭, 또 수탉이라고 부릅니다.

그런데 특이하게도 장애가 있는 닭이 아니라면 장닭은 새벽에 울어야 합니다. 만약 장닭이 새벽에 울지 않는다면 그 닭을 진짜 장닭이라고 부르는 사람은 없을 것입니다.

그런데 어느 날이었습니다.

아마 정월 대보름 하루 전이었던 것 같습니다.

내가 사는 집에서 가까운 읍내에 사는 친구네 집에 초대를 받아가게 되었습니다.

그 친구네 집은 튼튼한 기둥과 대들보가 서까래를 받쳐 주는 양옥집이었으며, 고령의 어머니와 아버지는 아직도 모시 적삼을 입고 마루에 앉아 계셔서 내가 보기에도 무척 행복이 넘쳐나는 그런 집이었습니다.

그런데 가는 날이 장날이라는 것을 마치 지칭이라도 하는 듯, 친구네 집 마당에 들어서자 하필이면 내가 평소에 그렇게 키워 보고 싶던 장닭이 친구네 집 마당에서 산뜻하게 유유자적 놀고 있는 것이었습니다.

그것이 다가 아니었습니다. 장닭은 자신이 진정한 우두머리라는 것을 보여 주겠다는 것인지, 주변에 암탉들을 신기하게도 거느리고 있었습니다. 그것도 오직 구구하는 한 소리로 신기하게도 말입니다.

사실 나는 친구네 집에 있는 장닭을 처음 본 그 순간부터 마음이 흥분되고 황홀해서 잠시도 눈을 뗄 수가 없었습니다.

거기에다 장닭의 탄탄하고 날렵한 몸매, 그리고 장닭이 입고 있는 형형색색으로 배치되어 있는 화려한 옷!

그리고 옆으로 살짝 비스듬하게 자빠져 있는 것 같으면서도 고부라져 있는 듯 서 있는 빨갛게 세워져 있는 볏! 그 아름답고 늠름한 장닭의 모습에 나는 정말 반하지 않을 수가 없었습니다.

그런데 그것이 다가 아니었습니다.

장닭은 또 자신에게 특별하게 다른 능력도 있다는 것을 보여 주겠다는 것인지, 자신의 주변에 있는 암탉들이 절대 흩어지지 않게도 했습니다. 만약 주변에 있는 암탉들이 흩어지려고 하면 두 날개를 활짝 펴고 날개춤을 추기도 했으며, 목을 길게 쭉 빼고 반쯤은 서서 '꼬끼오' 하고 울었습니다. 그러면 장닭 주변에 있는 암탉들은 우리 모두 알고 있어요, 하고 답이라도 하는 듯 두 눈을 몇 번 말똥거린 다음 고개를 들고 '구구, 구구' 하고 소리로 답을 하는 것 같았습니다.

참 신기하고 기이하게 사는 닭들의 모습이었으며, 장닭은 이렇게 월등한 통솔 능력도 있구나 하는 생각도 들었습니다.

하지만 나는 닭들의 이런 모습을 보면서 '요놈의 닭들이 말은 못 하지만 몸짓과 소리로 서로 소통하고 화합하고, 또 장닭의 통솔에 따르고 하는구나! 꼬끼오하고 울면 구구로 답하면서.' 하고 생각했습니다.

그런데 세상 누가 이런 장닭을 보고 반하지 않을 수가 있어! 만약 그런 사람이 있다면, 그 사람이 이상한 사람이지!

그러면서 내가 장닭을 집에서 키워 보겠다는 신념은 더 당당하고 굳게 되었습니다.

그러고는 나 자신도 모르게 "저런 닭을 키우는 사람은 얼마나 좋을까!" 하는 말을 아무 스스럼도 없이 내뱉고 말았습니다. 너무도 예쁘고 화려하게만 보이는 장닭에 반한 나머지 장닭에 대한 착각에 빠져서, 아니 나만이 가지고 있는 장닭에 대한 소유 개념이 강한 나머지 주변 상황에 대해서는 전혀 의식도 하지 않고 말입니다.

그런데 아차 하는 순간 이미 때는 늦어 있었습니다.

나는 아무 거리낌도 없이 순간적으로 말을 했지만 하필이면 내 옆에 서 있던 친구 형이 그 말을 듣고 만 것입니다.

순간 친구 형의 얼굴에 배여 있던 화사한 미소가 사라지고 찬바람이 슬쩍 지나갔습니다.

그러자 친구 형은 나를 보고 나직이 푸념을 섞어서 말을 했습니다.

"자네! 그렇게 닭을 좋아하는가! 그래, 그러면 내가 한 마리 줄게! 이따 갈 때 잡아서 가지고 가! 그런데 고양이도 못 잡은 닭을 어떻게 잡지?"

그러고는 밤이면 닭이 고양이를 피해 날아가서 잠을 잔다는 동백나무를 가르쳐 주었습니다.

그런데 예쁜 동백꽃이 피어 있는 동백나무는 온갖 상처투성이였습니다. 그 상처는 다른 것도 아닌, 하필이면 닭의 배설물이 만든 상처였습니다.

동백나무는 닭의 배설물로 인한 숱한 고통 속에서 생명의 위협까지 느껴 가며 급기야 얼굴까지 창백해지고 있었습니다.

동백나무는 언뜻 내가 생각해도 분명히 친구 형네 집에 밝은 기운이 들라는 정원수 역할을 돈독히 해 주고 있었을 것입니다.

그러면서 나는 동백나무가 맨 처음 친구 형네 집 정원에 심어질 때 친구 형의 마음과 현재의 마음에 의심이 들었습니다. 또 친구 형네 집에서 태어나고 자란 가족들이 가지고 있을 동백나무와 닭과의 생각에 대해서도 알고 싶어졌습니다.

　과연 동백나무가 정원에 있는 양옥집에서 자란 친구네 가족들은 과연 닭과 동백나무 중에 어느 것이 먼저이고, 어느 것을 더 소중하게 생각할까! 그리고 친구네 집에 터줏대감은 과연 닭이었을까! 동백나무였을까!

　또 친구 형네 집에 살겠다고, 살아 보겠다고, 전세 계약이나 임대차 계약을 먼저 한 것은 동백나무일까! 아니면 닭일까!

　과연 닭일까!

　동백나무일까!

　내가 생각하기에는 아무리 생각해도 닭보다는 동백나무가 친구네 집에 먼저 계약을 체결하고 들어왔을 것 같은데, 그래서 동백나무는 정원에 뿌리를 내리며 자리를 잡았을 터이고, 예쁜 꽃도 피우고, 또 그 자리에서 매년 때만 되면 예쁜 동백꽃을 피워 친구네 가족에 위로도 해 주고, 그러다 밤이 되면 길 건너에 있는 가로등 불빛과 은밀한 사랑이 낳은 연민의 정도 주고받고, 또 친구네 가족이 포근한 마음도 갖게 하고, 어둠 속에도 찬란한 희망이 있다는 것을 알려도 주고, 또 밤이면 찾아오는 달빛을 향해 "사랑은 고독한 밤에도 찾아오는 사랑이어야 합니다, 사랑은 서로가 외롭지 않으려고 하는 거랍니다. 사랑은 언제나 봄이면 피어나는 꽃처럼 향기 있는 마음으로 해야 합니다. 사랑은 언제나 가을이면 붉게 익어 가는 홍시처럼 향긋하고 진실하게 해야 하는 것이랍니다. 장닭을 예쁘다고 생각하는 사람이라면, 동백나무와 가로등 불빛이 아무도 모르게 하는 사랑처럼 그렇게 은밀하고 예쁜 사랑, 아름다운 사랑을 하세요. 동백기름처럼 윤택한 사랑을 하세요!" 하면서 말입니다.

　그런데 갑자기 친구가 불쑥 나서면서 "야! 까짓거, 어두워지면 닭! 장닭 그것 한 마리 딱 잡아서 가지고 가지!" 하고 당당하게 나섰습니다. 이 친구 정말 눈치가 전혀 없는 무대뽀 친구였습니다. 사실 이 친구는 무슨 일이 있어도 탱크처럼 저돌적으로 앞으로 전진만 할 줄 알지, 후퇴라고는 전혀 없는 그런 친구였습니다.

이런 친구라서, 혹시 자신의 형 생각이 바뀌면 어떡하지, 하는 불길한 생각이 들어서 단정적인 말로 아예 쐐기를 박아 놓은 것입니다.

그런데 내가 알고 있는 동백나무에 대한 상식은 이렇습니다. 동백은 차나무과의 상록활엽교목이며 관상용으로 이른 봄에는 가지 끝에 붉은 꽃이 피고, 늦가을에는 열매가 붉게 익으며, 씨로는 기름을 짜고, '다매' 또는 '산다'라고 부르기도 한다.

또 '동백목곡'이라고 있는데 이는 고려 충숙왕 때 채홍렬이란 사람이 먼 섬으로 귀양살이 가서 지은 노래로, 이 노래를 왕이 듣고 다시 불렀다는데 가사는 존재하지 않는다, 이런 정도입니다.

하여튼 동백나무는 나이가 들어도 예쁜 동백꽃을 피웁니다.
단물이 물씬 배인 참 어여쁜 동백꽃을 피웁니다.
가을이면 새색시의 볼처럼 빛나는 붉은 열매도 맺고.
그런데 하필이면 그런 동백나무 위에 밤만 되면 꽃이 아닌, 닭 열매가 열리고 있는 것이었습니다.
밤이 되면 닭들이 동백나무에 앉아 고양이들을 피하고 앉아 생명을 지키고 있는 것이었습니다.
달빛을 맞으면 윤기 나는 동백 구실도 톡톡히 하면서 말입니다.
자신들을 향해 다가오고 있는 운명은 동백나무도 장닭도 암탉도 까맣게 모른 채 말입니다.

물론 이런 사실을 알 턱도 없었겠지만.

사실 나나 내 친구도 사전에 닭이나 동백나무를 만나 이러한 일이 있을 것을 알려 주거나 암시조차도 한 사실이 전혀 없었으니까요!

그러다 시간이 지나가고 어둠이 왔습니다.

문밖의 세상을 어둠이 서서히 지배해 오고 있었습니다.

그러자 내 친구!

이 순간을 기다리기라도 했다는 듯, 일어나 겉옷을 챙겨 들고 현관문을 팍 밀치며 용기 있게 밖으로 나갔습니다.

그러고는 손에 들고 있는 휴대 전화기의 전등을 켜고 아장아장 야금야금 동백나무 밑으로 가서 고개를 좌우로 갸우뚱거리며 닭을 찾았습니다. 그러더니 나를 향해 입에 손가락을 대고 작은 목소리로 말했습니다.

"야! 이리와 봐, 빨리! 뭐해, 새끼야! 빨리 오라니까! 아야, 새끼야, 빨리 와 봐! 뭐 하고 있어! 저놈 아니냐? 저놈이지, 저놈이 맞지! 아까 우리가 집에 왔을 때, 맨 처음에 본 놈! 그 장닭, 맞지!"

"그래야! 글쎄, 그놈 같기도 하고 아닌 것 같기도 하고 그런다! 그런데 하필 저놈의 가로등은 왜 밤인데도 저렇게 삐딱하게 비추고 있대? 그런게 저 닭 새끼가 아까 그놈 같기도 하고, 아닌 것 같기도 하고 그런다, 야!"

"그래야. 글면, 여기 요놈이냐! 저 벼슬이 옆으로 구부러져 있는 놈! 아니다, 야! 저놈은 아까 본 놈 중에 덩치가 제일 작은 놈이다. 요 새끼가 맞다, 아까 그놈! 이리 와서 봐봐! 맞지, 온몸이 아까처럼 화려하잖아! 가로등 불빛으로 본 깨 확실히 보이잖아! 참 화사하잖아!"

"맞는 것 같아! 그런 것 같아!"

"글면 네가 저놈을 잡아! 너 저놈 단번에 콱 잡아야 한다. 그러지 못하고 만약 이 밤중에 저놈을 놓치면 정말 배꼽 잡는 일이다. 만약 닭을 못 잡고 놓쳤다고 생각해 봐라! 이 밤중에 닭은 살려고 도망가고, 우리는 죽어라 도망가는 닭을 잡으려고 쫓아가고! 정말 신문에 날 일이다. 이런 뉴스거리가 어디 있겠냐!"

"아야, 제발 웃기는 이야기 좀 하지 마라! 그러다 정말 그런 일이 벌어지면 어떻게 할라고 그러냐! 아마 실제로 그런 일이 벌어지면 세상 사람들이 '별 미친 것들도 다 있네, 그것도 밤중에 별일도 다 있다.' 그럴 것이다. 야!"

"그나저나 하여튼 저 장닭은 잡고 보자!"

"그래야지! 그건 당연하지, 이런 기회가 또 오겠냐!"

그러자 나는 마음을 단단히 먹고, 이를 악물었습니다.

그러고는 "장닭 너! 너는 오늘 죽었어, 너는 내가 오늘 젖먹을 때 힘까지 다해 한 번에 확 잡아버릴 거야!"

그런데 그 순간이었습니다.

달빛을 타고 밤만 되면 우리 동네 삼거리로 나가 친구들을 만나고, 또 그 친구들과 어울려 다니며 온 동네 처마란 처마는 다 뒤져 참새를 잡던 기억이 되살아나며 마치 한 편의 영화를 보는 것처럼 펼쳐지는 것이었습니다.

"참 그때가 좋았어! 그래 그때가 그렇게 좋았어. 정말이지, 정말 좋았어! 그때 그 별난 친구 놈들! 별스럽게 정말 별난 놈들이 다 있었지. 그래도 그놈들과 어울려 다니며 그렇게 심하게 놀았는데 그때가 참 좋았어. 그때는 밤만 되면 사랑방에 모여서 별의별 궁리를 다 하고. 참새뿐이 아니었지! 남의 집 닭장에 있는 닭도 잡아서 먹었고, 정말 닭 잘 잡는 놈도 있었고, 참 별별 짓을 다 하고 다녔지!

그렇게 온 동네를 다 뒤지고 다니고, 집 처마란 처마는 다 뒤지고, 그런데 그때 처마 속에서 잠자던 참새!

그 참새들 달랑 손전등 하나만 들고 다니며 많이도 잡았지, 우리 키보다 높은 처마에서 사는 참새는 친구 목마를 타고 올라가서 잡았고, 그런데 그때 손으로 잡은 참새, 생각과는 다르게 얌전하고 온몸이 따스했어! 그 참새를 털을 싹 뽑은 다음, 모닥불에 살짝 그을리고, 그다음에 내장을 걷어 낸 다음 냄비에 넣고, 고춧가루 간장을 부어 지글지글 볶아 먹으면, 그 맛은 정말 일품이었어! 정말 둘이 먹다 셋이 죽어도 모를 정도였지!"

하지만 나는 머리를 털며 기억을 정리하고 동백나무 옆으로 조심조심 한 발짝씩 다가갔습니다. 그리고 발가락 끝까지 온 힘을 주며 꼿꼿하게 서서 목을 쭉 뺐습니다. 그러고는 오른손을 순간적으로 쭉 뻗어 잽싸게 닭의 날개 죽지와 등을 동시에 탁 움켜잡았습니다.

"너, 이놈! 잡았다! 너는 이제 죽어도 좋아! 근데 어쩔 거나 이놈아, 나는 너를 이제 절대 놓칠 수가 없어!" 하는데, 바로 그 순간 동백나무는 혼비백산하는 닭들로 인해 전쟁터가 되고 말았습니다.

닭들이 살겠다고, 아니 살아야겠다며 푸드닥, 푸드닥 마음 내키는 대로 날지를 않나, 꼭꼭 소리를 내며 울지를 않나. 그런데 그 순간에도 달빛과 가로등은 조명탄처럼 빛을 내며 비추고 있으니 꼭 동백나무에서 일어난 전쟁! 정말 전쟁 그대로였습니다.

하지만 그런 전쟁 상황 속에서도 장닭은 우두머리답게 울었습니다. "꼬고 곡, 꼭꼭, 꼬끼오!" 하고 걸걸한 목소리로 말입니다.

그런데 내가 그렇게 키우고 싶어 하는 장닭이라서 그런지는 모르겠지만, 하여튼 장닭이 우는 소리가 마치 명곡을 명가수가 부르는 것처럼 내 귀에 들리는 겁니다. 그것도 장닭이 우는 소리가 말입니다.

아마 누가 이런 말을 들으면 나라고 해도 장닭에 미쳐도 한참을 미쳤다고 했을 것입니다.

하지만 나는 손에 잡힌 장닭의 아우성을 냉정하게 거부하고 살짝 웃음기가 띈 얼굴로 친구를 불렀습니다.

"아야! 장닭을 잡았다! 내가 닭을 잡았다고! 장닭을 내 손으로 내가 진짜로 잡았다고!"

"세상 별일도 다 있다, 응! 병신이 육갑한 것은 아니겠지? 그나 뭔 일 이래, 살다 보니 별 희한한 일도 있기는 있다, 응!"

"그래! 그런게 너는 잔소리 말고, 당장에 노끈이나 빨리 가져와라!"

"오매, 참 나! 아야 너는 정말 맹한데, 어째 그런 기술은 있대! 참 별일이다, 야! 혹시 닭이 이상한 것 아니야?"

"아야, 네가 지금 그러고 있을 때냐! 안 보이냐, 닭이 발광을 떨고 있는 것. 너 정말 그러면 닭을 꽉 놓아줘 버려!"

"오살 놈, 지랄하고 있네. 그도 자존심은 있어서, 닭 좀 잡았다고 생색내고, 너 좁쌀이지! 그지?"

하지만 내 친구는 말은 그렇게 하면서도 행동은 평소와 다르게 너무 빨랐습니다.

그 칠흑 같은 어둠 속에서!

그런데 어디에서 어떻게 찾아오는지, 아니면 이런 일이 있을 것이라 예상이라도 하고 마치 준비라도 해 놓은 것처럼 완전히 나의 예상을 깨고 그렇게 빨리 노끈을 가져왔습니다.

사실 친구의 행동은 워낙 느림보 거북이 같아서 별명이 굼벵이였습니다. 그런데 이번에 대처한 능력으로 보면 다람쥐라고 해도 전혀 이상할 것이 없을 정도였습니다.

더구나 웃기는 것은, 이 친구가 "여기를 좀 잡아야!" 하면서 장닭의 날개와 다리를 싸잡아 잡고 코까지 식식거리며 큰소리치고 묶는데 정말 할 말이 없었습니다.

그러더니 이 친구!

"아야! 요것들이야, 이렇게 제대로 안 묶어 놓으면 별의별 요술을 다 부려 버려야!" 그래도 이 친구는 마음이 안 놓이는 듯, 꼭 옛날 집에서 기르던 돼지를 팔 때 새기로 다리를 꽁꽁 묶어 저울에 근대를 달 때처럼 닭의 다리와 날개까지 새끼로 칭칭 감아 묶어 버렸습니다.

이제 장닭은 정말 옴짝달싹도 못 할 것 같았습니다.

하지만 장닭은 고고 곡 소리를 내며 거칠게 울어 재꼈습니다.

하지만 냉정한 내 친구는 닭이야 죽든 말든 관심도 없는 것 같았습니다. 그런데 갑자기 무슨 생각이 들었는지 내 친구는 장닭의 머리를 곱게 손으로 쓰다듬었습니다.

그러고는 "아야, 이놈이 예쁘기는 하다, 야. 응! 근데 이놈아 이제 가자! 너는 뒈지러 가는 게 아니고, 새 장가를 가는 것이다, 이놈아! 가서 잘 살기나 해라. 다른 암탉들 이놈, 저놈 무조건 좋다며 따먹지 말고, 사랑도 하지 말고! 이놈아, 알았어! 이 장닭 새끼야! 알았냐고."

그 순간 장닭의 대답 또 한 기가 찼습니다. 마치 알아듣고 대답이라도 하는 것 같았습니다.

갑자기 목을 꼿꼿하게 세우며, "꼭, 고곡" 하고 크게 소리를 내며 우는 것이었습니다.

그런데 이런 정도에서 온정을 베풀 정도로 다정하고 다감한 친구는 절대 아니었습니다.

순간 이 친구의 볼을 타고 살짝 귀여울 정도의 미소가 배어 나왔습니다. 그런데 이 친구의 손에는 벌써 천사 정미소라는 글씨가 선명하게 인쇄되어 있는 쌀 포대가 들려 있었습니다.

이 친구는 실밥이 나풀거리며 춤을 추는 쌀 포대 주둥이를 벌리더니, 포대 속을 향해 가차 없이 장닭을 툭 던져 처넣어 버렸습니다. 그러더니 쌀 포대를 들고 차 뒤로 갔습니다. 그러고는 차 트렁크를 열고 닭이 들어 있는 쌀 포대를 던져 넣었습니다.

그러더니 "야, 이제 됐다, 가자!" 하며, 두 손으로 바지에 묻어 있는 먼지를 툭툭 털었습니다.

그러면서 "야, 뭐하냐 빨리 가야지! 차 시동 걸어라! 왜, 가기 싫냐? 가기 싫으면 여기서 살고. 너 여기서 살래?" 하며 차 운전석 문을 열고 내 등을 밀었습니다.

운전석으로 들어간 나는 차에 시동을 걸었습니다.

시동이 걸린 차의 엔진 소리와 트렁크에서 아우성치는 닭의 소리가 서로 엇나간 장단이 되어 어둠 속으로 퍼져 나갔습니다.

꼭고곡, 꼭고곡~~~

척척 척척 착착~~~

나는 지그시 차의 브레이크를 밟으며 차의 P에 있는 변속장치를 잡아당겨 드라이버에 놓았습니다. 그러자 차의 와이퍼도 작동했습니다. 와이퍼가 차의 앞 유리로 쏟아지는 빗방울을 끌고 다녔습니다. 비가 오고 있는 것이었습니다. 겨울을 보내려는 봄비가 밤에 내리고 있는 것이었습니다.

빗줄기 사이로 가로등 불빛도 끼어들었습니다. 밤의 거리가 무척 혼란스럽게 보였습니다.

비가 내리는 밤의 혼란!

어둠 속에 있는 밤의 혼란에 비까지 내리자 내 마음 어딘가에서 처량함이 일기도 했습니다. 그런데 왜 밤의 거리를, 아니 어둠의 거리를 우산도 없이 비를 맞고 걸어야 하는 사람이 있을까!

무슨 사연이 있는 걸까!

왜 비를 맞고 걸어가야만 하는 사연이 있을까!

시련!

상처! 그래, 아무리 그렇더라도 자신의 행동으로 시련을 만들어 낼 필요는 없지!

세상에는 당신보다 불행한 사람도 얼마나 많은데!

그런 생각이 꼬리에 꼬리를 물면서도 차는 달렸습니다. 가끔 차창 사이로 침울한 가로등이 지나갔습니다. 번잡한 읍내 거리를 뒤로하고 적막하기 그지없는 시골길을 달린 차가 내 집 대문 앞에 도착했습니다. 나도 긴 한숨을 내뱉으며 차를 공회전 상태에 놓고 운전석에서 나왔습니다.

그리고 차의 운전석 문짝에 붙어 있는 트렁크의 열림 스위치를 눌러 놓고, 차 뒤로 가서 트렁크를 연 다음 장닭이 들어 있는 쌀 포대를 꺼내 들었습니다.

그런데 다리와 날개가 꽁꽁 묶여 있을 장닭이, 무슨 요술을 부렸는지, 쌀 포대에서 나와 금방이라도 도망갈 태세를 취하고 있었습니다.

"아니, 이게 뭐야! 거참 정말 이상하네, 분명히 닭의 날개를 잡아서 꽁꽁 묶었는데. 닭한테 다른 손발이 있는 것도 아닌데, 어떻게 쌀 포대에서 나왔지? 낮은 포복을 배웠을 리도 만무한데, 참!"

　　하지만 나는 생각을 멈추고 잽싸게 장닭을 잡아 다리와 날개에서 반쯤
은 풀려 있는 노끈들을 한 가닥씩 조심스럽게 가위로 싹둑싹둑 잘랐습
니다.
　　그러자 장닭도 긴장에서 해방되면서 안정감을 찾아가는 것 같았습니
다. 하지만 역시 장닭은 장닭이었습니다. 느닷없이 온몸을 거칠게 흔들
며 일어나 파드닥 날려고 하며 안달이란 안달을 송두리째 부렸습니다.
　　"오매, 이러다 내가 닭을 놓치면! 안 되지, 다 된 밥에 재 뿌리는 격이
지!"
　　그러면서 손에 힘을 꽉 주고 장닭을 제대로 움켜잡고, 닭장 앞으로 간 다
음 재빠르게 닭장 문을 열며 획! 닭장 안을 향해 장닭을 던져 넣었습니다.
　　그러자 그 순간 바로 닭장 안은 정말 아수라장이 되었습니다.
　　닭장 안에 있는 닭들은 모두가 놀라 이리 뛰고, 저리 뛰고, 정말 난리
도 이런 난리는 없을 정도였습니다. 그런데 그 속에서도 닭들은 몇 마리
씩 부류를 이루며 구석진 곳에 모였습니다. 그런 닭들의 눈과 내 눈이 어
느 순간에 마주쳤습니다.
　　그러자 닭들이 말하는 것 같았습니다.
　　"주인 양반, 이거 해도 너무 하는 거 아니어요! 아니 아무리 아닌 밤중
에 무슨 홍두깨라지만, 불침번도 없는 닭장이라고 그러는 거예요! 아니
하필이면 이 밤중에 사전에 예고도 없이 무슨 날벼락이세요! 더구나 난
데없이 장닭 손님은 또 뭐예요!"

　　그런데 제대로 신고식도 하지 못한 장닭은 생소한 환경과 초짜라서 그

런지 두 눈을 말똥거리며 "꼭고곡, 꼭고곡" 하고 울었습니다.

그러자 다른 닭들도 놀라 후다닥거리며 닭장 구석에 몇 놈씩 모여 두 눈을 말똥말똥 놀라움을 표시하고 있었습니다.

"흠, 네놈들 처음이라 그런다 이 말이지! 이놈들아, 그래 보았자 야! 금방이지, 금방이야! 처음에는 다 그래! 남남이라 어색하고, 하지만 그러다 정도 들고, 또 그렇게 사는 거야! 처음에는 좀 어색하고 그래! 그러다 정도 들고, 사랑도 하고, 다 그렇게 사는 거야, 요것들아!"

그러다 닭장 안이 조용해지며 침묵이 흘렀습니다.

그런데 닭장 위로 뻗은 매화나무 가지에 매달려 있는 꽃이 보였습니다.

매화꽃이 아무도 모르게 살짝 달빛을 만나 사랑을 속삭이는 것이었습니다. 그러자 시샘하는 바람이 나타나 매화나무 가지를 흔들며 닭장 안에 그림을 그려 내기 시작했습니다.

그 그림 속에 주섬주섬 닭들이 앉아 있었습니다.

그리고 자칭 용감하다는 장닭이 목을 쭉 빼고 꼬끼오하고 우는 소리까지 들어 있었습니다.

그러다 닭들이 서정이 넘쳐나는 매화꽃 그림자를 밟으며 꽃 속을 향해 걸어 들어갑니다. 달빛이 그려 놓은 매화꽃 그림 속에 장닭의 발도 그려집니다.

달빛이 밤의 정적을 배경으로 깔아 놓고 매화꽃을 시샘하는 바람까지 동원하여 닭발이 있는 그림을 닭장 안에 그려 놓고 있었습니다.

나도 잠시 닭장 안의 그림 감상에 빠져 있다, 닭장을 등지고 방으로 들어와서 잠을 청했습니다.

그러면서 과연 내일 아침 닭장 안의 모습은!

또 장닭은 과연 어떤 모습일까!

혹시 오늘 밤에 로또 복권이라도 당첨된다는 꿈이라도 꾸어졌으면….
그러다 나도 모르게 스르르 잠이 들고 말았습니다.

그런데 잠결에 꼬끼오하고 장닭이 우는 소리가 들리는 것 같았습니다.

그래 몇 번을 뒤척거리다 힘겹게 눈을 떴습니다. 그러고는 침침한 눈
을 손으로 비비고 벽에 걸려 있는 시계를 보았습니다.

두 개의 시곗바늘을 합하여 보니 새벽 4시 33분쯤 되는 것 같았습니
다. 그러다 바로 34분을 넘어가고 있었습니다.

그런데 이번에는 닭이 우는 소리가 들려왔습니다.

"아니, 저놈의 닭 새끼가 지금도! 그러면 밤이 새도록 울었다는 말인
가! 그러면 저놈의 닭 새끼 목은, 저놈의 닭 새끼 목은 과연 어떻게 생겼
길래! 가만있어 봐! 그러면 우리 앞집, 옆집, 뒷집은 잠을! 나도 이렇게
시끄러운데!

워매, 워매, 허허. 근데 저것들이 시간까지 아주 골고루 나누어 가며
계획적으로 우네!

나 참! 참말로, 별일에, 참 별것들이네,

꼭고곡, 꼬끼오, 꼭고곡, 꼬끼오!

내가 뭣을 몰라도 한참 몰랐구만.

닭이 저렇게 울 줄이야!

하기야 내가 장닭을 키워 본 적이 있어야지!

과거에 우리 집에서 크던 닭만 보았지!

근데 세상에 골치 안 아픈 일이 어디 있어!

그래 그래서 도시에서 닭 키우는 사람들이 시도 때도 없이 저렇게 막 우니까! 닭 목을 수술해 버리고 그러는 갑시여!

하여튼 인간들이 하고는, 인간들은 자신만 좋으면 되는 것이여! 그래서 세상을 돈으로 살고, 그러니 돈이 있어야 세상을 살고, 그러지!

그러면 뭘 해, 아무리 돈이 있어도, 병이 나서 몸이 아프면! 돈이 죽는 사람 살게 하여 주는 것은 아니지 않은가! 그러지 않은가!

하여튼 세상은 상식, 일반 상식으로 살면 되어! 그 상식으로 살면 특별하게 돈 들어 사는 것은 아니여! 세상은 오직 세상이 가르쳐 주는 자연스러움으로 살고, 그러면 되는 것이여!

그래도 다행이네, 내가 가져온 닭이 애완용이 아니라서.

장닭아! 너라고 왜 설익은 아픔이 없겠냐!

얼마 전까지만 해도 네가 동백나무에서는 왕초였는데. 그런데 느닷없이 이별도 하고, 어색한 만남도 이루어지고 그러니 놀라지. 놀랄 수밖에 없지! 하지만 너는 말 못 하는 닭이라는 것을, 너는 닭이라는 것을 절대 잊어서는 안 된다, 이놈아!"

그런데 아주 조금씩 문밖이 밝아지고 있었습니다. 날이 밝아 오고 있는 것이었습니다.

나도 끝없는 미궁의 연장에 있는 궁리 속에서 헤어 나와야 했습니다. 이불을 박차고 방을 나와 닭장으로 갔습니다. 닭들이 나를 보고 두 눈을 말똥거리고 있었습니다. 어젯밤에 닭장은 전쟁터 못지않게 시끄러웠는데, 평화롭게만 보였습니다.

"저놈 장닭! 역시 너는 내 기대를 저버리지 않는구나! 벌써 용맹스러운 모습으로 암탉들까지 거느리고 있는 것을 보니.

그런데 장닭 이놈아! 어젯밤 소란 때문에 나는 너의 미래를 보장할 수 없는 고민거리가 솔솔 생기고 있어! 그렇게 아름다운 동백나무의 평화도 깨 버린 나야. 거기에다 욕망을 채우는 일이라면 절대로 이등할 생각이 없는 나야!

또 나의 목적을 위해서라면 어떤 수단과 방법도 동원해 나아갈 나인데, 내 마음에서 솔솔 욕망을 채워야 할 꽃이 피고 있단 말이다, 이놈아! 그런데 이건 너의 생명과 직결된 문제야! 그런데 너는 꼭고곡 울고만 있어!"

이제 나는 진실하고 순수한 마음으로 장닭을 한번 키워 보라며 준 친구네 집에 평화와 행복이 가득하기를 기원합니다.

그리고 한순간에 장닭과 이별 아닌 이별을 하게 되어, 가슴이 허전할 친구 형에게도 너그러운 마음이 들어서고, 건강하시고 행복이 가득하기를,

또 꼭 그렇게 살기만을,

또 꼭 그렇게 살았으면 참 좋겠습니다.

그리고 지난밤 장닭이 울어서 꿀잠을 자지 못한 우리 이웃집에도 부귀영화가 가득하기를 진심으로 기원합니다.

그러면 좋겠습니다.

그러면 정말 좋겠습니다.

그리고 우리의 이웃도 행복하게만 살기를 기원합니다.

아버지의 괭이꽃

괭이꽃은
왜
아버지만이
피워 낼 수 있는 꽃인지
나는 몰랐었습니다.

괭이꽃을
아버지는
왜
어깨에 시커멓게 멍이 들어도
피워 내야 하는지
나는 몰랐었습니다.

비가 오던 어느 날
아버지가
왜
구들장이 깔린 방 아랫목에 배를 대고 누워서,
"비가 올라나 보다! 웬 삭신이 이렇게 아프고 쑤시거나!
아이고!
아이고!
막둥아! 내 등에 올라서서 허리나 좀 밟아 봐라!"

하는 이유를 나는 몰랐었습니다.

그런 아버지가
괭이꽃은
왜
손바닥에서 자라게 했는지
나는 정말 몰랐었습니다.

나는 아버지 마음을 몰랐었습니다.
나는 아버지의 아픈 마음을 몰랐었습니다.

그러다
이런 일 저런 일
저런 일 이런 일을 하다
나도 아버지의 나이를 먹었습니다.
나는 아버지의 나이를 먹도록 무엇을 하고
살았는지!
알 수가 없습니다.

아무리 생각해도
남은 것도, 남겨진 것도 없습니다.
또 남겨 놓은 것도 없습니다.
해야 할 말도 없습니다.

참!

나는 할 말이 없습니다.

나는 정말 할 말이 없습니다.

아버지와의 쟁기질

아마 아버지가 40대 중반일 때 나는 까까머리에 부스럼이 덕지덕지 나 있던 아이였습니다.

그 어느 해 봄날이었습니다.

아버지가 내 손을 잡고 소를 끌며 산전 밭을 갈러 가자고 하였습니다. 그때 소는 멍에를 매고 쟁기를 끌었으며, 나는 쟁기의 성에를 눌렀습니다.

아버지는 쟁기의 손잡이를 잡았으며 "어허, 어허 이 소 봐야! 이라, 이 소야, 자라, 어허, 이 소 봐야!" 하고 목청을 높여 소리를 지르며 산전 밭을 갈았습니다.

그때 산전 밭 참 돌멩이가 많았습니다.

그 돌멩이들은 가끔 쟁기와 부딪혀 덜커덕하는 소리가 나게도 했으며 쟁기가 넘어지게 하기도 하고, 쨍그랑 소리를 내며 쟁기 보습이 부러져 두 동강 나게도 했습니다.

또 그 소리에 놀란 소가 도망가게도 했습니다.

그럴 때 아버지는 밭둑을 걸으시며

"제기랄, 산전 밭 하나 가는 것도 마음대로 되지를 않네! 참 별것이 다 내 속을 썩이고! 이래서 어떻게 살아!" 그러시며 털썩 밭둑에 앉아 주머니에서 쌈지를 꺼내 봉초 담배를 말아서 입에 물었습니다.

그러고는 "그러지 그래! 세상일이 어디 내 마음대로 되겠어! 그러기만 한다면야 세상에 가난한 놈, 불평이나 불만이 있는 놈, 한 놈도 없어야

하지! 그나 내가 겪은 산전수전은 누가 알아! 저 무심한 산바람 강바람이
나 알지! 세상은 하여튼 살 놈만 살게 되어 있어! 에이, 개 같은 세상!"

하지만 아버지는 밭둑에서 일어나 산전 밭을 갈아야 했습니다. 나는
쟁기 성에를 누르고 아버지는 쟁기 손잡이를 잡고, 소는 멍에를 매고 쟁
기를 끌며, 그리고 나면 그 거친 산전 밭에 밭고랑도, 밭이랑도, 마치 자
로 잰 것처럼 그렇게 정갈하게 갈리어지고 북돋아져 있었습니다.

아버지는 그렇게 거칠고 돌멩이가 춤추는 산전 밭에 오직 땀으로 씨앗
을 심었습니다.
그 씨앗은 아버지의 관심과 사랑을 먹고 싱싱하게 자랐으며, 그래서
우리 집에는 꿈이 풍성했습니다.
그래서 우리는 행복하게 자랐습니다.
오직 아버지가 흘린 땀방울이 우리를 있게 한 것입니다.

쥐 이야기

내가 태어나고 자란 우리 집 천장에서는 쥐가 우당탕탕 소리를 내며 살았습니다. 그래서 우리 집 천장은 쥐가 싼 오줌으로 항상 얼룩져 있었습니다.

나는 그런 우리 집 천장을 보면서 어느 날 갑자기 '쥐가 내 머리 위로 떨어지면!' 하는 불길한 생각도 했습니다.

그런데 우리 집 천장에서 살던 쥐가 정말 내 머리 위로 떨어진 적이 있습니다.

그때 우리 집 정말 난리가 났습니다.

하필이면 가족들이 잠을 자는 방 천장에서 쥐새끼가 느닷없이 방으로 툭 떨어졌으니, 그 순간 방 안은 정말 난리가 날 수밖에 없었습니다. 마치 방이 전쟁터가 된 것 같을 정도로 그랬습니다.

그때 누군가 "쥐! 아부지! 쥐가 천장에서 떨어진 것 같아요!" 하고 놀라 소리를 지르면, 아버지는 그 말을 듣자마자 재빠르게 이불을 박차고 나와 머리맡에 있는 담뱃대를 들고, "이놈의 쥐새끼! 어디로 갔냐, 응? 이런 염병헐 쥐새끼가 어디로 갔냐!" 하며 쥐의 행방을 찾았습니다.

그리고 어머니는 깊은 잠에서 깬 분한 모습으로 시집올 때 가져온 베개를 안고 장롱 앞에 서서, 쥐가 보이기만 하면 바로 베개를 던질 만반의 자세를 취하고 있었습니다.

또 형은 아버지가 만든 수수 빗자루를 들고 장롱과 방 벽을 탁탁 두드리며 "요놈의 쥐새끼가 장롱 뒤로 들어갔는데 안 나오네." 하며 야구 선수 자세를 취하고 있었습니다.

그런데 나는 잠에서 깬 것이 얼마나 분한지 뾰로통한 얼굴로 눈을 비비며 서 있었습니다. 쥐로 인해 소란한 방에서 밤의 전쟁이 빨리 종료되기만을 기대하며 시무룩한 표정으로 말입니다.

그러다 윗목에 있는 요강이 보이자 한 손으로 거시기를 잡고 오줌을 싸기도 했습니다.

그때 우리 집 천장에서 살던 쥐는 방에 떨어지면 도망가기에 바빴는데, 그 쥐의 행동은 여우보다 빨랐습니다. 하지만 그런 쥐도 결국에는 밤이 새기 전에 꼭 잡혔습니다.

그리고 죽음으로 비참한 최후를 맞이했습니다.

그리고 쥐는 우리 집 광에서도 살았습니다.

광에서 사는 쥐는 곡식을 훔쳐 먹고 살았습니다.

그런데 그런 쥐도 결국에는 쥐덫에 걸려 죽었습니다.

그리고 쥐덫에 걸려서 죽은 쥐는,

참 별별 쥐가 다 있었습니다.

쥐덫에 목이 걸려 죽은 쥐도 있었고,

쥐덫에 눈이 걸려 죽은 쥐도 있었고

쥐덫에 발이 걸려 죽은 쥐도 있었고,

하지만 쥐덫에 걸려 죽은 쥐의 모습은 정말 처참 그대로였습니다.

또 쥐약을 놓아 쥐를 잡기도 했습니다.

그런데 쥐약을 먹고 죽은 쥐는 최대한 도망갈 수 있는 데까지는 가서 죽었습니다.

그런 쥐를 보면 아무리 보기조차 싫은 쥐라지만 솔직히 안타깝기도 했습니다.

또 쥐를 잡아야 한다며 집에서 고양이를 나비라 부르며 키우기도 했습니다.

그때 우리 어머니는 고양이의 머리와 등을 쓰다듬으면서 이런 말씀도 하셨습니다.

"나비야! 쥐 잘 잡아라! 응?" 하고 사람도 먹기 힘든 귀한 생선이나 고기도 아껴 놓았다 주기도 했습니다.

하지만 고양이가 심술을 내면 보통이 아니었습니다.

얼마나 심술이 거친지 쥐를 잡아 입에 물고 방으로 들어오기도 하고, 자신이 잡은 쥐의 머리를 싹뚝 잘라 물고 방으로 들어오는 심술을 부리기도 했습니다.

또 우리 마을 사람들이 모두 나서서 쥐를 잡던 쥐잡기 운동도 있었습니다.

그때 쥐잡기 운동은 곡식 한 알이라도 낭비되어서는 안 된다는 절약 정신이 기반이었습니다. 그래서 마을 사람들이 모여 쥐를 잡았으며, 잡은 쥐의 꼬리를 많이 잘라 모아서 상을 받는 마을도 있을 정도였습니다.

그런데 아직도 세상에 쥐는 있습니다.
쥐는 이래도 있고 저래도 있고,
쥐가 저래도 있고 이래도 있고,
세상에 쥐는 있습니다.

그래도 쥐가 많은 세상은

결코

좋은 세상은 아닙니다.

쥐새끼들이 판을 치는 세상은

절대 좋은 세상이 아닙니다.

또 쥐 같은 놈들이 판을 치는 세상!

역시 좋은 세상은 아닙니다.

장날

장날입니다.

우리 마을에서 가까운 읍내에서 3일과 8일에만 여는 오일장, 또는 읍내 장이라고 부르는 장날입니다.

장날이 되면 우리 마을 사람들은 사공이 돛을 올려 바다를 건네주는 풍선을 타거나, 또 사공이 노를 저어 바다를 건네주는 나룻배에서 내려 족히 오십 리 정도 되는 길을 걸어 장을 보러 갔습니다.

아버지는 지게로 곡물 가마니를 지고,

어머니는 곡물을 보자기에 싸서 손에 들고,

아니면 머리에 이고, 그러면 돈이 손에 쥐어지는 그런 장날이었습니다.

또 장날에는 집에서 키우는 돼지 새끼도 팔고, 소 새끼도 팔고, 닭 새끼도 팔아, 돼지고기 한 근이라도 사서 먹을 수 있었습니다.

또 장날에는 장에 가신 어머니가 아버지가, 이 약도 사 오실까! 고리땡 바지가 아니면 양말이라도 한 켤레 사 오실까! 아니면 오다마 사탕이 아니면 이브 껌이라도 사 오실까! 동네 입구에 서서 기다리던 장날이었습니다.

장날은 그랬습니다.

그래서 기다려지던 장날이었습니다.

그런 장날이었습니다.

그런데 요즘 장날은 너무 다릅니다.

차가 씽씽 달려서 가는 장날이고, 내가 그렇게 보고 싶어 하는 뻥튀기 장사도 볼 수가 없는 장날이고, 그 인심 좋은 뻥튀기 장사에게서 김이 모락모락 나는 뻥튀기를 한 줌 정도는 말만 잘하면 얻어먹을 수가 있었는데, 그런 뻥튀기 장사도 없는 장날입니다.

또 내가 그렇게 구경하고 싶은 약장사, 뱀 장사도 볼 수가 없으며, 또 내가 그렇게 맛있게 먹던 돼지국밥집도 없으며, 우리 어머니가 장터에서만 만나던 모기향 장사도, 모기장 장사도, 나물을 팔던 할머니도 볼 수가 없는, 아니 만나려고 해도 보려고 해도 볼 수가 없는 장날입니다.

또 행여나 밤이 되면 장에 갔던 어머니나 아버지가 뱀 장사 이야기라도 들려줄까! 눈을 비비며 기다려 보기도 했었는데!

내 귀에 들리는 것은, "아이고 다리야, 아이고 허리야!" 하는 아버지 어머니의 끙끙 앓는 소리뿐입니다.

그런 장날입니다.

그런 장날이 되어 있습니다.

당신과 나의 기행문

혹시!
당신의 아침은 어떻게 열리십니까!
혹시!
당신은 아침을 어떻게 시작하십니까!

우리 동네 아침은 이렇게 시작됩니다.
꼬끼오하고 어디에선가 닭이 울고, 누구네 집에선가 개가 짖고, 어제
도 그랬던 거처럼 동쪽 하늘에서 붉은 태양이 얼굴을 내밀고, 어제도 궁
금하던 금시초문의 울음소리가 들려오고.
그런데 나의 아침은 이런 의문 속에서 시작이 됩니다.

사실은 몇 년 전만 해도 우리 동네 아침은 운무하고 소가 울어야 열렸
습니다. 그리고 그 아침을 우리 아버지는 삽을 들고 논배미를 보러 나갔
다, 동네 아재를 만나 "어이, 자네도 나왔는가! 자네 논에는 벌써 풍년이
들었어!" 하고 이야기를 나누며 맞이했습니다.
또 어머니는 바쁜 마음에 호미 하나만 달랑 들고 집을 나섰다가, "아이
고, 내 정신 봐야!" 하고 열어 놓은 광 문을 잠그려고 발길을 돌려 그 아
침을 맞이했었습니다.

또 그 아침을 구들방 아랫목에 콩나물시루를 놓고 물을 주어 기른 콩
나물을 한 움큼씩 뽑아 담 너머로 건네주던 옆집, 우리 집 어머니가 아침

을 맞이하기도 했고, 육지에 간다며 연락선이 코를 대는 부두에 나가 친구를 만나고, 비린내 가득한 매점 구석에 앉아 텁텁한 막걸리가 담긴 대접을 주고받으며 술이 거나하게 취하면 "내 사랑 순희가 어디에 있냐!"고 물어도 보고, 또 "동전으로 벽치기를 그렇게 잘하던, 그놈 소식도 물어보고!" 그렇게 아침을 맞이했었습니다.

그런데 그런 아침이 사라졌습니다.

그런 우리 동네 아침이 사라졌습니다.

그런데도 아침이 열립니다.

우리 동네 아침은 열리고 있는 것입니다.

반드시 있어야 할 것이 없는

우리 동네 아침이 열리고 있는 것입니다.

없어도 되는 것이 있는

아침이 열리기도 하는 것입니다.

그런데 그렇게 얌전하고 듬직하게만 보이던, 우리 초등학교 교장 선생님 집과 목사님 사택은 왜 그렇게 작아만 졌는지!

또 그렇게 높고 넓게만 보이던, 우리 마을 뒷산과 백사장은 왜 그렇게 낮고 좁게만 보이는지!

또 온 동네를 그렇게 떠들썩하게 하고 다니던 동네 아이들은 다 어디로 갔는지!

참 궁금한데,

우리 동네 아침이 열리고 있습니다.

하지만 아침을 끌고 와서 그 아침과 동행하던 바람은 무심하게 아직도 불어옵니다.

무너지고 내려앉은 돌담을 부여잡고 있는 담쟁이와 주고받을 이야기가 있다며 불어오는 것입니다.

그 돌담에 등을 기대고 서서 나와 손가락을 걸고 미래를 맹세하던 그 친구!

아등바등 살아도 착하고 순진하기만 하던 우리 이웃집에 살던 그 아재!

그렇게 보고 싶은 그 순희는 어디에 가 있는지!

내가 애원하는 마지막 소원까지도 폐허가 삼켜 가고 있는데,

아침은 열리고 있습니다.

우리 동네 아침이 열리고 있는 것입니다.

산다는 것은 참 허망하고 무심한 것 같습니다.

이런 아침을 보기 위해 그렇게 긴긴 여행을

고난의 도시를 향해 떠난 것은 아니었습니다.

오직 내일의 행복이 있는 꿈과 희망만 각오 여행을 떠났었는데,

오늘 아침보다는 다 나은 아침을 본답시고 그 여행을 갔었는데!

내가 도시의 여행을 마치고 돌아오니

그 아침이,

내가 기대하던 그 아침은 열리지를 않습니다.

동쪽 하늘은 붉게 열리는데

당신도 나도 석양을 생각하는 아침에 적응해야 할 것 같습니다.

살아 있어서,

살아 있는 이유로 인하여.

못난 친구

우리는 누구라도 못난 친구 한 명쯤은 옆에 두고 있습니다.

친구라는 말은 사전에 '친하게 사귀는 벗'이라고 해석되어 있으며, 또 비슷한 또래나 별로 달갑지 않은 상대편을 무관하게 낮추어 부르는 말이라고도 한다고 합니다.

이는 친구라는 말에 대한 의미와 그 범주를 말하는 것입니다.

그래도 우리는 이런 범주에서 벗어나 있는 친구 한 명쯤이라도 더 두고 살아야 합니다. 그래야 우리가 사는 삶에 의미가 조금이라도 더 있을 수 있습니다.

그런데도 우리는 친구가 소중하다는 것을 모르고 사는 친구도 많이 있습니다.

그래서 친구가 소중한 친구를 미워하기도 하고,

친구 간에 별것도 아닌 것을 가지고

우기기도 하고, 따지기도 하고,

또 네가 친구가 아니면 좋았을 것이라는,

말도 서슴없이 하는 그런 친구도 있고!

하지만 친구라면 그 어떤 친구도 소중한 친구라는 것을 잊고 살아서는 아니 됩니다.

살다 보면 아무리 불편한 친구도

그렇게 소중한 친구가 될 수 있으며,

또 그렇게 소중한 친구는 더 소중한
친구가 될 수도 있습니다.

친구도 사람과 사람의 관계에서 출발합니다.
그래서 친구는 헤어질 수도 있으며
예전의 관계로 돌아갈 수도 있습니다.

우리의 삶은
'어떤 친구를,
어느 때,
어떻게 만나서
사느냐!'에 따라
변화가 있을 수도 있습니다.

하지만 당신도 나도 친구 관계이며
사람 관계입니다.
친구를 서로 존중하고 소중하게 생각하며
오밀조밀한 세상을 산다면,
그보다 더 아름다운 삶도,
그보다 더 아름다운 친구도 없을 것입니다.
그래서 못난 친구 한 사람도 참 소중하다는 것입니다.

나물

나물은!
함박눈이 펑펑 내리는 겨울날
동네 누나들이 나물 바구니를 들고 들로 나가서
남의 밭에서 몰래 캐 온,
시금치나 곰 반 부래, 풋보리 나물을
살짝 가마솥에 살짝 데친 다음
사발에 담긴 보리밥 위에 올려놓고,
어머니가 동네 기름집에서 짜온 참기름 몇 방울과
어머니가 만든 된장과 고추장을
장독대에 있는 항아리에서 퍼 와 넣고
숟가락으로 비벼서 먹으면,
그 맛!
그 나물 맛!
그 밥의 맛!
그 이상은 없습니다.

또
어머니의 고운 손보다는
주름진 손, 피 꽃이 피어나는 손,
그 손으로 저벅저벅 무쳐졌을 때
나물은 정말

금상첨화의 맛을 냅니다.

또
나물은 향기로 고향을 생각나게 하며,
맛으로 어머니가 그리워지게 하며,
먹을 때는 친구가 생각나게 합니다.

우리 동네 버스 정류장

바람도 쉬어 가기를 거부하는
우리 동네 버스 정류장!

정류장이 사람을 기다리는 것일까!
정류장이 마을버스를 기다리는 것일까!
고독하기 그지없는 우리 동네 버스 정류장!

연인도 기다려 주지 않을 것 같은
쓸쓸한
우리 동네 버스 정류장!
손님은
언제쯤!
오기는 오는 걸까!
한 사람이라도
오기는 오는 걸까!

기다림이라는
숙명만을 안고 있는
우리 동네 버스 정류장!

가엾고 쓸쓸해서

적막하고 고독해서

임 소식도 없는

우리 동네 버스 정류장!

강아지 소식

내가 키우고 있는 강아지의 성씨가 막 씨였는지, 아니면 가 씨였는지, 파 씨였는지!

아니면 성은 있었는지 없었는지 모릅니다. 하지만 내가 가지고 있는 개에 대한 상식으로는 개는 족보는 있는 것 같은데 성씨는 없다는 것입니다.

그래서 나는 내가 키우고 있는 개의 이름에 내가 그렇게 갈망하는 소원을 넣어, 대박이라 이름을 지어서 '대박아!' 또는 '대박이!' 하고 부르게 되었습니다. 그래서 내가 키우는 개의 이름은 결국 대박이 되었습니다.

그런데 만약 개에게도 성이 있다면, 나도 개를 부를 때 앞에 성을 넣어서 '막대박', '가대박', '파대박' 하고, 불렀을 것입니다. 그것도 개의 족보를 상기시켜 가면서 말입니다.

거기에다 대박이 강아지를 낳게 되면, 그 강아지는 '대박여(女)'가 또는 '대박자(子)'가 될 것이며, 막대박의 여나 자가, 가대박의 여나 자가, 파대박의 여나 자가 되어서 그 혈통을 유지하게 될 것이고….

그런데 말입니다, 대박이가 어느 날 어디에서 어떻게 사고를 쳤는지 알 수는 없는데, 강아지 대박여와 대박자를 정말 낳았습니다.

그런데 그중에도 유별나게 몸매가 통통하고 심성이 좋은 대박여가 하나 있었습니다.

나는 대박여 중에서도 그 대박여를 무척 애지중지 아끼고 좋아했습니다. 내가 그 대박여를 얼마나 좋아했냐면은, 마치 그 대박여가 없으면 못 살기라도 할 것처럼 그렇게 그 대박여를 좋아했습니다.

그래서 내가 그 대박여가 그렇게 좋다고 이야기를 늘어놓기 시작하면 옆에 있는 사람들이 입을 다물고 머리를 돌릴 정도였습니다.

그런데 어느 날 내가 아는 사람을 만나게 되었는데, 그 사람이 불쑥 이런 말을 하는 것입니다.

"어이, 자네 말이여! 집에 그렇게 좋은 강아지가 있다면서? 소문이 자자하던데, 사실인가! 정말 자네 말대로 그런 강아지가 있는가! 그러면 자네 말이여, 그런 강아지가 정말 있으면, 나 한 마리만 줘봐! 한번 키워 보게!

그러지 않아도 나이 좀 먹었다고 직장에서 쫓겨나고 할 일도 없고 그러는데!

거기에다 그래서 그런지, 요즘에는 맨날 마누라하고 싸움질이네. 그러다 보면 성질이 어떻게 나는지, 밖으로 나가 비실비실 쳐 놀기나 하고, 술이나 고주망태가 되도록 처먹고 그러는데! 그러는 것보다는 강아지라도 한번 키워 보면, 뭐가 달라도 좀 다르지 않겠는가! 그놈에게 정이라도 붙으면 그것도 괜찮을 것 같아. 그렇게라도 한번 해 볼라네!"

"정말로라요! 아따, 형님이 뭔 일이라요? 혹시 내일은 해가 서쪽에서 뜨는 것 아니요! 그런데 형님, 혹시 다른 생각이 있는 것은 아니지요!"

"예끼, 이 사람아! 아무려면, 자네는 나를 그렇게밖에 안 보는가! 자네는 사람을 너무 듬성듬성 보네. 자네 이 사람아, 사람을 그렇게 우습게 보는 것 아니네!"

"아따, 알았소, 알았어! 그러면 형님! 내가 다음 주인가, 다음 달 인가, 달력에 빨갛게 표시되어 있는 날, 그날 꼭 가지고 오깨요, 그동안에 강아지 키울 준비나 잘해 놓으쇼!"

"그래, 꼭 그러소, 잉! 자네 다른 약속은 몰라도 이번 약속은 꼭 지키소, 응!"

그러다 벽에 걸린 달력에 빨간색으로 동그라미를 쳐 놓은 날이 왔습니다. 그래서 며칠 전에 사다 냉장고에 넣어 놓은 소시지 하나를 들고 대박이의 시선을 유혹했습니다.

그러고는 한순간에 내가 뺀질이라고 부르는 강아지의 뒷덜미를 손으로 잽싸게 잡아 들었습니다.

그런데 뺀질이 이놈! 심성이 어찌나 좋아서 그런지 앙앙 소리는커녕 발가락 하나도 까닥하지 않았습니다.

무반응! 정말 그대로였습니다.

그러고는 "당신이 나를 차마 죽이겠어! 우리 어머니에게도 그렇게 잘 하던데, 나를 죽이든 살리든 하여튼 당신 마음대로 하시오!" 꼭 그런 자세로 있었습니다.

그런 뺀질이를 강아지 가방에 넣어 차 조수석 의자에 놓은 다음 승용차의 시동을 걸었습니다.

얼마 전부터 내가 쭉 해 온 강아지에 대한 자화자찬이 낳은 비극적인 이별에 대한 임무 완수를 위해 뺀질이라는 강아지를 차에 싣고 집을 나서게 된 것입니다.

그리고 얼마쯤 갔을까!

차창 밖으로 보이는 농촌의 전원적 풍경에 마음이 황홀해졌습니다. 그래 며칠 전 장날에 사서 넣어 놓은 CD를 틀었습니다. 그리고 잠시 후 "꽃잎은 바람결에 떨어져 강물을 따라 흘러가는데, 떠나간 그 사람은 지금은 어디쯤 가고 있을까!" 노래가 나오자, 장단도 맞춰 보고 노래도 불렀습니다.

그런데 전화벨이 울렸습니다. 전화기의 화면을 보니, 만나기로 한 그 지인의 전화였습니다. 그래 화면에 있는 파란색 통화 스위치를 손으로 살짝 터치하며 왼쪽으로 밀었습니다.

그러자 "어이!" 하는 지인의 목소리가 들려왔습니다.

그런데 지인의 입에서 나온 첫마디는 나의 예상을 완전히 깨고 말았습니다.

지인과 나는 사실 하루 이틀 만나 인연을 맺은 사이도 아니어서, 가령 나보다 더 기다리는 강아지가 아무리 보고 싶다고 하더라도, 또 그래서 하는 전화라 할지라도 나와 첫 마디의 통화는 그래도 나의 안부를 물어보는 인사말 정도는 할 줄 알았습니다, 그런데 그런 말은커녕 대뜸 하는 말이,

"어이 자네! 오고 있지, 지금 어디쯤 오고 있는가! 강아지는 가지고 오재!"

"예, 형님 그러지요. 근데 형님! 내가 먼저요, 강아지가 먼저요! 참 섭섭합니다. 아니 이건 너무 무심하십니다!"

"허허, 이 사람 말하는 거 보게, 그걸 말이라고 하는가? 자네는 꼭 된 장인지, 고추장인지 찍어서 맛을 봐야 아는가! 그런 정도는 이 사람아, 자네가 잘 생각해서 알아야지, 내가 그런 것까지 일일이 꼭 말을 해 줘야 알겠는가!

자네 들어 보소, 내가 말이세! 그놈의 뺀질인가, 삼순인가 하는 강아지 새끼 한번 키워 볼라고 말이세! 편백나무까지 사서 강아지 집까지 기가막히게 지어 놓았네! 자네가 봐도 놀랄걸세. 아마 누가 봐도 요즘 인기 좋은 호화 조립식 펜션! 그 정도는 될 걸세! 그리고 말시, 밥그릇에 물통, 그리고 목줄까지도 다 사다 놓았네, 이 사람아! 목줄도 어디 보통 목줄인

줄 아는가! 내가 한 번도 간 적이 없는 동물 병원까지 직접 가서, 나비 무늬까지 달린 놈으로 사다 놓았네. 그리고 그분인 줄 아는가, 응, 이 사람아! 내가 뺀질인가, 뭣인가 하는 놈! 그 강아지 새끼가 오면 바로 예방접종까지 시킬라 고, 응, 이렇게 대기하고 있네. 빨리 좀 오소, 응! 하기야 자네 운전하는 것은 꼭 느림보 거북이가 기어다닌 것이나 다름이 없지! 어떻게 보면 꼭 늙은 소가 쟁기질하는 것 같기도 하고. 하여튼 자네는 어쩔 수 없는 사람이기는 해! 그런데 내가 말하면 무엇하겠는가! 지금까지 그렇게 살아온 사람한테. 자네 하는 행동을 보면, 자네는 아마 부모 속도 무지하게 썩였을 것이여! 도대체 남의 말을 안 들어. 그래도 이 사람아! 제발 주변에 있는 사람 말도 좀 듣고 사소! 응, 급할 때는 차 속도도 좀 내고, 좀 밟소, 밟아! 뒤에 오는 사람들이 욕하는 것은 아는가, 모르는가! 아예 안 듣는가, 아니면 그러든가 말든가! 자네는 그럴걸세, 그래, 그러고도 남지 남아! 그나 어디쯤인가! 얼마나 걸리겠는가!"

"다 왔어요, 금방 갈게요!"

그런데 지인이 하는 말 '어디쯤 오고 있는가!'에 의문이 일었습니다. 정말 지인은 자신이 말 한대로 강아지를 키울 만반의 준비가 당당하게 철저하게 되어 있을까!

또 강아지를 키워 보겠다고 그렇게 다짐하던 날 그 마음은 변하지 않고 실천하며 끝까지 갈 수 있을까!

정말 그러기만 한다면,

정말 그렇게만 한다면,

그 다짐하던 마음이 변하지만 않는다면,

뺀질이의 앞날은 분명히 행복할 것인데!

그런데 그로부터 고작 며칠이나 지나갔다고, 그 지인 나를 보자마자 이런 말을 했습니다.

"어이, 자네 잘 있었는가! 근데 뺀질인가, 그 개새끼 말이여! 아무리 생각해도 그놈이 꼭 자네를 닮은 것 같아! 아마 자네를 닮아서 그럴 것이여! 아 이놈이 말이여! 이 강아지 새끼가 말이여! 우리 집 사고뭉치네. 얼마나 사고를 치고 말썽만 부리는지 모르겠네. 그놈이 개가 아니고 원수네 원수! 우리 화분이란 화분은 다 깨지를 않나! 어떻게 집에서 나와 사고를 치는지, 정말 귀신이 곡할 노릇이네!

요즘은 뺀질이 그 개새끼 때문에 안 하던 부부싸움까지 다 하고 그러네! 우리 집사람이 요즘 나보고 뭐라고 그러는 줄 아는가! 글쎄 그 강아지 새끼가 꼭 나를 닮아서 성질도 더럽고, 못됐다고 그러네! 그런데 예쁘고 귀엽다나, 내가 참 어이가 없어서! 웃기는 웃네만!"

"아따 형님! 그 형수가 틀린 말 한 것은 아니네! 딱 맞는 말만 해구만!

형수나 된게, 형님 같은 사람하고 살재! 누가 그 꼴 다 보고 형님 같은 사람하고 살것소? 형님은 진짜 안 쫓겨나고 산 것만도 감사하며 사쇼! 세상에 그런 형수가 어디에 있다요! 형님은 그 형수 날마다 등에 업고 살아도 되겠소!

그나 계절이 계절인 만큼 화분에 꽃도 피어 있었을 텐데, 아깝기는 하것소, 야! 근데 형님! 그래도 강아지가 형님처럼 맹탕 없이 꼬라지를 부리거나, 심술이 더러운 것은 아니지라요!"

"예끼, 이 사람아! 뭔 말을 그렇게 막 하는가! 세상에 나 같은 사람만 있어 보소!"

"그러면 세상에 평화가 오요! 형님도 참! 하기야 세상에 자신의 성질이 더럽다고 씨부렁거리는 한 사람이 있겠소!"

"이 사람아, 내가 어때서!"

"무슨 어때서요, 형님같이 성질 더러운 사람이 어디에 있다요! 우기기에 일인자, 억지에 일인자, 거기에 누구 말도 듣지 않는 천상천하 유아독존의, 아이고 그 더러운 형님 심보, 말도 마쇼, 야!"

"허허, 이 사람 말하는 거 보게. 이제 막가자는 거네. 그래, 막 하고 살자 이거지! 그래 가죽이 부족해 만들어 놓은 입인게, 막 해라, 막 해! 그러다 맞아 죽는 놈도 많이 있다더라!"

"참 나, 내 말이 안 맞소! 형수나 된게, 형님의 그 더러운 꼴 다 보고 살재, 누가 형님하고 살것소! 잘 생각하고 사쇼! 퇴직금은 화투판에 날리고, 현직에 있을 때는 뇌물에 옷 벗고, 인자 집에서 쫓겨나는 일 말고 뭣이 있소? 형님 나이에 집에서 쫓겨나면 인자 거지! 그거 말고 뭣이 있겠소, 아니면 뭣을 하겠소!"

"허허, 그러기도 하기는 하지! 나 참, 세월이 나를 이빨 빠진 호랑이를 만들어 놓고 마는구만!"

그로부터 또 얼마의 시간이 지나갔습니다.

그런데 들려오는 말에 의하면 뺀질이가 그 집에서 떠나게 되었답니다. 뺀질이가 자신의 집과 함께 용달차에 실려 어디론가 가게 되었답니다.

만약 뺀질이가 살 곳이 없어서,

또 살 곳이 마땅치가 않아서,

의지할 곳도 없어서,

엄동설한에도 집과 함께 살 곳을 찾아 떠다니고 있다면,

얼마나 가슴 아픈 일입니까!

뺀질이로부터 얼마나 가슴 아픈 사연이 만들어지고 있는 것입니까!

아무리 감탄고토가 좋다지만 이래서는 안 되는 것입니다. 우리는 양심을 가져야 한답시고 배우고 권력을 잡고 그러지 않습니까!

그런데 많이 배우고, 돈도 많고, 또 권력도 있다고 자부하는 사람들이 왜 그러십니까! 다 뺀질이보다 열악한 상황은 아닐 텐데, 꼭 이런 말을 듣고 싶어서 그런 것은 아니겠지요!

"에이, 이 개보다 못한 뭐다!"

그래도 저는 믿습니다.

뺀질이는 심성도 좋고 착한 마음을 가져서 세상 어디에 있더라도 잘 살 것이며, 꼭 잘 지낼 것이라고.

그리고 엄마가 되면 자신을 닮은 뺀질자와 뺀질여를 낳고, 또 그 뒤를 이어 뺀질이 손으로 원과 투도 낳으며 혈통을 이어 나가며 잘 살 것이라고….

그런데 요즘에는 개와 관련된 이야기가 TV에 자주 나옵니다.

나는 TV를 통해 지금까지 보지도 못했고 알지도 못했던 개의 숨은 능력을 보면서, 참 무한한 감탄을 합니다.

그러면서 기대 아닌 기대를 합니다.

TV에 나오는 개처럼, 집을 나갔던 개가 몇 년 만에도 집으로 돌아와 내가 감동했던, 뺀질이가 그런 뉴스의 주인공이 된다면!

혹시 뺀질이가 어딘가에서 커서 그 뉴스의 주인공이 된다면!

그런데 그걸 누가 알겠습니까!

다만 이러한 일이 나만의 착각이라 해도,

과히 그렇게 기분 나쁜 일은 아닙니다.

기대가 있어서 그러는 것 아니겠습니까!

지금 이 순간에도 집을 나가야만 했던 뺀질이에게는 고통이 있겠지만,
앞날에 나름의 축복이 있기를 기대합니다.

그리고 뺀질이에게 보고 싶다는 사랑의 마음도 보냅니다.

아버지의 마음으로 말입니다.

나이

　나이란 사람이나 동식물이 태어나서 자란 햇수를 말한답니다.
　또 나이는 연기, 연령, 연세, 연치, 춘추라는 말로 대신하기도 하는데,
자신이 언제 어떻게 나이를 먹었는지 아는 사람은 솔직히 없습니다.

　나이란 참 이상한 것입니다.
　자신도 모르는데 먹습니다.
　그러다 보면 어르신이라는 말도 듣게 되고,
　머리도 하얗게 되고, 얼굴에 주름도 생기고,
　허리가 구부정해지기도 하고,
　지팡이가 생각나는 때가 있기도 하고,
　그러면 나이를 먹었나 보다 하는 생각도 하게 됩니다.

　그러면서 아니 내가 벌써!
　어떻게 나이를!
　어느 세월에 이 나이를!
　아니야! 하고
　자신을 돌아보게도 됩니다.
　그런데 돌아오는 것은 없습니다.
　아무리 생각해도 그렇게 별다른 것도
　아니, 그 무엇도 없습니다.

만약에 있다면!

그것은 나는 다르다, 나만은 다를 것이라는

착각과 편견, 그리고 아집이나 집착뿐입니다.

여기에 자신만의 이별과 연민은 다를 것이라는

생각을 더해서 말입니다.

살아 보면 별것도 아닌데 그렇습니다.

그런데도 사람들은 이 시간 속에서 자신이 겪은 고통보다, 그 이상의 고통을 겪은 사람은 없을 것이라는 자만을 가지고 사는 사람도 많습니다.

하지만 그렇지 않습니다.

사람은 누구나 자신만이 겪어야 하는 특별한 고통이 있으며, 그 고통을 이겨 내고 삽니다.

이것이 나이가 자신에게 주는 특별한 경험이며,

우리는 여기서 많은 깨달음을 가져야 합니다.

사람이 나이를 먹는 것인지,

나이가 사람을 먹어 버리는 것인지!

의문은 들지 않게 말입니다.

명심보감 성심 편에 이런 말이 있습니다.

"대면 공화(하되), 심격 천산(이니라)" - 사람은 얼굴을 맞대고 이야기는 하지만, 마음은 여러 산이 막고 있는 듯 멀리 떨어져 있다.

"해고(면) 종견저(나), 인사(엔) 부지심(이니라)" - 바다는 물이 마르면 그 바닥을 볼 수 있지만, 사람은 죽어도 그 마음속을 알 수가 없다.

"범인(은) 불가역상(이요), 해수(는) 불가 두량(이라)" - 사람의 앞날은 점칠 수가 없고, 바닷물은 그 양을 잴 수가 없다.

사람은 이렇다는 것입니다.

그런데 사람이 나이를 먹는 것입니다.

세월 좀 살았다고, 나이 좀 먹었다고, 어디 가서 큰소리나 치고, 유세나 떨고, 나이가 무슨 계급이라도 되는 것처럼, 행동하고 그래서는 아니 됩니다.

만약에 당신이 그렇다면 나이가 주는 욕심과 허울과 허상을 가지고 허세의 삶을 산 것입니다.

나도 나이에 관해 정확한 판단이 서지 않아 어느 날 마당에서 도리깨로 콩을 털고 계신 아버지께 물어보았습니다.

"아버지! 나이는 왜 먹어요?"

그러자 아버지께서는,

"그것 이놈아! 금방 알게 된다. 내가 지금 나이는 무엇인가! 하고, 딱 꼬집어서 말을 해도 너는 절대 아니라고 할 것이며 또 우기고 말 것이다. 그런데 하여튼 금방이다. 금방이여! 곧이다, 곧! 그리고 너도 내 나이를 먹는다.

그런데 세상 사람 그 누구도 자기가 나이 먹는 것! 아는 사람은 없다. 사람들은 다, 다른 사람은 나이를 먹어도 자신은 절대 나이를 먹지 않는다고, 그렇게 억지를 부리고 산다. 그런데 너! 세상에 나이 안 먹고 사는 것, 하나라도 있더냐! 없지.

그런데 그 나이 속에 청춘, 젊음, 그런 게 있는데! 그것 다 한순간일 뿐이다. 마치 바람처럼 지나가고 말아!

너는 아마 지금 내가 한 말을 잔소리! 그 잔소리로 치부하며 듣는 것까지도 귀찮아할지 모른다. 또 소귀에 경을 읽고 있다면서! 하지만 너도 곧이다. 너도 곧 내 나이를 먹을 것이며, 나와 같은 생각을 할 것이다. 그리고 내가 너한테 한 것처럼 너도 자식들에게 나와 똑같은 말을 할 것이다!"

그런데 얼마 가지 않아 정말 아버지께서 하신 말씀들이 내 앞에서 현실이 되었습니다.

그러리라고는 상상도 못 하고 살았는데, 아니 아예 예상하지도 않고 살았는데!

하지만 내가 아버지의 나이를 먹었다고 해서, 또 그때 아버지와 같은 아버지가 되었다고 해서 아버지께서 하신 말씀들을 긍정적으로 생각하고 반성한들 무슨 소용이 있겠습니까!

떠나가신 아버지가 돌아오셔서 그 이상의 가르침을 주실 그런 불가사의한 일은 절대로 일어날 리가 없는데!

그래서 말입니다.

사람은 나이를 먹으면, 그 나이를 먹은 만큼의 행동은 꼭 하고 살아야 합니다. 이것이 나이 주는 삶의 경험을 통해 얻은 지혜와 가르침 아니겠습니까!

한 번 더 생각하고 고뇌하는 삶을 살기를 바랍니다.

우리 집과 빈집

어머니가 나를 낳고 길러 주신 우리 집은 초가집이었습니다.

그때 우리 집 지붕은 짚을 엮어 만든 이엉(개초)으로 덮여 있었습니다. 이엉을 마름이라고도 한다는데, 우리 마을에서는 마름을 '나람'이라고 불렀습니다.

우리의 역사적 시련에 언어 또한 상처를 입지 않았을까, 하는 점도 있으리라 생각이 됩니다.

또 우리의 고지식한 관념이 언어의 의사 전달 목적보다는 문법이라는 격식에 치우친 나머지 발전이 더딘 부분도 일부는 있지요.

그건 그렇다 치고, 하여튼 우리 집은 지붕을 매년 가을이면 새 이엉으로 이었습니다. 그러지 않으면 마름이 썩어서 지붕에서 비가 새기도 했습니다.

지붕에서 비가 새는 날에는 방 가운데에 세숫대야를 받쳐 놓고 떨어지는 빗물을 받아 낸 적도 있습니다.

그런데 우리 집 지붕을 새 이엉으로 교체하던 날, 우리 가족은 모두가 바빴습니다. 아버지는 새벽부터 일어나 낫을 옆구리에 차고 마당을 쓸다, 사랑방에서 잠자고 있는 상고머리의 형을 깨웠으며, 어머니는 지붕에서 내려 주는 새끼줄을 잡아 처마에 매 줄 사람을 구하러 다니느라 바빴습니다.

또 이웃집 아재는 용마름을 들고 사다리를 오르락내리락 하느라 바빴고, 누나는 동네 아저씨들에게 막걸리를 걸러 대접하느라 바빴습니다.

또 마당에 있는 대추나무에서는 참새들이 짹짹하고 노래를 부르느라 바빴습니다.

그런데 우리 집 지붕을 새롭게 교체하던 날에 아버지는, 사전에 각본이라도 짜 놓은 듯 무척 너그러우셨습니다.

그러면서,

"어째 저것들이 오늘은 날을 받았는가! 나보다 더 바쁘네! 너희들 오늘은 참 운 좋다, 엊그제만 같아도 너희들은 다 내 손에 꼼짝없이 죽었다. 내가 소쿠리를 막대기에 받쳐서 세워 놓고, 막걸리가 배인 나락 한 주먹을 그 안에 놓은 다음에 봉 창문 앞에 앉아 있다가, 네놈들 싹 그 안으로 들어가서 먹고 춤을 출 때, 그 순간 잽싸게 내가 줄을 탁 잡아채 벌면, 너희들은 몽땅 한 번에 잡혔어!

정말 뛰어 봤자 벼룩이었어, 요것들아! 그런 것도 모르고 까불기는, 오늘은 내가 지붕을 이어야 해서 봐 준다. 그래도 어지간히 먹고 가거라, 응!"

하나 참새들은 바빴습니다.

별나게 짹짹 지저귀는가 하면, 퍼드덕 퍼드덕 지붕과 대추나무를 번갈아 날아다니고, 바쁘게 보여서 그랬는지, 정말 바빴습니다.

그렇게 지붕이 마름으로 새롭게 교체되면 우리 집 대들보 위에 있는 마룻대에 새겨진 상량문도 산뜻하게 보였습니다.

상량문은 집에 재난이 없기를 바라고 기원하는 목적으로 써 놓은 것인데, 위에는 용, 아래는 귀, 그리고 상량 일이 적혀 있었습니다.

그리고 상량식 날에 읽는 축문이 있었는데, 축문은 집에 사는 가족 모두가 행복하고 집에 부귀영화가 듬뿍 들어오기를 바라는 것이었습니다.

그래서 서까래 아래 있는 방에 앉아 오손도손 행복하게 살아 보자고 다짐하던 가족들의 삶도 생각나고, 기둥만이 알고 있을 가족들에 대한 삶의 내력도 회상되었습니다.

　그런 우리 집이 기울어 가고 있습니다.
　우리 집 옆에 있는 빈집 또한 기울어 가고 있습니다.
　집들이 기울다 쓰러지고 있습니다.
　우리 집이나 옆에 집이나 대문은 쇠로 만들어져 있고, 대문에는 복 자 글씨가 선명하게 새겨져 있는데, 기울고 쓰러지고 있습니다.
　더 슬픈 것은, 벌겋게 녹이 슨 문설주도 상처투성이가 되어 있다는 것입니다. 여기서 그만이면 좋으련만, 쇠로 만들어져 있는 문설주까지도 허리가 구부러지며 내려앉고 있다는 것입니다.

　그런데 벌겋게 녹이 슨 대문과 문설주까지도 호시탐탐 부정한 방법으로 취득하려는 사람이 많다는 것입니다.
　사실 우리 집 대문은 아버지가 피와 같은 땀을 흘려가며 등짐을 해서 번 돈을 절약하고 절약해서 큰마음을 먹고 집 앞에 달아 놓은 것입니다.
　아버지 이전의 아버지가 소원을 넣어 쌓은 돌담까지 무너뜨리면서, 오직 가족이라는 연이 대대로 이어지고 그 속에 행복과 건강까지 천년이고 만년이고 쭉 이어지기를 바라는 마음에서 말입니다.

　그런데 그런 아버지가 집에서 떠났다 하여, 집이 내려앉고!
　또 우리 옆집은 쓰러지다 못해, 그 흔적까지 없어질 날이 그리 멀지 않은 위기에 처해 있습니다.

그러다 보니 대문에 담겨 있을 의미가 너무도 깊습니다.

우리 집 대문이 아니면 옆에 집 대문이라도 소주 한 잔 정도의 대우라도 받았으면 좋으련만, 정말 그러면 좋으련만, 그럴 리가 절대 없을 것 같습니다.

거기에다 더 가슴 아픈 일도 있습니다.

우리 집이나 옆에 있는 빈집이나, 가족들 옷을 걸어 놓기도 하고 이불을 올려놓기도 하던 시렁이, 또 텃밭에서 이랑을 만들다 자루가 부러진 매퉁이가, 또 소의 어깨에 올려놓고 쟁기를 끌던 멍에가, 또 아버지가 손수 도끼질도 하고 대패질까지 해서 만든 쟁기가, 아버지가 쓰던 망치가, 또 어머니가 시집오기 전에 밤을 새워 가며 수를 놓던 수틀이, 또 누나가 아궁이 앞에서 태워 먹던 월남치마가, 형이 팔자걸음을 걷게 하던 나팔바지가, 집에서 쫓겨난 것도 서러워 죽겠는데 시궁창을 떠돌아다니며 울고 있다는 것입니다.

이래서는 안 되는데,

이러지는 않을 것 같았는데,

이러지 말라고,

멱살을 잡고서라도,

절대 이래서는 안 된다고, 흔들어라도 보는 사람이 없어서 그런지, 세상은 까딱도 하지 않고 앞으로만 요지부동의 질주에 질주를 거듭할 뿐입니다.

우리 집은 끝까지 지켜져야 한다는 나도,

이런 시대에 가담하면서,

초라하기 그지없는 빈집을 보는 나도,

그냥 시대에 동참하면서,

그냥 유유자적 살고만 있는 것입니다.

사람은 세월에 묻혀 살 수밖에 없다고 하지만,

사람은 세월에 묻혀 가며 살 수밖에 없다고 하지만,

사람은 바람 따라 세월 따라 살 수밖에 없다고 하지만,

우리 집과 옆집이 살 사람조차 없어서 쓰러지고 내려앉는데도,

이렇게만 살아야 한다면

정말 이래서는 안 되는 삶을 살아야만 한다면

우리는 가슴으로라도 울어야 합니다.

우리의 오늘이 있게 한 삶의 현장이 더 황폐해지지 않았으면 좋겠습니다.

그러기를 바랍니다.

이발관

우리 마을 입구에는 소슬바람에도 유리창이 덜커덩거리는 만남이라는 간판의 이발관이 있었고, 마을 삼거리에는 네온 간판이 삭삭 소리를 내며 돌아가는 삼거리이발관도 있었습니다.

그런 만남 이발관이나 삼거리이발관 벽에는 그 이유는 알 수 없지만, 밀레의 저녁 종 그림이 들어 있는 액자가 아니면, 이삭줍기 그림이 들어 있는 액자가 최소한 걸려 있었습니다.

또 액자 옆에는 인자무적이 아니면 가화만사성이라는 묵직한 글씨가 쓰여 있는 액자가 시커멓게 때가 낀 채 당당하게 걸려 있기도 했습니다.

그때 이발사는 외발 바리깡으로 손님의 머리를 깎아 주었으며 면도는 면도기를 숫돌이나 가죽 띠에 간 다음에 해 주었습니다.

또 이발관 가운데는 장작 난로가 있었는데, 그 자리는 연탄 난로의 점유가 시작되면서 석유 난로로, 전기 난로로, 가스 난로로 바뀌어 가며 오늘에 이르렀습니다.

그런데 옛날이나 지금이나 이발관에 있는 난로 위에는 양은 대야가 아니면 양은 주전자라도 있고, 그 대야나 양은 주전자에서 물이 끊임없이 데워지고 있는 것은 변함이 없습니다.

그리고 참, 우리 마을에 있던 이발관은 인심도 무척 후했습니다.

우리 동네 사는 사람이라면 누구를 막론하고 포마드나 구르무 정도는 아무 거리낌도 없이 바를 수가 있었습니다.

그래서 우리 동네 이발관은 우리 동네 사랑방 구실도 톡톡히 했습니다.

또 우리 동네 이발관 주인인 이발사는 항상 하얀색 겉옷을 입고 있었는데, 손님이 없으면 이발소 냄새를 풍부하게 안고 있는 빨간색 의자에 앉아 의자를 약간 뒤로 젖혀 놓고 코를 드르렁드르렁 골며, 입가에 똥파리들이 모여 윙윙 대잔치를 하는 줄도 모르고 단잠을 자기도 했습니다.

그런데 우리 동네 이발관이 있던 자리가 아스콘 포장이 되고, 그 위로 차가 질주를 해야 한답니다.

그 밑에 잊어서는 아니 될 역사도 깔려 있는데!

아쉬운 일입니다.
안타까운 일이 아닐 수 없습니다.
모든 것이 사라지고 줄어들고 있는데
왜 차의 길만은 넓혀 주어야 하는지.
참 안타까운 일입니다.

또 동네 삼거리라고 해서 예외를 벗어나지 않습니다.
또 동네 골목길이라고 해서 예외를 벗어날 수는 없습니다.
우리 기억에 남아 있는 조그만 과거의 잔재들이라도 찾아가며, 어딘가에 있을 그 흔적의 뿌리는 찾아 놓아야 할 텐데, 모든 것이 폐허 속에 묻혀 가고 있습니다.

고향이 그렇습니다. 그래서 우리 동네가 고향이 아닌 사람이라도, 고향에 가면 이런 말 정도는 할 것입니다.

"허허, 세상이 언제 이렇게 되었단가! 정말 뭣이 없어! 응! 그런데 우리가 이런 데서 태어나고 자랐어! 그리고 저런 집 속에서 김씨 성을 가진 사람들이 살았고, 이씨 성을 가진 사람들이 살았었고. 그리고 여기에는 굴이 있었는데, 굴속에서는 마을에서 살 수 없는 사람들이 살았어! 그리고 저런 양옥집에서는 양반놈들이 살았어, 양반놈들 위세 대단했지! 그러면 뭣해 다 깨진 기왓장이지!

그리고 저기 보소! 구들장에 서까래, 아직도 시커먼 철매가 붙어서 뒹굴고 있네, 그려! 사람들이 살았다는 증거, 상놈들이 저 동네서 살았다는 증거제. 그리고 저 저수지 수문 옆에서는 수감이 아니면 과부가 살았어! 그런데 그런 때가 바로 엊그제 같은데, 뭣이 없어, 아무것도 없어! 다 버렸어, 인심도 버렸고, 동네가 다 버렸어! 우리가 태어나고 자란 곳인데 다 버렸어! 우리가 번잡한 도시를 만든 시간이 그리 많지 않은데 버렸어! 그나 그 많던 사람들은 다 어디로 갔을까! 그때 그 사람들 모였다 하면, 달나라 이야기, 별나라 이야기, 어설픈 전쟁 이야기를 하다 아웅다웅 싸우고 그랬는데. 참 그런 때가 엊그제 같은데! 아무것도 없네! 없어, 그나 다 버렸어! 가세, 가세, 이 사람아 가세! 뭘 보고 있는가, 가세! 볼 것도 없는데, 가세 가!"

아버지

아!
아버지!
아버지!
우리 아버지!

아버지가 보고 싶습니다.
아버지가 그립습니다.
아버지가 너무도 보고 싶습니다.

어깨에 피멍이 들고
손에서 팽이꽃이 자라도
한마디의 불평도 없이
묵묵히
묵묵히

또 똥장군을 지고 들로 나가셔서
삽 들고 논으로 물고를 보러 가셔서
먼 산을 보고
하늘을 보며
나를 키워 내신
아버지!

그 아버지가 너무도 그립습니다.
그 아버지가 그렇게도 보고 싶습니다.

아버지의 눈물을 보지는 못했지만
아버지의 그 서러움을 알지는 못했지만,
실타래처럼 엮이어 있을 사연은 알 것 같아서,
아버지가 보고 싶습니다.
아버지가 그토록 보고 싶습니다.

그 아버지라서 그립습니다.
그 아버지라서 보고 싶습니다.
그 아버지라서 정말 보고 싶습니다.

산길을 걸으며

산바람이 유혹하여
춤추는 풋맹감 하나
툭 땄는데

추억 속에 잠들어 있던
그 친구가
눈앞에서 아른아른하고

들바람이 유혹하여
빨갛게 익어 가는 맹감 하나
툭 땄는데

첫사랑을 알게 하던
그녀가
눈앞에서 아른아른하고

풋맹감에 안겨 있는
그 친구는!
빨간 맹감에 안겨 있는
그녀는!

도대체
어디에서
무얼 하고 있을까!

산바람은
산들산들
들바람은
들들
내 가슴만 적시네.

2부

영미네 집 TV 안테나

우리 친구 영미네 집은 TV 안테나가 지키고 있습니다.

TV 안테나가 영미네 집을 지키고 싶어서 지키는 게 아니라, 자신도 모르게 어느 날부터 지키게 되었습니다.

사실 TV 안테나는 여태까지 하루도 쉬지 않고 시시각각 벌어지고 있는 세상의 현란한 이야기를 세세하게 영미네 집 안방에 전해 주었습니다.

그래서 영미네 어머니랑 아버지랑도 안방에 앉아서 도란도란 이야기꽃을 피우며 "죽는 날까지 우리 꼭 행복하세, 그리고 죽을 때도 우리는 꼭 한날, 한시에 함께 죽으세!" 하고 약속도 했었습니다.

그런데 어느 날은 그렇게 센 비바람과 눈보라가 몰아쳐 와서 TV 안테나의 뺨을 거칠게 때리기도 하고, 또 번개까지 동반한 비가 와서 TV 안테나의 팔 하나쯤은 부러트리고 가 버린 적도 있습니다.

담벼락에 기대어 아예 꼼짝달싹도 못 하게 꽁꽁 묶어 놓은 TV 안테나를 말입니다. 하지만 TV 안테나는 아랑곳하지 않고 변함없는 마음 하나만은 간직하고 버티어 왔습니다.

그런데 어느 날 TV 안테나만 홀로 남겨 놓은 채!

무슨 말이라도 한마디쯤은 해 주고 갈 만도 한데,

표지에 S 전자 대리점 광고가 인쇄되어 있는 전화번호부 책자는 골방에,

요양보호사가 들락거리던 대문에는

굳게 자물쇠를 채워 놓고
모두가 가 버렸습니다.

TV 안테나가 남아서 집을 지킵니다.
TV 안테나가 남아 집을 지키게 되었습니다.
썰렁한 집을 TV 안테나가 지키게 되었습니다.

하지만 사실 TV 안테나는 알고 있습니다.
사람이 살고 싶어서 사는 세상이 아니라는 것을,
또 집에 살 사람이 없는 세상도 아니라는 것을,
TV 안테나도 그 정도는 알고 있습니다.

그런데 왜!
TV 안테나를 시멘트로 쌓은 담벼락에 구멍까지 뚫어서 허리까지 꽁
꽁 묶어 놓았을까요!

그리고 "상황이 그래서!"라는 한마디의 말도 없이,
대문에 자물쇠를 채워 놓고 가야만 했을까요!
왜 그래야만 했을까요!

차라리 그래야만 했다면,
"세상 사는 것이 다 그래!"라는
한마디 말이라도 TV 안테나에
전하고 가든지, 그러지!

그러지도 못하고,

왜

가야만 했을까요!

하지만 TV 안테나도 홀가분한 일 한 가지 정도는 있습니다. 세상에서 시시각각 일어나고 있는 복잡한 이야기를 안방에 전해 주던 책임과 의무에서 해방되고, 또 그 이야기를 TV 안테나 자신만 알고 있는 데서 끝이 나도, 누구 하나 불평도 불만도 없다는 것입니다.

예전에 만약 이런 일들이 사소하게라도 있었다면, 사람들은 불평과 불만이 극에 달해 고성을 지르며 욕을 하고, 무작정 TV 안테나의 몸을 잡고 돌리고 흔들어 보지를 않나, 주변에 있는 돌멩이를 주워 두드리고 상처를 내지 않나, 또 불이 날 정도로 수동식 전화기의 다이얼을 돌리지 않나, 정말 말로는 다 할 수 없는 고통을 주며 괴롭히기도 했었습니다.

그런데 이제 TV 안테나는 빗방울만 떨어져도 마음은 복잡하고 뒤숭숭합니다.

빈집에서 떠나야 할지! 아니면 빈집이라도 지켜야 할지!

TV 안테나의 갈등입니다.

TV 안테나도,

TV 안테나마저 마음이 그럴 것이라는 겁니다.

TV 안테나가 빈집에 남아 비를 맞고 서 있으면

TV 안테나가 애처롭고 쓸쓸하게

빈집에 서서 비를 맞고 있는 것을 보면,
상처투성이의 TV 안테나가
하늘을 향해 구원의 손짓을 보내고 있는 것을 보면,
내 마음은 가히 편치가 않습니다.

TV 안테나나 나나,
마음대로 어디든 갈 수 있는
풍요롭고 자유로운 세상도,
그렇게 자유로운 신세도 아닙니다.
하지만 신세를 한탄하지 않으며
TV 안테나는 온몸으로 비를 맞고, 저는 마음에 비를 맞습니다.
우리는 비를 맞을 수밖에 없습니다.

이유는 하나 참 진리에 깨달음이 있어서!
또 존재한다는 것 자체가 이별에 대한 자연스러운 섭리라서.

그런데 사람들은
TV 안테나가 왜!
누구를 위하고, 누구를 위해서!
언제까지 그 자리를 지키고 있어야 하는지,
관심도 두지를 않습니다.

얼마 가지 않아 TV 안테나의 몸에도 더 많은 상처가 날 것입니다.
그러면 사람들은 그런 TV 안테나를 보고 참 흉하다는 말을 이구동성으로 할 것입니다.

그로부터 얼마 지나지 않으면 TV 안테나는 집을 떠나야 할 줄도 모릅니다.

고물상이 소유한 차에 실려 도시의 한구석으로 말입니다.

그리고 거기서 온 육신이 산산조각이 나며 한 많은 생을 마감하게 될 것입니다.

그런데 이러한 일들이 결코 영미네 집만의 일은 아닙니다.

또 이런 현상이 영미네 마을에서만 있는 것도 아닙니다.

우리가 사는 세상이 다 그렇고, 그렇습니다.

필요할 땐 어떻게든 쓰려 하고,

필요하지 않으면 가차 없이 버리는,

우리의 일상이 비정하게 그렇다는 것입니다.

홀로 빈집을 지키고 있는 쓸쓸한 TV 안테나를 보면서,

참 할 말이 많을

TV 안테나를 보면서,

우리도 알지 못하는 친구네 집안 내력을 세세하게 알고 있을 TV 안테나를 보면서,

영미네 집 내력이 어머니 아버지의 고운 마음처럼

쭉 이어지기만을 바랍니다.

석류

석류가
가을을 만나면
볼이 불그스레하게 달아오릅니다.

석류가
가을을 만나면
그녀의 나이가
갓 스물일 때보다 더 아름답습니다.

석류가
가을을 만나면
노란 속옷에 빨간 겉옷까지 입고
살짝 웃습니다.

석류가
가을을 사랑하면
내가 사랑했던 그녀보다
더 아름답습니다.

석류가
가을과 사랑에 빠지면

사랑을 참 상큼하게 합니다.

사랑을 참 군침 돌게 합니다.

사랑이 입안에서 사르르 녹게 합니다.

노두길

철썩철썩
파도 소리 들으며
내 사랑 순희와
손잡고 걷던 노두길

철썩철썩
파도 소리 들으며
내 사랑 순희와
속삭이며 걷던 노두길

철썩철썩
파도 소리 들으며
내 사랑 순희와
손가락 걸고 걷던 노두길

철썩철썩
파도 소리 들으며
내 사랑 순희와
도란도란 맹세하며 걷던 노두길

내 사랑 순희가 앞서 걸으면

내가 따라 걷고 싶던
노두길

내가 앞서 걸으면
순희가 따라 걷고 싶었을
노두길

해당화 꽃보다
더 아름답고
달보다 더 예쁜 사랑을
약속하던 노두길

내 사랑 순희가
생각나면 걷고 싶은 노두길.
내 사랑 순희가
그리워지면 걷고 싶은 노두길

노두길!

설화네 집

내 친구 설화가 살던 마을에 가면
설화보다는 더 예쁜
미경이가 보고 싶던 집.

집 앞에는 졸졸졸 물이 흐르는 실개천이 있고,
아침이면 빨랫감을 한 아름 안고 샘가로 나오던
미경이가 보고 싶던 집.

설화를 생각하면 미경이가 생각나고
설화가 보고 싶으면 미경이가 보고 싶고
설화의 뒷모습보다는 미경이의 뒷모습이 보고 싶던 집
설화의 단발머리보다는 미경이의 단발머리가 더 예뻐서
그저 보고만 싶던 집.

생각하면 할수록 보고 싶고
가 보고 싶은 설화네 집,
미경이네 집!

담수야

담수야! 이놈아!
담수야, 이놈아!

어디에, 사느냐!
어떻게, 사느냐!

이놈아, 담수야!
무엇을 하고, 있느냐!
무엇을 하고, 사느냐!

담수야!
이놈아!
보고 싶다.

보고 싶은 담수야!
어서 만나자.

네가 있는 곳이라면
내가 가마!

담수야, 이놈아!

어서 만나자.
담수야, 이놈아!
보고 싶다.
보고 싶어!

그리운 담수야!
보고 싶은 담수야!
어서 만나자!

고향

아!
고향에 가고 싶다.
내가 태어난 고향에
정말 가고 싶다.

내가 사랑했던 옥희도
내 친구 철이도 없다지만,
고향에 가고 싶다.

내 친구 철이가
장가를 들기 위해
고향을 떠났다지만
고향을 떠날 수밖에 없었다지만,
내 사랑 옥희가
시집을 가야 해서
떠날 수밖에 없었다지만
고향을 떠났다지만,
내 고향에 가고 싶다.
정말 가고 싶다.

바람 향기 그윽한

고향에 가고 싶다.
정말 가고 싶다.

옥희의 미소 짓는 모습도 그립고,
아침 햇살처럼 그리운 백사장도 보고 싶고,
개구쟁이 철이와 개구슬을 따 먹고 놀던
동네 삼거리도 보고 싶고,
그곳의 향기라도 맡고 싶어
내 고향에 가고 싶다.
정말 가고 싶다.

달빛 아래서 소곤소곤 이야기하던 그 소녀
옥희가 그리워서라도
개구슬을 따서 나누어 먹던
그 철이가 그리워서라도
고향에 가고 싶다,
내 고향에 가 보고 싶다.
정말 가고 싶다.

철이가 그리워지면 그 소년들이 그립고
옥희가 그리워지면 그 소녀들이 그리워
그 시절이 그리워서,
잊지 못할 그 시절이 그리워서라도,
고향에 가고 싶다.

정말 가고 싶다.
내 고향에 가고 싶다.

모내기하던 날

모내기하는 날이면 우리 논에서는 소가 첨벙첨벙 논물을 밟으며 아버지의 써레를 끌었고, 어머니는 산들바람에 머리카락을 날리며 모를 심었습니다.

그러다 참이 되면 아버지는 논둑에 앉아 양은 주전자에 가득 담긴 막걸리를 사발에 따라 마시며 봉초 담배를 말아 피우시기도 하셨습니다....

또 어깨에 올려진 멍에로 써레를 끌고 가던 소는 입마개 사이로 혀를 내둘러 논둑 너머의 밭에 있는 풋보리를 잽싸게 한입 훔쳐 먹을 수 있는 참이기도 했습니다.

그런데 어머니의 참은 첨벙첨벙 논물을 헤치고 다니며 모 시종에 바빴습니다.

또 참도 없는 형은 논둑에 세워 놓은 못 단을 지게에 가득 담아지고 땀을 뻘뻘 흘리며 끙끙 논둑길을 달려야 했습니다.

또 우리 집에서 모내기하는 날은 아버지와 어머니가 사랑방에서 한 약속이 지켜지는 날이기도 했습니다.

그래서 우리 집에서 모내기하는 날은 아버지가 장가들 때, 어머니가 시집올 때 서로 약속한 미래를 실천하는 날이기도 했습니다.

하지만 우리 집 모내기는 동네서 꽤 이름이 유명한 삼총사가 다했습니다.

일 총사는 논둑에서 못 줄만 잡았다 하면 오라이 소리 하나만은 똑소리 나게 외치던, 동네서 어수룩하기로 소문난 사내.

이 총사는 다리에 거머리가 붙어 배가 터지도록 피를 빨아 먹어도 모르고 걸걸한 특유의 목소리로 육자배기를 기차게 부르며 모를 심고, 힘이 황소보다 더 세다고 동네에 소문이 난 똑순이라 부르는 아낙네.

삼 총사는 머리에 부스럼이 덕지덕지 붙어 있어도, 모 밥이 아니면 주먹밥이라도 얻어먹겠다며 논물을 첨벙첨벙 밟고 모 시중만은 그렇게 잘하던 우리 집 옆집에 살던 영식이 아재네 막내아들.

이 삼총사가 우리 집 모내기는 다 했습니다.

또 우리 아버지와 이웃집 아재가 구들장이 깔린 방에 배를 대고 누워서 방바닥에 농협에서 주는 달력과 도시의 헌책방에서 사 온 책력을 펴놓고, 이십사 절기에 이십팔 수까지 손가락으로 일일이 따져 가며 날을 받아서 그런지 모내기하는 날은 날도 그렇게 좋았습니다.

그뿐만 아닙니다. 논에 모도 못 줄을 따라가며 잘도 심어지고, 심어진 모는 산들바람에 장단을 맞추며 춤도 잘 추었습니다.

그런데 모내기하는 날!

우리 논 옆에 있는 숙이네 논을 보면 가슴이 아팠습니다.

모내기가 끝난 우리 논에서는 산들산들 들바람에 파릇파릇한 모가 손짓하며 춤을 추는데, 숙이네 논은 벌써 몇 년째 모가 자라는 것이 아니라 억새 풀만 훌쩍훌쩍 자라 서로 키재기 시합만 하고 있습니다.

여기서 다가 아닙니다.

숙이네 집에 무슨 일이 있었던 것 같습니다.

숙이네가 살던 집이 법원 경매로 인하여 주인이 바뀌었다는 소문도 동네에 자자합니다.

숙이네는 한때 정말 잘살았습니다.

숙이네가 한창 잘살 때만 해도, 숙이네 집은 양옥집에 대문도 무지하게 컸습니다. 또 대문 바로 옆에는 두 개의 사랑채도 있었습니다.

여기서 다가 아닙니다.

숙이네는 논과 밭을 얼마나 많이 가지고 있었는지 모릅니다. 그래서 숙이 아버지나 어머니는 아침 내내 걸어 다녀도 논과 밭을 다 못 돌아볼 정도였습니다.

그래도 숙이네 집에서나 우리 집에서나, 처마에서 빗물이 떨어지는 것은 그렇게 차이가 있는 것은 아니었습니다.

다만 그 빗물이 도랑에 모여 시뻘겋게 텃논으로 갈 때, 그때는 다소의 차이가 있었습니다.

하지만 우리 가족은 논이 있어서 일 년에 한 번 정도는 얼굴도 볼 수 있고, 모내기도 합니다.

그런데 숙이네는 논은 있어도 모내기는 할 수가 없습니다.

거기다가 살던 집마저 법원 경매로 잃어버렸고, 피로 맺어진 형제지간에 돈 문제, 재산 문제로 시비까지 일어 의까지 상해 버렸답니다. 어디에서 어떻게 사는지 서로 모르고 사는 게 편하다면서.

사실 우리 집이나, 숙이네 집이나, 우리 가족들이나 숙이네 가족들이나, 하루 세 끼를 먹고 살았던 것은 별 차이가 없었습니다.

그런데 모내기가 끝나면 우리 논에서는 하루가 다르게 싱그러운 모가 자랍니다. 너울너울 춤도 추면서.
그런데 숙이네 논에서는 자라야 할 모가 자라는 것이 아니라, 오히려 잡초가 키재기 시합에만 몰두하고 있습니다.

사실 내가 친구라고 생각하는 숙이네 집에서 이런 일이 벌어질 줄은 정말 상상도 못 하고 살았습니다.
다만 사람이 사는 세상인지라 무슨 일이라도 누구에게나 있을 수 있다는 생각은 하고 살기는 했지만, 그런데 하필 내가 친구라 생각하는 숙이네 집에서 이런 일이 있을 줄은 정말 생각조차도 하기 싫습니다.

이제라도 바랍니다.
숙이네 집이 우리 동네서 사라져 버린 상처도 빨리 치유되고, 형제지간에 재산으로 인해 생긴 갈등도 빨리 치유되고, 그러기를 바랍니다. 그랬으면 정말 좋겠습니다.

이제 숙이도 나도 나이를 먹을 만큼은 먹었습니다.
그래서 나도 숙이도 생각이 그리 다르지는 않을 것입니다.
그래서 내가 생각하는 친구 숙이에게 이런 말을 하고 싶습니다.
"숙아, 내 친구 숙아!
세상 사는 것이, 다 그렇고 그래야!

하지만 얼굴은 보고 살자!

너를 생각하고 있을 그 친구도 보고!

네가 보고 싶을 그 친구도 보고,

그리고 이것저것 다 잊고 살자!

그렇게 살면 좋아야!

그렇게 살면 정말 좋아야!

참 좋아야!

친구 숙아! 그렇게 살자,

그렇게라도 잠시 살아 보자!

내 친구 숙아!"

수로에 서서

수로는 우리 선친들의 한과 땀이 서린 결실의 광야에서 꿈과 희망이 이루어지게 합니다.

그런 수로를 따라 길을 걸으며 저 멀리 보이는 산꼭대기에서부터 시작된 물이 졸졸졸 흘러내리던 실개천이 생각나고, 그 실개천으로 들어가서 물고기를 잡던 친구들이 생각나고 그렇습니다.

마치 도화지 위에 그려 놓은 전원적 풍경이 가득 담긴 농촌의 그림 속에서 말입니다.

그런데 내가 코에서 흘러나오는 코를 옷 소매로 문질러 닦기도 하고 훌쩍거리다 먹어 버리던 시절이었습니다.

친구들과 어울려 앞서 걷거나 뒤서 걷거나 하며 실개천을 따라 걸었습니다. 그런데 실개천에서 물고기가 느닷없이 파드닥파드닥 뛰어올랐습니다.

그때 "아야, 저기서 고기가 뛰어야! 뭔 일이라나, 저 뛰는 고기 좀 봐야! 고기들이 죽을라고 환장했을 거나! 아니면 미쳐 버렸을 거나! 근데 저것들이 붕어냐, 잉어냐! 응!" 하자, 누가 먼저랄 것도 없이 신발을 벗어 던지며 바지 끝을 잡아 둘둘 말아 걷어 올린 다음 후다닥, 후다닥, 실개천으로 뛰어들었습니다.

그러고는 맨손으로 풀섶을 일일이 뒤져 물고기를 잡았습니다.

그때 손에 잡힌 물고기 살겠다고 파드닥거리며 아우성을 치는데 신기하기도 하고, 생동감도 있고, 손맛도 있고, 그랬습니다.

그런데 물고기가 그렇게 힘이 센 줄은 몰랐습니다.

그때 우리 친구 중에는 맨손으로 물속에서 고기 잡는 것에 대해서 이 등하라고 하면 서러워할 친구가 한 명 있었습니다.

이 친구가 물속에서 그것도 맨손으로 고기를 잡아내는 것을 보면 참 의아하다 못해 신기하기도 했습니다. 그래서 친구들은 이 친구에게 박사라는 칭호를 "어이 맨손 박사!" 하며 부르기도 했습니다.

그런데 나는 이 친구가 맨손으로 개천 물속에서 고기를 잡아 밖을 향해 홀랑홀랑 내던질 때 이런 생각이 들기도 했습니다.

"짜식이 우리 이웃집에 살고, 나하고는 깨복쟁이 친구고, 또 나하고는 3학년 1반 같은 반이고, 껌도 정확히 반씩 나누어 먹으며 학교도 가고 그런 사인데, 왜 나한테는 가르쳐 주지도 않고 저만 고기를 잡아! 짜식, 나쁜 새끼, 나쁜 놈!" 하는 생각을 했습니다.

그런데 그로부터 얼마 안 가서, 이런 생각은 나만의 편견이며 오해라는 것을 알았습니다.

이 친구는 내가 월말고사 점수가 오십 점을 넘지 않아 정상 수업이 끝나도 집으로 가지 못하고 학교에 남아 보충 수업을 받고 있을 때, 동네 도랑이나 논두렁에서 맨손으로 물고기를 잡아야 했답니다.

그것도 서산으로 해가 넘어가고 땅거미가 뉘엿뉘엿 오를 때까지, 강아지풀 꿰미에 물고기가 가득 찰 때까지!

그리고 강아지풀 꿰미 목까지 물고기가 꽉 차면, 그 꿰미를 손에 들고 달랑달랑 걸어 농협 창고 옆에 있는 공터로 가서 물고기를 팔았답니다.

농협 창고 옆에 있는 공터는 동네서 말썽깨나 부리는 아재와 형들이 날마다 모여, 누가 더 진한 음담패설을 하는가로 일이 등을 다투는 그런

자리였습니다.

그런데 이 친구가 허전한 오후에 무언의 약속을 이행이라도 하려는 듯 강아지풀 꿰미 목까지 물고기가 가득 찬 꿰미를 들고 나타난 것입니다.

그때마다 동네 아재들과 형들은 우르르 모여들며 이 친구를 에워싸고,

"야! 거, 술안주 기가 막히겠다, 정말 딱이다, 딱! 아야, 얼마 줄 거냐! 팔아라, 안주 좀 하게. 한잔 먹는 데는 정말 최고다 야! 얼마면 되겠냐! 이 꿰미 통째로, 응! 한 삼십 원 주면 되겠냐! 내일도 살란다, 무조건 내가 사깨! 너 나 알지! 다른 놈들은 다 필요 없어야, 말만 달콤하지, 개뿔이나 돈도 없는 것들이. 무조건 나한테 가져와라! 무조건 내가 이도해 벌란게, 응! 알았지?

아야! 근데 너, 커서 무엇이 될래! 도대체 너 뭣이 될라고 그러냐! 너참 신기한 놈이어야, 응! 다른 놈들은 학교에서 공부하는데, 너는 하라는 공부는 안 하고, 물고기만 잡아야 응! 하기야 네 아버지는 돈은 안 들겠다, 야!"

그런데 정이 들어서 그런지 강아지풀 꿰미에 물고기가 반도 차지 않았는데도 아재들과 형들이 서로 경쟁이 붙어 백 원도 주고, 백오십 원을 받고 팔라고도 했답니다. 그랬답니다.

그런데 우리 동네에는 수로나 저수지에서 유별나게 장어만 잘 잡는 형도 있었습니다.

이 형은 마치 얼굴이 외국인이라도 되는 것처럼 항상 검게 타 있었으며, 엉거주춤한 팔자걸음까지 걷고 다니는 노총각이었습니다.

그런데 웃기는 것은 노총각이라는 형이 남자한테는 장어가 최고라는 것을 어떻게 아는지, 궁금하지 않을 수가 없었습니다. 그래도 하여튼 이

형은 저수지에서나 수로에서나 장어 하나만은 정말 귀신처럼 잘 잡아냈습니다.

그것도 장어 글겅이 하나만 달랑 들고 자신의 키보다 더 깊은 물 속으로 들어가서.

그런데 더 이상한 것은, 글쎄 이 형은 장어 글겅이 하나만 넣고 손으로 "어이차, 어이차!" 하면서 글겅이질을 해 대는데! 그러다 어느 순간에 "걸렸다, 이놈!" 하면 정말 여지없이 배가 하얗기도 하고, 노랗기도 한 장어가 글겅이에 걸려서 나오는 것입니다.

그때 글겅이에 걸린 장어가 빠져나가 살겠다며 온몸을 비비 꼬고 오물 오물하는데, 정말 구경할 만했습니다.

그 힘차게 오물거리는 장어를 보면서, 저래서 남자들이 장어를 먹으려고 하고, 좋아하는 갑구나! 하는 생각이 들기도 했습니다.

그리고 참 신기한 친구 광식이도 있었습니다.

광식이가 신기한 것은 다른 것이 아닙니다.

광식이는 정말 수수깡으로 여치 집을 잘 지었습니다.

그때 광식이가 어떤 특별한 기술을 가지고 여치 집을 그렇게 잘 지었는지 지금도 의문이 들기는 하지만, 하여튼 광식이가 여치 집을 지으면 기이하고 아름답고 예쁘다는 생각이 들었습니다.

또 종말이라는 이름의 친구도 우리 동네서 살았습니다.

그런데 이 친구는 어찌나 나무를 잘 타고 올라가서 새를 잘 잡았는지 '종새'라는 이름으로 불리기도 했습니다.

종새는 얼마나 나무를 잘 타고 올라갔는지, 우리 동네에 있는 나무라는 나무는 거의 다 타고 올라가 보아서, 안 올라가 본 나무가 없을 정도였습니다.

그래서 종새는 나무에 올라가 빈손으로 내려온 적이 한 번도 없었습니다.

그러다 어느 날은 나무 꼭대기까지 올라간 종새가 새집을 통째로 들고 내려왔습니다.

그때 종새가 나무에서 가지고 내려온 새집 중에는 파랑새 집도 있었고 때까치 집도 있었습니다. 그런데 그 새집에는 새가 낳아 놓은 알이 있기도 했고, 갓 태어난 새 새끼들이 웅크리고 앉아 짹짹 소리를 내고 있기도 했습니다.

이런 것만 보아도 종새는 정말 신기한 친구였습니다.

그런데 더 신기한 것은 종새가 엄마 없는 새 새끼들도 잘 키웠다는 것입니다.

마치 종새는 새 새끼들의 어미라도 되는 것처럼, 먹이를 줄 때는 입으로 짹짹하고 소리를 냈습니다. 그러면 신기하게도 새 새끼들이 짹짹 소리를 내며 먹이를 넣어 달라고 부리가 노란 입을 힘껏 벌리기도 했습니다.

순간 종새는 새 먹이로 주기 위해 강아지풀 꿰미 목까지 차게 잡아 놓은 메뚜기, 땅깨비, 여치며, 잠자리 등을 새끼 새들이 벌리고 있는 입에 착착 잘도 넣어 주었습니다.

보는 우리가 참 진지하고 흥미로울 정도로 말입니다.

그런데 이런 날들이 며칠 지나면 새끼 새들의 몸에는 하얗고 부연 털이 나 있는가 하면, 어느새 날개까지도 돋아나 나는 연습을 하기도 했습니다.

그런데 어느 날은 종새가 이런 새 새끼들을 가슴에 안고 동네 골목길로 나와 나는 연습을 시키기도 했습니다.

그때 종새를 본 친구들은 이렇게 말했습니다.

"아야, 종새야! 새 새끼들이 무지하게 이쁘다, 응! 한번 만져 봐도 되냐! 아야, 근데 너는 어떻게 새를 그렇게 잘 잡고, 잘도 키우냐! 참 신기하다. 근데 아야! 새 한 마리만 팔아라! 이십 원이면 되겠냐! 아니면 더 주래! 아니면 쌀 한 됫박하고 바꿀래!"

그렇게라도 한번 새를 키워 보고 싶었습니다.

그런데 그렇게라도 해서 산 새는, 종새의 손에 있을 때는 먹이도 그렇게 잘 먹고, 또 나는 연습 또한 잘하던 새가! 종새의 손을 떠나면 얼추 삼일도 넘기지 못하고 죽고 말았습니다. 참 이상하고 이해가 되지 않는 일이었습니다.

지금도 그때를 생각하면 이상하고 풀리지 않는 수수께끼 같은 이야기입니다.

또 지금까지도 의심하고 있는 추억 속의 이야기도 있습니다.

내가 친구라고 자평하는 영순이 이야기입니다.

그때 영순이는 별명이 왜 차순이었고, 그렇게 삐비도 잘 뽑았을까!

또 친구 미숙이는 왜 그렇게 달리기를 잘했을까!

그리고 미숙이는 무슨 이유가 있어서, 상철이가 벅바 소리를 외치면 왕잠자리가 흘레를 붙었는데, 그때 왜 막 달려가서 왕잠자리를 잡아 상철이에게만 주었을까!

아무리 생각해도 이해가 되지 않고, 꼬리에 꼬리만 물고 가는 의혹만 생기는 그런 이야기입니다.

어쩌면 영원히 풀리지 않을 수수께끼 같은 이야기인지도 모릅니다.

아마 오늘까지를 대략 고향으로 돌아오는 날로 치면, 대략 한 3천6백
5십 일 정도는 되는 것 같습니다.

그런데 수로를 따라 걸으면 생각나는 것은 아쉬운 과거의 추억이 그나
마 남아 있었던 것 그뿐인 것 같습니다.

이제 수로를 보면 나 아닌 누구라도 이런 말 정도는 할 것 같습니다.

그 시절이

그립다.

그때가!

그리워진다.

그 시절이,

그 시절이 좋았어!

그 시절이 참 좋았어!

그리고 그 시절!

그 친구들은 과연 어떤 모습일까!

그때가 추억입니다.

그때가 추억으로 남아 있을 뿐입니다.

그 소녀와 그 소년

내가
잊으려고 해도
잊을 수가 없으며
또 잊어서도 아니 될
소녀가 있습니다.
그 소녀는 내 마음속에 있는 소녀입니다.

또
내가 잊을 수도 없고
잊어서도 아니 될
소년도 있습니다.
내 마음속에 있는 그 소년입니다.

그 소녀는
사랑이 진실하다는 것을
그 소년은
우정과 우애는
변함이 없다는 것을 가르쳐 준
참 소중한 소녀이고
참 소중한 소년이었습니다.

그런 소녀를
그런 소년을
나는 잊을 수가 없습니다.
잊어서도 안 됩니다.
아니, 잊으려고 해서도 아니 됩니다.

그런데 그 소녀도, 그 소년도
잊어야 하는 날들이 서서히 다가오고 있습니다.
그러한 날들이 나도 모르게 조금씩 조금씩 다가오고 있습니다.

그러면서 삶은 다 그렇게 시작되고,
그렇게 끝이 난다는 것을 알게 되는 것 같습니다.

나는 너무 거대한 꿈을 꾸며 삶을 시작했던 것 같습니다.
이럴 줄 알았더라면, 이러한 날들이 이렇게 다가올 줄 알았더라면, 마음속에 있는 아주 작은 소망 하나만이라도 이루려는 삶만을 살 것을 그랬습니다.
그런데 이제 와, 그런 생각을 한들 무슨 소용이 있겠습니까! 제아무리 꿰맞추어 보아도 내놓을 삶은 없는데.
그런데도 이별이라는 문턱은 내 앞에서 재촉을 멈추지 않고 있습니다.
마지막이라는 아쉬움까지 데리고 와서 말입니다.

우리가 삶은 참 소중하다고 잠시라도 말할 수 있었던 것은,
또 우리가 삶은 행복하다고 잠시라도 말할 수 있었던 것은,

미래를 꿈꾸고 약속하던 그 소녀와 소년이 있었기 때문이 아니겠습니까!

이제 그렇게 많지 않게 남아 있는 그날까지만이라도

그 소녀의 소박함과 그 소년의 우애만이라도 생각하는 삶을 살아야 할 것 같습니다.

그러면 오늘 하루도 그만큼 소중한 날이 될 것 같습니다.

고무신 이야기

1950년 정도에 태어난 사람은 거의 어릴 적에 고무신을 신고 자랐습니다.

그때 우리 마을에는 집에서 버리는 똥물이 흘러 모이던 텃논이 있었으며, 또 우리 집 옆에는 마당이 유별나게 큰 친구네 집도 있었습니다.

그래서 나와 친구들은 그때 틈만 나면 텃논이나 친구네 집에 모여, 가위바위보로 편을 가른 다음에 축구를 하기도 했으며, 떼꿍도 하고, 오재미 놀이도 하고, 띠뽀도 하고, 캐스 잡기 살이 놀이도 하며 놀고 그랬습니다.

그런데 축구시합을 할 때 제일 먼저 하는 것은 가위바위보를 하거나, 앉았다 섰다로 편을 가르는 것이었습니다.

그리고 편을 가른 다음에는 주장을 뽑았는데, 주장은 팀을 이루고 있는 친구들의 포지션, 즉 각자의 위치를 정해 주었고 그다음에는 마당 여기저기에서 뒹굴고 있는 돌멩이를 주워 골문을 만들었습니다.

그리고 그 돌멩이 위에는 축구시합 하는 아이들이 옷을 벗어 덮어 놓았습니다. 이것을 우리는 골대라 했으며, 그 돌멩이와 돌멩이 사이를 골문이라고 불렀습니다. 그러면서 자신들이 만든 골대가 더 멋있다고 자랑까지 하면서 축구시합을 하기도 했습니다.

그런데 축구시합을 하다 보면 상대편 친구가 찬 공이 하필이면 골대라는 돌멩이 위로 용케도 넘어가 버려 문제가 되기도 했습니다.

"와, 골인이다!"

"야, 아니어야! 야 새끼야! 왜 골대 위로, 아니 돌멩이 가운데로 공이 정확히 지나갔는데 그것이 왜 골인이냐!" 하면서 서로 삿대질도 하고, 그도 아니면 코를 씩씩거리며 멱살을 잡고 싸우기도 하고, 그러다 불끈 주먹으로 코를 때려 코피가 나는 싸움을 하기도 하고….

　그러다 어느 날부터 "야, 이제 마당은 너무 좁은게, 더 넓은 데로 가서 하자!"며 마을 앞에 있는 공터나 텃논이 아니면 염전 옆에 있는 뻘 땅으로 가서 축구시합을 했습니다.
　친구들과 텃논에 모여 축구시합을 할 때 바로 옆에는 구멍 난 양말을 신은 아이들이나 무릎이 튀어나온 고리땡 바지를 입은 아이들이, 팔방 놀이, 공기놀이에 빠져 있던 단발머리 소녀들이, 또 "나리, 나리 개나리, 입에 따다 물고요!" 노래를 부르며 고무줄놀이하던 소녀들이 있었습니다.
　그런데 그때 축구시합 하던 친구들!
　그 친구들 발에 고무신을 신은 채로 새끼로(새내끼) 칭칭 감아 묶은 다음에 공을 차는 축구시합을 했는데 정말 대단했습니다.
　축구시합을 할 때 어느 친구는 있는 힘 다 발에 주고 공을 찼는데 공은 멀리 가지도 않고 고무신만 멀리 날아가 버린 친구도 있었고, 또 어느 친구는 있는 힘을 다해 공을 찼는데 공은 날아가지 않고 오히려 신발만 날아가서 남의 집 뒤 안에 있는 대추나무 가지에 걸려 대롱대롱 매달려 있기도 했습니다.
　그 모습을 본 친구들은 배꼽을 잡고 웃기도 했습니다.
　그 시절의 추억입니다.
　고무신보다 앞서서는 아버지가 신고 백 리도 까딱없이 걸었다는 짚신도 있었고, 비 올 때 신고 다녔다는 나막신도 있습니다.
　나막신은 목극, 목리, 목혜라고도 하는데, 그 시절은 국가의 체면이 좀 우습기도 했습니다.

그런데 어머니께서는 고무신 중에서도 아마 검정 고무신은 평생을 원수처럼 생각하고 살았을 것 같습니다.

아무리 찢어지고 구멍 난 고무신이라도 헝겊을 대고 바늘로 꿰매서 신어야 했으니, 그 고무신에 대한 기억이 좋게 남아 있을 리야 없겠지요!

그때를 생각하면 참 지긋지긋했었다, 그런 기억뿐일 것입니다.

그런 고무신이지만, 어머니는 그런 고무신을 신고 천 평, 만 평의 밭도 매고 논도 매셨습니다.

또 아버지께서는 그런 고무신을 신고 똥장군 지게를 지고 논과 밭을 달려 오가기도 하셨습니다.

그뿐이 아닙니다,

고무신을 신은 누나는 손에 갈퀴와 낫을 들고 산으로 가서 땔감으로 나무도 해 왔으며, 형은 고무신을 신고 돌멩이가 울퉁불퉁 튀어나온 산길을 달려 장작도 해 날랐습니다.

그리고 겨울에 고무신을 신었을 때 발이 얼마나 시려 왔는지 구멍 난 양말, 찢어진 양말이라도 두 겹 세 겹 포개서 신었습니다.

그런데 그런 고무신을 신고 동네 뒷동산으로 올라가서 눈썰매를 타기도 했습니다.

이렇게 고무신 하나도 희생하여 오늘날 우리가 있게 한 것입니다.

사람의 일생이라는 삶에 소중하지 않은 것은 없습니다.

그래서인지,

그래서일까요!

너무 많은 과욕과 망상을 가지려고 합니다.

과욕과 망상이 얼마나 많은 불행을 불러오고 있다는 것을 알면서도 그러는 것입니다.

고무신 한 켤레를 신고도 얼마나 많은 일들을 해냈습니까!

그 검정 고무신을 신고도 어려운 시절을 보냈습니다. 그 시절은 풋풋한 정이 있는 시절이었습니다.

그래서 지금 그때가 좋았어!

그때가 참 좋았어! 하는 아쉬움이 있는 것입니다.

우리에게.

연꽃이 그립습니다

우리 동네 사람들은 아침이면 비석거리에 모여 이구동성으로 말했습니다.

앞면 새순안 들녘에 있는 정 씨네 방죽에서 그렇게 예쁜 연이 자란다고, 그러면서 연은 반드시 흐릿창(뻘, 더러운 흙)이 있는 방죽에서 자란 연이 최고라 하며, 그런 연이 꽃도 그렇게 예쁘게 피운다고 말했습니다.

그런데 새순안 정 씨네 방죽에서 자란 연보다는 누룩섬에 있는 김 씨네 방죽에서 자란 연이 꽃은 더 예쁘게 피웠습니다.

그래서 그 예쁘게 핀 연꽃에 반해 동네 친구들과 어울려 김 씨네 방죽으로 갔습니다. 그러고는 예쁘게 피어 있는 연꽃은 본체만체 무시해 버리고 연의 뿌리만 훔쳐서 먹었습니다.

본초강목을 보지 않고서는 연잎의 효능을 말하지 말며, 연꽃에 반하지도 말며, 연뿌리 먹을 생각도 아예 하지 말라는 아버지의 말씀도 무시하고 그랬습니다.

그러면서 이 더러운 방죽 물과 흐릿창 속에서 연잎은 어떻게 자랄까, 또 어여쁜 연꽃이 피우는 원동력은 무엇일까! 하다 흐릿창 속에서 뿌리에 뿌리의 연을 이어가고 있는 연뿌리를 잡아 캔 다음 물컥 한 입 깨물었습니다.

그런데 연뿌리 특유의 아삭아삭한 맛은 고사하고, 연뿌리의 구멍과 구멍을 연결하고 있는 가늘고 긴 섬유질의 끈을 보고 참 신기하다는 생각이 들었습니다.

그런 나머지 그 맛있는 연뿌리를 마음대로 물컥물컥 깨물어 먹을 수가 없었습니다.

그러다 이런 생각을 했습니다.
연도 뿌리가 건강해야만 아름답고 화사한 꽃을 피우는구나!
그래서 그 탐욕의 물방울도 연잎 위에서는 또르르 또르르 구르다 떨어지고말고!

우리 인생도 그렇습니다.
우리 일생도 그럴 수 있습니다.
그래서 하루하루가 고난의 연장일 수도 있습니다.

그러나 생명이 있으니 꽃은 피워야 하지 않겠습니까!
살아 있는 동안에는 꽃을 피워야 하지 않겠습니까!
그 삶의 꽃 말고는 무슨 꽃이 있겠습니까!
그 삶의 꽃 말고는 무슨 꽃을 더 피워야 하겠습니까!

연이 사는 것 말고 무슨 이유가 있길래,
그 숨이 막힐 듯한,
그 더러운 흐릿창 속에 뿌리를 내리며
그 화사하고 예쁜 꽃을 피워내겠습니까!

우리의 삶도 끊임없이 고뇌하는 삶입니다.
그래서 우리는 인고의 꽃도 피워 냅니다.
우리는 피워 낼 꽃이 없으면 웃음의 꽃이라도 피워 내야 합니다.

연도 생명 하나가 있어 꽃을 피워 내는 겁니다.
연보다는 그래도 우리가 나은데,
삶에 있어서 꽃을,
사랑에 있어서 꽃을,
우리라면 이런 정도의 꽃은 피워 내야 하지 않겠습니까!
이런 생각만 할 수 있어도 당신은 행복합니다.

연꽃을 보세요.
연꽃을 한번 봐 보세요.
연꽃을 천천히 봐 보세요!

그러면 당신의 얼굴에도 꽃이 핍니다.
연꽃보다 더 아름답게 보이는 꽃이 핍니다.
그 꽃을 살면서 피우고,
그 꽃을 피우고 살고,
그러면 세상 사는 재미가 있습니다.
그러면 당신은 행복한 사람입니다.
그러면 당신은 행복할 수 있는 사람입니다.
연꽃을 그리워하며 사세요.
연꽃을 보며 사세요.

집 이야기

집은 사람이 태어나고 자신의 삶을 영위해 나가는 터전으로만 생각했습니다.

그래서 집은 집주인의 노력 여부의 관건에 따라 윤택한 집이 있기도 하고, 허름한 집이 있기도 하고, 또 높은 집이 있기도 하고, 낮은 집이 있기도 하고, 그렇다고 생각했습니다.

그런데 그 어떠한 집도 결국에는 쓰러지거나 사라지기도 합니다.

그래서 아무리 튼튼하게 지어 놓은 집이라 해도 세월을 초월해 가며 존재하는 영원한 집은 없습니다.

집이라면 그 어떠한 집도 결국에는 쓰러지고 사라지게 되어 있다는 것입니다.

물론 일부는 집에 대한 소유자의 능력에 따라 더 좋은 집으로 변화를 하기도 합니다. 하지만 그도 일부이며 한순간일 뿐, 결국에는 쓰러지고, 사라집니다.

세상에는 만병통치약은 있습니다. 하지만 백 가지의 효력이 있는 약은 없습니다.

따라서 그 어떠한 집이라도 결국에는 세월을 이기는 장사가 없는 것처럼 쓰러지기도 하고 사라지고 만다는 것입니다.

그런데도 우리는 대들보가 버티어 주는 순간에 집의 방 안에 앉아, 인생과 일생이라는 삶을 촘촘히 엮으며 자신이 백과사전이라도 되는 것처럼 살아왔습니다. 그리고 인생에서 경험처럼 위대한 철학은 없다며 자화자찬하고 살아왔습니다.

집을 지탱해 주는 대들보에 까맣게 멍이 드는 줄도 모르고, 케케묵은 생각이 무슨 위대한 지식이라도 되는 줄 알고, 그렇게 살아왔습니다.

그런데 그 속에 그렇게 위대하고, 그렇게 잘난 사람들이 있었는데, 그리고 쭉 이어지며 현재도 살고 있는데!

우리의 현재 꼴은 이게 뭣입니까!

우리들의 삶이, 우리가 삶을 빛나게 누리게 한, 호미는 왜 녹이 슨 채로 여기저기에 버려져 뒹굴고 있게 합니까!

또 아궁이를 청소해 주던 당글개는 정지문 한 짝과 버려져 수로에서 산산조각이 나고 있게 합니까!

또 그렇게 튼튼하게 집을 지탱해 주던 기둥에는 아버지의 삽과 지게가 등을 기대고 있었는데, 도대체 누구를 기다리고 있었던 것입니까!

우리는 말합니다.

긍지와 자부심 속에 말합니다.

살 만큼은 살고 있다고!

그런데 왜 세상에 있어야 할 것은 없어지고, 없어야 할 것은 있게 하는 세상을 만들어 갑니까! 또 제자리에라도 남아 있었으면 하던 것은 왜 그 자리에서 사라지게 했습니까!

또 있어서는 아니 된다고 그렇게 거부했는데, 왜 그 못된 것은 온갖 수단과 방법을 다 동원하여 존재하게 했습니까!

그래서 있어야 하는 것들과 아예 없었으면 하는 것들이 존재 이유까지 들먹이며 아옹다옹 싸우고만 있는 것 아닙니까!

도대체 누가 이 더러운 거짓의 현실 상황을 바로 우리 눈앞에서 전개

되게 했습니까!

그런데도 누구 하나 위기의식을 갖거나, 그에 대한 대책을 내놓거나, 이래서는 안 된다고 말이라도 한마디 할 사람도 없습니다.

집은 있는데!

양심! 그 양심이 없는 것입니다.

모두가 이기적인 수수방관에 빠져 시기적인 행복만을 취사 갈취하는 삶을 추구하고 있는 것입니다.

우리는 집이 있어서, 그 집에 앉아서, 도덕을 양심을 약속하고 맹세도 했습니다.

그러면서 어떤 일이 있어도 "집은 지켜져야 한다, 절대 나는 집을 지키 겠다, 또 절대로 집이 사라지게 해서는 안 된다."라고 호언도 하고 장담 도 했었습니다.

그런데 우리가 살던 집!

내가 살던 집도 기울어지고 쓰러지고, 이웃집은 쓰러지다 사라지고 있 습니다. 그깟 돈 몇 푼에 주인이 바뀌면서까지!

우리는 말만 앞세우며 허구의 약속에 맹세까지 붙여, 집에다 대고 허 울만 좋게 하기만 한 것입니다.

이제 우리의 삶이 얼마나 허구적이었는지 현실에 참 비참하게 드러나 고 있습니다. 고작해야 백 년 안쪽의 생에 나타나고 있는 것입니다. 만천 하에 자신은 괜찮다는 음흉한 생각까지 드러나고 있는 것입니다.

솔직히 당신이 할 수 있는 것 뭐가 있습니까!

집을 통해 만들어 낸 위선과 거짓, 그리고 그 알량한 양심 말고 도대체 뭐가 있습니까!

아마 당신에게 일말의 양심이라도 남아 있다면, 당신은 집을 보고 웃는 것이 아니라 울어야 할 것입니다. 슬프게, 처량하게!

　세상에 거짓처럼 나쁜 것은 없습니다.
　세상에 거짓말처럼 나쁜 것은 없습니다.
　세상에 제일 나쁜 것은 거짓입니다.
　우리는 집이 있어서 이런 것을 배웠습니다.
　우리는 집에서 이런 것을 배웠습니다.
　또 양심이 더러운 사람이 큰 기와집에 사는 세상이 되어서는 아니 된다는 것도 집이 있어서 배웠습니다.
　집에서 배웠습니다.

도시가 싫습니다

도시!

도시는 한때 정말 내가 가 보고 싶고, 살아 보고 싶은 곳이었으며, 선망의 대상이기도 했습니다.

그도 그럴 것이 아궁이에 나무로 불을 때서 한 밥을 먹던 내가 어느 날 도시에 가서 연탄불 위에서 구수하게 익어 가는 냄비 밥에서 풍겨 나오는 그 구수하고 야릇한 냄새를 맡았으니, 그러하기도 하지 않겠습니까!

그때 내가 본 도시는 수레에 짐을 가득 실은 우마차가 딸가닥 딸가닥 발굽 소리를 내며 무척 당차게 거리를 걸어 다녔습니다.

그리고 수레를 끌고 가던 소나 말이 조금의 주저함도 없이, 그냥! 그저 어떻게 보면 정말 무턱대고 도시의 길 위에 쭈르륵 찌르륵, 찰싹찰싹 똥과 오줌을 싸면서도 아무렇지도 않다는 듯 두 귀만 팔랑거렸습니다.

그때 나는 어떻게 소나 말이 저래도 괜찮지! 하며 별 신기한 일이 다 있어도 괜찮다는 생각만 들었습니다.

또 내가 보아서 안 되는 것도 그날 보기는 했습니다.

그런데 내가 사는 시골길은 흙먼지 속에 돌멩이들이 울퉁불퉁 튀어나온 진흙탕 길이어서 소나 말이 아무렇게나 수레를 끌고 다닐 수 있다고도 하지만, 그래도 도시는 도시에 사는 사람들이 다니는 길은 뭐가 달라도 다를 줄 알았는데, 그것도 아니고 소나 말이 아무렇게나 아무 일도 없었다는 듯이 그도 당당하게 도시의 길 위에 오줌과 똥을 싸면서까지 활

보할 수 있을까! 참 희한한 일도 다 있다는 생각이 들었습니다.

그리고 얼마 가지 않아 내가 그토록 선망했던 도시가 고층 빌딩만 덕지덕지 붙어 가며 우후죽순 높이 높이 키재기 경쟁만 하기 시작했습니다. 그 집을 아파트라 부르고 비둘기 집이라 부르기까지 하면서.

그런데 도시에 사는 사람들은 생각도 이상합니다.
집도 돈이고, 땅도 돈이고, 돈도 돈이고, 꼭 이렇게만 생각하고 사는 것 같습니다.
참 이상한 일입니다.
아무리 생각해도 이해가 되지 않는 정말 이상한 일입니다.
집이 어떻게, 사람이 살면 되는 집이 어떻게 돈이 되어야 한단 말입니까!
그것도 자신이 태어나고 자란 곳을 고향이라고 부르는 사람들이!
정말 왜 그래야 하는지 알 수가 없습니다.
고향에 사는 사람들은 아직도 콩이나 녹두 한 주먹도 아끼고, 쌀 한 됫박이라도 아끼고, 한 푼이라도 아껴 가며 사는 게 일상화되어 사는데, 어떻게 그럴 수가 있습니까!

도시에 살려는 사람은, 도시에 살아야 한다는 사람은, 시골이 고향인 사람은 집은 돈이다, 이런 생각을 하고 사나 봅니다.
도시에 살려면 그래야 하나 봅니다.
왜 그러지요!
왜 그래야 하는지요!
도시에 살려면 고향에 있는 집은 없어져도 괜찮은가요!

도시에 살려면 고향에 있는 집을 팔아서라도 도시의 땅 귀퉁이가 아니면 모서리쯤이라도 사 놓아야 하나요!

시골에 사는 사람들은 도시에 사는 사람들이 돈을 어떻게 버는지나 어떻게 사는지나 알고 싶거나 따지고 싶지도 않습니다.

그런데 고향 사람들은 천 원에서 시작해 오천 원, 만 원, 이만 원도 따지고 삽니다.

그런데 여기에는 관심도 없습니다.

도시에 사는 사람들은 오직 억에다 억을 더하여 사는 것도 부족하다며 억으로 노래 가사까지 써서 부르고 삽니다.

참 이상한 일입니다.

아무리 생각해도 이상한 일입니다.

집은 가족이 모여 살면 되는 곳이 아닐까요!

그런데 왜 집으로 왜 돈을 벌어야 할까요!

당신은 왜 집으로 왜 돈을 벌려 합니까!

그래서 도시가 싫어졌습니다.

이런 도시가 싫습니다.

이런 도시여서 싫습니다.

이런 도시라서 싫어졌습니다.

도시는 거짓이 일상화되어 삽니다.

정말 이런 도시가 싫습니다.

고향이 좋습니다.

우리 고향이 좋습니다.

도시보다는 고향이 참 좋습니다.

나는 고향이 참 좋습니다.

동네 한 바퀴

어느 날 도시에서의 중년 여행을 마치고 고향에 와서 우리 할아버지의 할아버지가 살았던 곳, 우리 할아버지가 살았던 곳, 우리 아버지가 살았던 곳, 우리 고향 사람이 살았던 곳, 우리 동네 사람들이 살았던 곳을 돌아보게 되었습니다.

그런데 첫 번째로 나를 맞이하는, 내 눈앞을 거미줄이 막아 발길을 멈추게 됩니다. 허망하고 황망한 생각이 듭니다. 거리에는 사람이 없고 동네에 집은 있는데 사람이 없습니다. 또 집은 있는데 대문에 자물통이 채워져 있을 뿐입니다.

그래도 집의 담 너머를 보면서, 누구네가 살던 집인데! 어디서 어떻게 사는지!

빈집 위에서 추억이 돕니다.

쓸쓸한 집에서 아쉬움이 새어 나옵니다.

쓰러지고 내려앉고 있는 집에서 힘들었던 과거의 날들이 새록새록 솟아오릅니다.

섬뜩한 생각이 듭니다.

이런 현실이 내 눈앞에 있으리라고는 예상도 하지 않고 삶에 허덕이며 살아왔습니다.

사실입니다.

우리 아버지도 그랬고,

우리 형도 누나도 그랬고,
우리 동네 사람들도 그랬습니다.

동네를 돌고 돌아봅니다.
동네를 돌고 돌아봅니다.
희망이 보이지 않습니다.
차라리 무소식이 나을 것 같습니다.
이별 소식이 아니면 슬픈 소식에 가엾은 소식뿐입니다.

이렇게 살자는 것은 아닌 것이, 우리 동네 사람들이 이른 아침이면 삽을 들고 논둑에서 만나면 한 약속이었습니다. 죽어도 이렇게 살지는 말자는 것이 우리 동네 사람들이 샘가에 모이면 한 굳은 맹세이며 희망이었습니다.

무슨 일이 있어서,
무슨 사연이 있어서,
도대체 어떤 일이 있었길래,
우리 동네에서 주인은 떠나게 되었으며, 또 그 주인이 떠난 집은 빈 의자가 지키고 있게 되었을까요!
그 집에서 녹이 벌겋게 슬어 있는 손잡이마저 떨어져 나간 수도 펌프가 고독을 씹고 있다가, 말 그대로 폐허가 되어 가고 있는 집의 마당에서 고양이와 속삭입니다.
"우리가 이제 주인이야!"

이러자고,

이런 상황을 보자고,

이렇게 하자고,

우리 동네 사람들이,

우리 고향 사람들이,

그 고생을 하고,

그 고통을 이겨 내고 살아온 것은 아닙니다.

또 그러자고, 아니 그러자며 삶을 이어 온 것도 아닙니다.

우리는 이러지는 말자고 소로 밭을 갈고 논도 갈며 동네를 지켜 왔습니다.

우리는 이러지는 말자고 회충약이 없으면 휘발유라도 먹으며 우리 동네를 지켜 왔습니다.

그런데 이 슬픈 현실이 누구의 탓이고 말겠습니까!

아니면 누구의 탓이라고 말하겠습니까!

우리의 잘못입니다.

우리의 탓입니다.

우리 모두의 잘못이며, 우리의 탓입니다.

우리가 과거에 너무 힘들게 살아서

우리가 과거에 너무 가난하게 살아서,

부만 찾게 되었고,

부만 쫓아다니게 되었고,
그래서 그럴까요!

이제 고향 집은 돈이 아닙니다.
이제 고향 집은 돈이 들어가야 하는 집입니다.
이제 고향 집은 돈이 들어가게 하는 집입니다.

주여!
주님이시여!
이제라도 우리 동네에서 폐허가 떠나게 해 주세요!

주여!
주님이시여!
제발 우리 고향이 폐허에서 벗어나게 구해 주소서!
주여!
주님이시여!
주여!
주님이시여!

냉장고를 가득 채워 놓고 사는 것은 멍청한 짓입니다

자신만은 무척 현명한 사람이며 올바른 생각만 하고 산다는 우리가 냉장고를 숨이 막힐 정도로 가득 채워 놓고 사는 것은 참 멍청한 짓입니다.

눈만 뜨면 맛있는 것, 싱싱한 것을 찾아 백 리 길도 천 리 길도 멀다 하지 않고 찾아다니는 우리가!
또 몸에 좋다는 것이라면 무조건 먹어야 한다며, 백 리 길도 천 리 길도 멀다 하지 않고 찾아다니는 우리가!
또 싱싱한 생선을 먹어야 한다며 죽은 생선 눈도 까 보는 우리가!

왜 냉장고는 숨도 못 쉴 정도로 꽉 채워 놓는지,
참 알 수가 없는 일입니다.
참 이해가 되지 않는 일입니다.

아마 지금도 당신의 냉장고는
문만 열면 가득 차 있는 음식물이
우르르 쏟아질 정도일 것입니다.

살아 있었는데 죽은 음식물들이
살아 있지 않고 죽어 가는 음식물들이!

그런데 우리는 절약의 노래를 부릅니다.

시도 때도 없이 우리는 절약의 노래를 부릅니다.
가사에 절약이란 단어까지 넣어서 노래를 부릅니다.

그런데 의문이 있습니다.
우리는 왜 먹는 것보다
버리는 것이 더 많을까요!

그러면서도 왜
냉장고는 배가 터져도 좋다며
돈 주고 먹을 것을 사서
냉장고에 꾸역꾸역 처넣어 놓기만 할까요!
참 이상합니다.
정말 알 수 없는 일입니다.

이유라면,
이유가 있다면,
이유를 대라면,
예전에 배고프게 살아서,
아니면 배고픈 역사가 있어서,
아니면 슬픈 전쟁을 겪어서,
그럴 수도 있을 것 같습니다.

그래도 당신의 냉장고는 비어 있어야 합니다.
당신의 냉장고가 비어 있다면

당신은 그만큼의 운동을 한 것이며
당신은 그만큼의 운동을 할 것이며
당신은 그만큼 부지런하고 성실한 사람입니다.

또 그런 당신은 그만큼의 싱싱한 것을 먹어서
당신은 그만큼의 건강과 행복 속에 있다는 것입니다.

요즘 우리는 봄 여름 가을 겨울을 구별할 필요도 없는 세상에 살고 있
습니다.
　그런데 돈이 있다는 이유로,
　살 만하다는 이유로,
　부가 생겼다는 이유로,
　싱싱하고 생동감 있는 먹을 것들을
　냉장고가 있다는 빌미를 붙여 죽이고 있는 것입니다.
　그러면서도 '몸에 좋은 것을 먹고, 오래 살고, 건강해야 한다.' 그러고
있습니다.
　솔직히 말하면 정말 어불성설입니다.

무슨 이유가 있어서,
왜 냉장고를 배부르게 해 놓고 살려고 합니까!
당신만 배부르면 되지!

멋지게 살아야 한다며
먹고 싶은 것도 안 먹고 사는 사람들이!

냉장고는 비우고 살아야 합니다.

그러면 당신은 그만큼 건강해집니다.

그러면 당신은 그만큼 부지런한 겁니다.

그러면 당신은 그만큼 행복해집니다.

냉장고를 비우고 사세요.

냉장고는 비우고 삽시다.

참말로 냉장고를 비워 놓고 삽시다!

3부

아버지의 괭이꽃 2

어느 해 춘분과 곡우 사이에 있는 4월의 청명절이었습니다.

담벼락에 등을 기대며 갈퀴나무 둥치는 쌓여 가고 있고, 그 나무 둥치에 등을 기대고 서 있는 아버지는 4월의 찬란한 햇빛을 받으며 한 손으로 머리를 긁적이시더니,

"그래 그렇지, 그것으로 파면되겠어! 그러는 것을, 허허 나 참. 그런 것도 모르고, 그나 그것을 용케도 생각해 냈네!" 하시며 방으로 들어가서 바늘이 박혀 있는 실꾸리를 통째로 들고 나오셨습니다.

그러고는 실꾸리에 박혀 있는 바늘을 빼서 한 손에 들고 "이런 염병 오살 것이, 하필 왜 손바닥에 생겨서 내 속을 썩일까!" 그러면서 손바닥에서 담배 연기까지 먹으면서 누렇게 자란 괭이꽃을 파내기 시작했습니다.

그러자 괭이꽃이,

"흥 어디를, 어림도 없지! 그런 정도에 내 생명이 끝이 난다고? 천만의 말씀! 말도 안 되지. 내가 그럴 것 같으면 아예 터도 안 잡았지! 내가 어떻게 이 자리를 잡았고, 이 자리에서 벌써 몇 년째 자라고 있는데! 또 내가 누구의 고통을 먹고 자랐는데! 그깟 바늘로 몇 번 쑤셔 상처를 냈다고 내 생명이 거기서 끝이 날 것 같으면, 그렇게 내가 죽어 나간다면, 아예 시작도 안 했지. 혹시 꿈에라도 그런 생각은 하지 말아! 만약 그런 생각을 한다면, 그건 정말 만만의 콩떡이야! 그리고 나는 기본적인 예의가 있어서 최소한 나를 자라게 한 사람의 고통만큼은 뿌리가 깊게 박혀 있어! 그런데 그깟 바늘로 몇 번 쑤셔 내 몸에 상처를 냈다고 해서, 내가 죽어 버려질 것 같으면, 나는 아예 그 거친 손에 터를 잡고 꽃을 피우며 살 생

각도 안 했어!

잘 생각해 봐. 내가 왜 무엇 때문에, 누구 때문에, 하필 아버지의 손바닥에 뿌리를 내리고 살게 되었는지. 그런데 그까짓 바늘 몇 번으로 내 몸에 상처를 내고 버리면 끝이라고? 그건 말도 안 되지! 잘 생각해 봐, 잘 생각해 보라고! 당신 아버지의 손바닥에 터를 잡고 꽃까지 피우며 사는, 나 바로 괭이꽃을 생각해 보라고!"

그러더니 아버지의 깊은 마음도 알아 버렸다며 괭이꽃의 반항이 시작되었습니다.

"주인장, 어떻게 나한테 그럴 수가 있어! 그렇게 자신만의 고통이라며 주면서 먹고 자라라고 하더니, 자신이 조금 편하게 되니까 나를 팍 파내서 버린다고? 주인장의 고통은 그렇게 쉽게 끝나도 돼? 그것뿐이었어? 좋아, 그럼 한번 해봐!" 하고 아버지에게 시비를 걸고 나섰습니다.

그런데 이 싸움은 누가 죽어도 죽어야 끝이 날 싸움이었습니다. 그전에 화해가 되거나, 또 조정이 성립되어 끝이 날 그런 싸움은 절대 아니었습니다.

그러자 아버지는 이 싸움에 대해 단기적인 승부보다는 장기적인 선택을 하시는 것 같았습니다.

그러면서,

"그래 그러겠지! 그럴 수 있어. 너도 너 나름의 생명이 있는데, 그렇게 쉽게 너의 생명이 정리될 것 같으면 아예 시작도 안 했겠지. 그래도 나는 살다 살다, 별꼴을 다 겪고 산다. 참 이상하게도 말이다, 새끼들이 속 썩이는 것이 어지간하다, 하면! 네가 다른 곳도 아닌, 하필이면 내 손바닥에서 너 같은 것이 자라 내 속을 썩이고! 그것도 그냥 손바닥이 아니라 꼭 골치 아픈 곳에만 생겨. 그런데 너는 그렇게 염병을 해도 죽지도 않아! 바늘로 그렇게 상처를 내고, 파 재껴도 안 죽고, 양잿물을 들이부어도 안 죽고! 그러다 아차 하면 오히려 내가 죽겠어!

너를 죽이려다 내가 죽겠어! 너는 참, 별것이여! 너는 죽이는 약도 없어! 콱 담뱃불로 지져 벌면 죽을 것 같기도 한데, 그렇게도 안 되고! 그런데 너는 왜 어째서 다른 데는 다 놔두고 하필이면 내 손바닥, 그것도 내 손바닥의 가장자리에 생겨서 나를 이렇게 못살게 굴거나! 그래 내가 일하는 것도 여간 사납게 하고! 그런데 네가 그렇게 한다고 해서 너를 핑계로 자빠져 놀 수도 없고. 그뿐이 아니야. 너를 핑계로 내가 하루라도 놀면 논과 밭에 잡초가 무성해! 그래 쟁기로 갈아엎지 않을 수도 없어. 또 시골에 사는 놈 주제에 그 꼴을 보고 삽질을 안 할 수도 없고!

어떻게 하든 너는 내 눈앞에 가시야! 그래 네가 자라면, 네가 내 손바닥에서 꽃을 피우기 시작하면 쟁기 손잡이만 잡아도 손바닥이 아프고, 쑤시고, 삽만 들어도 손바닥이 아프고! 내 손에 너만 생기면, 나는 손으로 무엇을 할 수가 없어! 낫을 들고 논둑을 베어야 하는데 그도 마음대로 할 수가 없고. 하여튼 네가 내 손바닥에서 내 고통을 먹고 자라면 큰일이다. 이 나이 먹도록 고생만 했지, 눈에 보이는 것은 없는데, 새끼들은 하루가 다르게 크고!

그런데 세월은 참 빨라! 청춘이 엊그제 같은데, 어느새 내 머리가 하얗게 되어 버렸어. 이런 날이 올 줄은 정말 까맣게 몰랐지. 정말 이럴 줄은 모르고 살았어!

하지만 내 손바닥에 네가 생겼다고 해서 일을 안 하면! 손바닥에 너 같은 것이 있다고 내가 일을 안 하면! 나만 쳐다보고 있는 우리 새끼들은, 아니 우리 식구들은 누가 먹여 살려? 모두 굶어서 죽어! 그럴 수는 없지,

내가 아버지인데. 내가 우리 아버지한테 어떻게 배웠는데. 우리 아버지가 나를 두고 다른 섬으로 갈 때, '아들아! 여기는 네가 먹고살 만한 곳이다. 그러니 어떻게든 가족들 먹여 살리고, 잘살아야 한다.' 그렇게 하고 가셨어! 그런데 내가 어떻게 일을 안 해! 또 내가 힘들고 아프다고 일을 안 하면, 괭이 너는, 개떡 같은 너는 내 손바닥에서 막 웃고 자라며 꽃을 피우겠지! 하여튼 나는 네가 내 손바닥에서 자라든지 죽든지 하는 것은 차지하고 나는 일을 해야 한다. 그러면 콩이 나오든 팥이 나오든 그러겠지! 그래서 나는 너를 참 가소롭게 생각한다. 네가 나를 아무리 무시하고 짓밟고, 이겨 보겠다고 손바닥에서 지랄병을 다 떨어도, 내가 그 정도도 못 이겨 낼 아버지가 아니다. 나는 아버지다. 누가 뭐라고 나불거려도 나는 아버지다. 나는 아버지라서 아버지로서의 일은 해야 한다. 이건 당연하고 당연하다. 아버지가 일하는 것은 당연하지 않냐!"

그래도 아니 되었습니다.
아버지와 괭이꽃이 그렇게 신경전을 펼쳐도 아니 되었습니다.
육박전을 치러도 아니 되었습니다.
화해도 아니 되었습니다.
승과 패도 없는 싸움일 뿐이었습니다.
하는 수 없이 미로처럼 남겨 놓았습니다.
하는 수 없이 미로처럼 남겨 놓고 말았습니다.
결과를 아는 사람도 없습니다.

괭이꽃은 일편단심 아버지의 마지막 자존심까지라도 짓밟으며 피어나야 한다는, 오직 아버지의 손바닥에서만은 피어나야 한다는 목적이 있었습니다.

아버지의 목적을 아는 괭이꽃이라서 그럴 수밖에 없었습니다.

아버지가 울어도 그럴 수밖에 없었습니다.

아버지가 울면 울수록 괭이꽃은 아버지의 손바닥에 누런 집을 짓기까지 했습니다.

그것은 괭이꽃이 본분을 다하는 것이었습니다.

그래서 아버지는 피 같은 땀을 흘리게 하는 손바닥에서 자라는 괭이꽃을 보내야 한다면서도 차마 떠나보낼 수가 없었던 것입니다. 그러면서도 아버지는 그 숱한 고통 속에서도 아니, 울면서도 차마 그 이별만은 선택하지 않으셨습니다.

아버지는 일생을 얼굴에는 주름 꽃을 피우고, 손에서는 노란 괭이꽃이 자라게 하고, 어깨에서는 시커먼 멍이 꽃을 피우며, 등에서는 하얀 소금 꽃을 송이송이 피워도, 오직 사는 것이었습니다.

오직 살아야 하는 것이었습니다.

누구를 위하고,

무엇을 위해 그랬는지 알 수는 없지만,

분명한 것은 아버지라서 그래야 했습니다.

아버지는 그래야 했습니다.

내가 아는 괭이꽃의 출신 성분은 진골도 아니고 성골도 아니었습니다. 하지만 어느 순간에는 아버지의 고통 속에서도 단물만 쏙 빼먹고 자라는 무식하고 경우가 없는 꽃이기도 했습니다.

그런 꽃이어서 그런지 꼭 아버지의 눈시울이 붉어지면 붉어진 만큼의 꽃을 피워 내는 약속의 꽃, 때로는 대단히 성품이 좋지 않은 불량한 꽃이기도 했습니다.

그래도 아버지는 자신의 인내를 가차 없이 먹어 버리기 위해 그 어떤 수단과 방법도 가리지 않고 피어나는 괭이꽃을 위해 그만큼의 꽃이라도 피워 내야 한다는 사명감까지 가지고 계셨습니다.

그런 괭이꽃이라서 아버지라고 해서 누구나 다 피워 낼 수 있는 꽃이 절대 아니었습니다. 그래서 아버지는 아버지라서 아버지만의 괭이꽃을 꼭 피워 낼 수밖에 없었습니다.

만약 어느 아버지가 손바닥에서 괭이꽃이 피어나기도 전에 눈시울이 붉어지거나, 또 손에서 괭이꽃이 자라지 못하게 하거나, 피어난 괭이꽃 이 곧 시들게 하면, 아버지는 아버지로서의 본분과 의무 책임을 다하지 않은 것이었습니다.

그래서 우리가 아는 우리 시대의 아버지는 그 어떤 고난과 역경이 와 도 자신의 본분과 책임은 다해야 한다며, 새벽이면 일어나 똥장군 지게 를 지고 논과 밭을 향해 달렸으며, 삽과 괭이, 호미를 들고 밭을 일구고, 빗자루를 들고 마당이라도 쓸고 그랬던 것입니다.

하지만 그런 아버지도 결국에는 세상을 떠나야 했습니다.

괭이꽃이 아버지를 데리고 갔는지

아버지가 괭이꽃을 데리고 갔는지

그것은 모르는 일입니다.

굳이 알 필요도 없습니다.

하지만 아버지는 보고 싶고 그리워져도,

괭이꽃은 보고 싶지가 않습니다.

팽이꽃은 그리운 꽃이 아닙니다.
그리워해야 할 꽃도 아닙니다.
그런데 아버지만 생각하면 팽이꽃이 생각납니다.
온몸에 피어나던 소금 꽃도 생각이 납니다.
어깨에 새까맣게 피던 멍 꽃도 생각이 납니다.

아버지가 눈시울이 붉어지면서도 이를 악물고 피워 내야만 했던 팽이꽃!
그 팽이꽃!
아버지는 왜 그 팽이꽃을 손바닥에서 피워 내야 했는지,
그 이유를 알 듯한데
아버지는 세상에 계시지를 않습니다.
내 마음이 웁니다.
마음으로라도 울게 됩니다.
이제라도 웁니다.

세상에 어떤 일이 있어도 팽이꽃이 아름다운 꽃이 될 수는 없습니다.
아버지의 눈시울을 붉게 한 고통만 먹고 자란 꽃이라서,
그런데 우리는 그 꽃의 향기를 먹고 자랐습니다.
우리는 그 꽃의 향기를 소중하게 간직하고 살아야 합니다.
그 꽃의 향기가 튼튼한 줄기로 이어지게 해야 합니다.
아버지가 그리운 사람이라면 반드시 그래야 합니다.

3학년 1반 친구들

아침 햇살이 유리창을 산뜻하게 비추는 3학년 1반 교실은, 어제도 그랬던 것처럼 반 아이들이 여기저기 삼삼오오 모여 어제의 이야기로 조회시간이 되기도 전부터 소란스럽게 떠들썩합니다.

그런데 철이란 놈은 어제 무슨 일이 있었는지, 아무리 책가방을 뒤적거려도 하필이면 그렇게 무서운 선생님이 가르치는 윤리 수업이 시간표에는 분명히 있는데 가방 속에 있어야 할 윤리 책이 없습니다.

또 현이란 놈은 어제 보충 수업시간에 학교 뒤 담을 넘어 만화방에 갔었는데, 무슨 일이 있었는지 가방만은 그렇게 지키게 하던 영어 콘사이스를 헌책방에 삼십 원엔가 팔아 버렸답니다.

그런데도 오늘 수업시간에는 책상에 엎드려 잠이나 자야겠다며 착한 반 아이들을 몇을 불러 놓고 책상 위에 앉아 만화방 이야기라며 들려주느라 일장 연설에 바쁩니다.

그런데 이름이 유별해서 반장이 된 조정재라는 이름의 반장 아이는 개성이 유별나서 별난 놈들 육십육 명이 모여 있는 3학년 1반을 통솔하느라 교실에만 들어오면 머리를 긁적이지 않을 수가 없습니다.

그러면서,

"아야 친구들아! 아야 3학년 1반 친구들아! 제발 내 말 좀 들어 주라! 각시 같은 우리 담임 선생님아! 제발 속 좀 썩이지 말고, 공부 좀 하자, 응! 그리고 아야 낙지야! 삼택아, 창호야, 철아, 잠보야! 제발 순진한 친구들 좀 괴롭히지 마라!

그리고야, 부반장, 분단장, 규율부장, 환경부장, 너희들 이번 봄에 행군 갈 때 있잖아! 우리 반 친구들 다른 반 아이들한테 절대 맞게 하면 안 된다. 우리 담임이 제일 싫어하는 것이 바로 그거다. 제발 나 또 교무실 가서 곡괭이 자루로 맞게 하지 마라!"

그런데 바로 그 순간 통학생으로 유명한 현철이가 통학 열차를 타고 동목포역에서 내려 냅다 달렸나 봅니다. 교실 문을 드르륵 열고 헉헉거리며 들어옵니다.

그러자, 아이들이

"아야! 저것이 뭔 일이래? 너 혹시 오늘 서쪽에서 해가 떴냐! 너 오늘은 교문에서 안 걸렸다. 수위가 봐줬냐! 아니면 규율부장이 봐줬냐! 오늘은 재수가 좋네, 저것이 딱 걸려서 오리걸음도 좀 하고, 쪼그려 뛰기 한 오십 개 정도는 하고 와야 하는데, 오늘은 용케도 교문을 통과했나 보네! 그 완행열차가 오늘은 기관사 자격증이 제대로 있는 사람이었네!"

"아야! 말도 마라. 나 하마터면 걸릴 줄 알고, 혼났다 혼났어! 정말 뒷빠지게 달렸다, 야! 정말 몇 초 사이로 교문을 통과했다, 야! 근데 수위가 오늘은 왜 그렇게 깐깐하냐! 저번에 본게, 막 달려서 도망가는 놈은, 아예 잡을 생각도 않더만! 야, 반장! 오늘 외출증 좀 끊어 주라!"

"또야, 오늘도야!"

"그래! 왜 규율부장이랑, 낙지는 날마다 되고, 나는 안 되냐! 근데 그 누구냐! 그 새끼, 규율부장보다 완장에 빨간 줄이 하나 덜 있는 놈, 그놈은 왜 그러냐! 정말 봐주는 게 없더라! 그 새끼 저, 종태랑 친구지, 아니냐? 그러면 윤진하고 친구냐! 야, 그나 오늘은 그 새끼한테 걸렸으면 죽었다. 오늘은 별놈들이 다 교문에 나왔더라! 학생 주임에다 교련 선생에다 다 나왔어야! 다른 놈들은 지금 걸려서, 다 피 보고 있다."

"너는 새끼야! 오늘 운이 좋은 거지, 어제는 걸렸었잖아. 너 어제 만화방에서도 한 대 하다 걸렸지! 그것도 가정방문 다니는 꼰대들한테 걸렸다며? 근데 만화방에 잡힌 참고서는 찾았냐!"

"아직!"

"왜야!"

"응, 그놈의 태풍주의보 때문에 우리 어머니랑 아부지가 곡물을 갖고 나와서 팔아야 하는데, 못 나왔어! 2교시 끝나고 쉬는 시간에 잽싸게 다른 반에 가서 좀 빌려 와야지, 뭐 어쩐다냐!"

"야 씹새야! 너 주산 급지도 떨어졌잖아!"

"그 선생님은 혹시 몰라야! 오늘 손수건 검사한다면서, 한 시간 정도야 땡땡이쳐 버릴 줄!"

"아야, 야야, 시작종 쳤어! 야, 담임 선생님이 조회하러 계단 올라오고 있대! 온다, 와!"

"야 새끼들아, 빨리 제 자리에 가서 앉아!"

3학년 1반 아이들은 참 별난 아이들입니다.

행동도 다르고, 뭐가 달라도 다르고,

다른 아이들과 비교해도 뭐가 달라도 다른 것 같습니다.

아무리 생각해도 참 신기하고, 신기한 신기했던 아이들 같습니다.

3학년 1반 아이들이 그렇게 신기했는지, 특별했는지, 아니면 교실이 그렇게 신기한 교실이었는지, 특별한 교실이었는지, 그도 아니면 담임 선생님이 신기한 선생님이었는지, 정말 특별한 선생님이었는지 알 수는 없습니다만, 하여튼 3학년 1반은 특별합니다. 특별했습니다. 그래서 예나 지금이나 참 특별합니다.

그 아이들은 너무도 특별해서 세상에 없는 반창회도 만들어서 하는 아이들입니다.

이 아이들은 더 특별한 나머지

장례식장에서도 특별합니다.

결혼식장에서도 특별합니다.

무슨 모임이 있어도 특별합니다.

하여튼 3학년 1반 아이들을 생각하면 할수록 별스럽기도 하고 참 특별하기도 한 것 같습니다.

그런데 사실은 3학년 1반 아이들도 다른 아이들과 다르지 않게 학교에 갈 때는 가슴에 이름표, 명찰을 달고 다녔고, 반공 방첩이라는 글씨가 들어 있는 리본도 달고 다니고 그랬습니다.

그런 3학년 1반 아이들이었는데, 그 아이들이 유별나게 지금도 어디에 가더라도, 어디에 가서라도, 어디에 가기만 해도, 일단 3학년 1반을 찾고, 또 3학년 1반이 있어야 한다 하고, 꼭 3학년 1반이 있게 합니다.

참 이상한 일입니다.

아무리 생각해도 참 이상한 일입니다.

나만의 생각일지 모르지만, 학교라면 어디에 있는 학교라도, 학교에는 3학년 1반은 다 있을 것 같습니다.

그런데 3학년 1반 아이들은 유별나게 꼭 3학년 1반을 찾는다는 것입니다.

그런데 하도 그래서, 너무도 그래서, 그 이유는 도대체 뭘까! 하고 지난 시절을 곰곰이 곱씹어 가며 생각해 보았습니다.

그랬더니 3학년 1반 아이들은 어머니 배 속에서 태어나기 이전부터 아마 3학년 1반이라는 특별한 명제를 가슴에 담고 있었던 아이들이 아니었을까 하는 생각이 들었습니다.

그러지 않고서야 어떻게 어디를 가든, 어디에 가서든, 또 나이도 먹을 만큼 먹고 세상도 살 만큼 살았는데, 왜 지금까지도 3학년 1반을 찾고,

3학년 1반만 찾을 것이며, 또 '너는 3학년 1반 아니었지!' 하는 말과 행동을 아무 스스럼도 없이 할 수가 있겠습니까!

그뿐만이 아닙니다.

지금까지 그 누구도 3학년 1반 아이들만 따로 모아 놓고 우정은 어떤 것이라고, 우애는 무엇이라고, 또 사람의 만남과 인성에 대해서, 사람의 품격에 대해서, 사람의 소중함에 대해서, 특별하게 가르쳐 주지도 않았으며, 가르쳐 준 적도 없습니다.

그런데 3학년 1반 아이들만 특별하게 선택하여 굳이 그 의미를 부여한다면, 그 아이들이 말하는 것과 같이 그들만의 교실이 있었다는 것이며, 또 그들만을 담당하는 담임 선생님이 계셨다는 것입니다. 또 그들은 그들만의 3학년 1반 교실에서 나무로 된 책걸상에 앉아, 책상 한가운데 연필로 줄을 그어 놓고, 네 땅, 내 땅 하면서도 함께 공부했다는 것입니다.

그런데도 아직도 3학년 1반 아이들은 3학년 1반은 달라도 뭐가 다르다는 특별한 생각을 하며 살고, 또 나이를 아무리 먹어도 3학년 1반은 끝까지 3학년 1반답게 살아야 한다며, 맹세 아닌 맹세까지 하고 살자고 합니다.

어느 누가 그렇게 살라고, 어느 누가 그렇게 살아야 한다고 가르쳐 준 사람도 없는데 그렇습니다.

그뿐이 아닙니다,

3학년 1반 아이들은 자신의 잘못을 반성할 줄도 알고, 깨달을 줄도 알며, 인성이나 사람의 품격이 사회 활동에 얼마나 지대한 영향을 미치는지도 압니다.

또 배려하지 못하는 것과 배려함에 대해서도 참 진리로 깨닫고 있으며, 사회가 발전하는 데 공공의 이익과 공동의 선이 얼마나 중요한지도 알고 있습니다. 그러면서 어떻게든 악을 철저히 배제해야 한다고 합니다.

그래서 3학년 1반 아이들이 사는 것은,
과거나 현재나 너무 멋이 있습니다.

3학년 1반 아이들은 3학년 1반이라는 푯말이 붙어 있는 교실에서 함께 공부하고, 함께 까불고, 화장실 뒤로 가서 싸우기도 하고, 오줌 시합도 하며 놀기도 했으며, 교실이 들썩들썩할 정도로 노래도 불렀으며, 그 이유로 단체 기합도 받았습니다. 또 점심시간이 되기도 전에 도시락을 까먹는 아이도 있었으며, 행군 때 말썽을 꽤나 부린 아이도 있었으며, 단체로 엎드려뻗쳐서 몽둥이로 맞기도 하고 그랬던 아이들입니다.

그런 3학년 1반 아이들이,
그때 3학년 1반 아이들이,
그랬던 3학년 1반 아이들이,
머리가 희끗희끗해졌는데도 참 자연스럽게 서로 보고 싶어 하며 살고, 서로 소중하게 생각하며 살고, 그렇습니다.

어떻게 그 말썽꾸러기 3학년 1반 아이들이 세상이 뭣이라고, 세상이 뭣인데, 이렇게 위대한 참 인생 공부를 해서 이렇게 깨닫고 살 줄 그 누가 알기나 했겠습니까!

하지만 3학년 1반 아이들도 나이를 먹었습니다.
머리가 하얗게 나이를 먹었고, 얼굴에 주름 꽃이 피는 줄도 모르는 사이 나이를 먹었고, 그러다 보니 아버지 나이를 먹었고, 할아버지도 되었고, 그렇게 되었습니다.
그렇게 되어서 이제 이런 말을 합니다.

친구야, 보고 싶었다.

친구야, 사랑하자!

친구야, 우리가 살면 얼마나 살겠냐!

친구야, 건강해라!

친구야, 아프면 별것도 소용없다.

친구야, 가능하면 이해하고 살자!

미워도 하지 말고, 싫어도 하지 말고!

친구야, 세상 별것 없다.

친구야 행복해라!

얼마나 살겠냐!

정말 우리 모두 행복하게 살다 가자!

또 만약 혹시 그곳에서 만나게 되면 앞에 특별함을 붙여, 특별한 3학년 1반으로 우리 더 사랑하며 한번 살아 보자, 응!

그래, 그래!

그런 아이들이라 그런지, 3학년 1반 아이들은 모이면, 모이기만 하면 얼굴에 웃음꽃을 피우며 웃습니다.

나이가 준 주름 꽃도 피우며 웃고, 행복이 피어나는 행복 꽃도 피우며 웃고, 서로 보면서 웃는 해바라기 꽃도 피우며 웃고!

그러다가,

"아야! 살다 보니, 내가 어느 날 아버지가 되었더라! 할아버지가 되어 있더라, 야! 요즘 참, 그래도 손자 손녀 얼굴 보는 맛이 참 짭짤하다. 근데 세상 참, 별것 없더라.

그래도 아야! 우리가 누구냐, 3학년 1반 아니냐!

남은 세상이라도 3학년 1반답게, 한번 살아 보자!

그나 너 참, 사람 되었다.

그나 저 새끼 사람 된 것을 보면,

하여튼 사람한테는 나이가 벼슬이야!

맞지!

그러더라!

그나 이제 이것저것 다 잊어 벌고, 우리 옛날처럼 또 살아 보자!"

"그래! 그래!"

"혹시 아냐 백 살이 넘도록 우리가 다 살고 있을 줄!"

    세상은 이렇습니다. 코 흘리던 아이들이 3학년 1반 아이들이 되었고, 그 아이들이 무럭무럭 커서 군대에 가 계급장도 달고, 결혼도 하고, 아버지도 되고, 할아버지도 되고, 그런데 그런 아이들이 세상이 그렇게 즐겁고 재밌다고 합니다.

    아이들은 얼굴을 보아도 좋다고 합니다.

3학년 1반이어서 그렇게 좋다고 합니다.

3학년 1반일 때가 세상에서 제일 그렇게 좋았답니다.

아직도 3학년 1반으로 살자며 웃습니다.

영원히 살자며 웃습니다.

하하! 하하! 하하!

그래, 그래, 그래, 하하! 하하?

근데 우리는 다 호적이 3학년 1반이었어!

맞지! 그래, 그래!

그렇지 맞아, 맞아!

하하!

하하!

임이라 할까, 님이라 해야 할까!

이루지 못한 사랑
하나쯤은 가슴에 담고 사는데
임이라 해야 할까!
님이라 해야 할까!

임이라!
님이라!
이름 지어 놓지도 못하고
그리워하면서만

임도 떠나가고
님도 떠나가고
영영 떠나가는데
그리움만 남겨 놓고 떠나가는데

임은 그리워서 임이라 해야 할까!
돌아오지 않으면 님이라 해야 할까!
돌아올 수가 없으면 임이라 해야 할까!

언제까지
임이라 불러야 할까!

님이라 불러야 할까!
죽도록 그리운 임이고
죽도록 보고 싶은 님인데
임이라 부를까요!
님이라 부를까요!

임이여!
님이여!
내가 부르다 죽을 임이여!
내가 부르다 죽을 님이여!

그 집

우리 동네 뒷산에 있던 당산을 등에 지고 있던 집.
우리 마을 뒷산에 있던 땅 깨를 등에 지고 있던 그 집.
그리고 유별나게 큰 대문과 사랑채를 가지고 있던 그 집.
그리고 나무 둥치가 담벼락에 기대어 가며 지켜 주던 그 집.

마당에 있는 대추나무에서 참새가 쨱쨱 노래하고 춤추던 집.
그 집은 상술이네 집.
강남에 갔던 제비가 꼭 돌아와서 처마 밑에 집을 짓고 살던 집.
그 집은 덥수룩한 수염의 홀아비 아재가 살던 봉초네 집.
뒤안에 있는 감나무에 달랑 홍시 감 하나가 달려서라도 지켜 주던 집.
그 집은 홀어미가 살던 영심이네 집.

집의 모습은 같았지만
사는 것은 서로가 다르던 집.

몽실몽실 뭉게뭉게
지붕 위로 희망이 행복이 꿈이 피어나던 집.
영심이네 집, 봉초네 집, 상술이네 집.

호박 엿을 만들어 팔아 가며 하루하루를 연명해 가던 집.
개떡을 만들어 팔아 가며 생계를 이어 가던 집.

풀빵을 구워서 팔아 삶을 이어 가던 집.

그리고 친구들이 마당에서 축구시합하고 놀고 싶던 집.
그리고 친구들이 모여 도둑놈 잡기 살이 하고 놀고 싶던 집.
그리고 친구들이 담을 넘나들며 술래잡기하며 놀고 싶던 집.

그 친구네 집이, 우리 집!
우리 집이, 그 친구네 집!
살아 보면 살아 볼수록
정말 살아 보고 싶은 집!
잊을 수가 없는 집!

그런데 그 집이, 그 집!
그래 보았자, 그 집도 그 집!

원두막

원두막이라는 세 글자에는 내가 잊을 수 없는 추억들이 세세하게 담겨 있습니다.

그 세세한 추억 중에는 노랗게 익은 참외가 그윽하게 풍겨 내던 그 달콤할 것만 같은 맛! 그리고 노랗게 익지는 않았지만 달콤하리라는 생각만 하고 물컥 한입을 깨물었는데, 익지 않아 쓰기만 하던 참외의 그 쓴맛!

거기에다 칼끝만 닿아도 짝 소리를 내며 빨간 속살을 내보이던 수박의 그 설탕 같은 맛!

정말 잊을 수가 없습니다.

또 참외든, 수박이든, 그 참외나 수박이 익었든 안 익었든, 상관도 하지 않고, 누구에게 묻지도 않고, 물어보지도 않고, 큰 조각만 무조건 집어 들고 등을 돌리고 서서 후루룩 짭짭 맛있게 먹어 대던 그 친구들!

"야 맛있다, 야! 응! 정말 죽인다, 죽여! 너는, 어쩌냐! 맛있냐?"

"그래 정말 맛있다!" 그러면서 정말 맛있게도 먹어 재꼈습니다.

그런데 주야장천 원두막에 앉아 지팡이로 토닥토닥 장단을 맞추며 흥얼흥얼 콧노래를 부르며 참외밭을 지키던 원두막지기 그 아재의 모습!

그 아재는 덥수룩한 수염에 검게 탄 얼굴, 그리고 항상 밀짚모자를 쓰고 한 손에는 막대기를 들고 있어 어떻게 보면 무서운 장군처럼 보이기도 했지요,

그런 아재도 그렇게 무섭고 당당하게 보이는 원두막지기 아재도 우리를 이긴 적은 없습니다.

우리가 밤에 동네 사랑방에 모여 머리를 맞대고 별별 궁리를 한 다음에 참외 서리에 나서면, 십중팔구는 우리가 원두막 주인을 이겼습니다.

그런데 이런 날도 있습니다.

칠흑처럼 어두운 밤이었습니다.

누가 누구라고 감히 알아보기도 어려운 밤이었습니다. "그래서 누가 누구를 알아! 누가 누구를 보기를 해! 또 감히 볼 사람도 없을 것이여!" 하며, 깨를 홀라당 벗고 용감하게 참외와 수박 서리에 나섰습니다. 그리고 참외밭에서 서리까지는 성공했습니다. 그런데 깨를 홀라당 벗어 버린 알몸뿐이어서 서리한 참외나 수박을 먹기만 할 뿐 가져올 수가 없었습니다. 그래서 이럴 줄 알았더라면 깨를 벗지 말던가 바구니라도 가지고 올 걸 하고 후회하기도 했었습니다.

그런데 그때 기왕에 가져가지는 못할 참외나 수박이니 배라도 실컷 채워 보자며 참외나 수박을 손에 들고 논둑 밭둑에 쓱쓱 문질러서 먹었는데, 정말 배꼽에서 물이 나올 정도로 정말 실컷 먹기만 했는데, 그때 그 참외와 수박은 왜 그렇게 맛이 있었는지! 흙이 묻어 있어도 똥이 묻어 있어도, 그것은 상관할 필요조차도 없이 그렇게 맛있게 먹기만 했습니다.

모르고 먹어서 그랬겠지만, 하여튼 정말 맛이 있었습니다.

그런데 그런 밤이 지나가면 아주 태연한 모습으로 원두막에 가서 참외나 수박을 사 오기도 했습니다.

곡식 한 됫박이 아니면 두 됫박 정도를 보자기에 싸서 들고, 원두막으로 가서 가족들이 먹고 싶어 하는 참외나 수박을 사서 들고 온 것입니다.

그런 날 우리 가족들은 마당에 모깃불을 피워 놓고 덕석에 앉아서, 날아드는 모기를 손에 들고 있는 부채로 살랑살랑 쫓으며, 어머니가 땀을 뻘뻘 흘리며 가마솥에서 끓인 수제비가 아니면 칼국수를 먹으며 하늘에서 반짝이는 별도 세어 가며 참외와 수박을 참 맛있게 먹었습니다.

정말 그때의 참외와 수박 맛은 잊을 수가 없습니다.

원두막에 남아 있어 아쉬운 나의 마지막 추억입니다.

그 어머니!

그 어머니는 새벽녘이면 일어나 호미를 들고 집을 나서야 했습니다. 그리고 밭으로 가서 마늘도 심고, 양파 모종도 하고, 논도 매고, 밭도 매고, 밭에서 고추도 따고 그랬습니다.

그래야 했습니다. 그럴 수밖에 없었습니다.

그런데 그 어머니가!

어느 날 보니 자신도 모르는 사이 허리가 구부정해질 정도로 나이를 먹어 버렸습니다.

그래 버렸습니다.

그렇게 되어 버렸습니다.

그 어머니!

오직 일만 알고,

겁나게 일만 해서,

동네 할머니보다 더 얼굴도 새까맣고

주름도 더 들어 보였습니다.

그 어머니!

날이 흐릿해지면 온 삭신이 쑤셨습니다.

그래도 그 어머니는 밭에만 들어서면 웃었습니다.

해야 할 일이 있다며, 그 어머니는 웃었습니다.

그 어머니는 풍년을 만들어 내는 기술도 있었습니다.

그래서 그 어머니는
풍년이 들면 외쳤습니다.
밭둑에 서서 외쳤습니다.
논둑에 서서 외쳤습니다.

얼씨구, 좋다!
춤을 추는 듯 외쳤습니다.
와서, 보소!
와서, 보소!
우리 밭 좀 와서 보소!
우리 논 좀 와서 보소!

그 어머니는!
나이가 들어도
그 어머니는
병이 들어도
살아야 했습니다.
살 수 있었습니다.
살아갈 수 있었습니다.
일이 있어서 살아야 했습니다.
밭이 있어서 살아야 했습니다.
논이 있어서 살아야 했습니다.

쓰러지지 않고,

악착같이 살아야 했습니다.

아니 평생을 그렇게 살았습니다.

그 어머니는!

그렇게 살아왔습니다.

우리 어머니도 그렇게 살아왔습니다.

우리 어머니도 그렇게 살았습니다.

울지 않고!

울지 않으려 하며 이를 악물고 악착같이 살아왔습니다.

여자라서!

우리 어머니가!

여자여서!

우리 어머니가!

그 아재네 집

그 아재가 평생을
그렇게 힘들어도
그 집에서 살아왔는데

그 아재가
그 집에서 떠나려
그 집이 너무 쓸쓸하고 처량해 보입니다.

그 아재가 떠나야만 하는 이유를 모르는
논과 밭은 피와 땀으로 얼룩져
할 말까지 잃고 멍하니 서 있을 뿐입니다.

그 아재가 있던 자리,
그 아재가 서성이던 자리,
그 아재가 있어야 할 자리,
그 아재가 누군가를 기다리던 자리,
그 자리까지도 무척 고독해 보입니다.

이러한 고독함이 누구에 의해 만들어졌는지!
이 쓸쓸함은 누구의 탓이라고
딱 꼬집어 말할 수는 없습니다.

그 아재는 집으로 햇볕이 찾아오면 돌담에 등을 기대고 서서, 누구도 알 수 없는 마음에 있는 글을 지팡이를 들고 맨땅 위에 썼습니다.

그 내용을 다는 알 수 없지만

맨 처음에는 "이럴 줄 알았더라면!"으로 시작되었고, 마지막은 "그렇게 살지나 말 것을! 그리고?"라 쓰고 지팡이를 들고 탁 마침표를 찍고 끝맺음을 했습니다.

그런 날!

그 아재의 모습은 그렇게 쓸쓸해 보일 수가 없었습니다.

그 아재는 자신만이 알고 있는 고통 속에서도

이별을 예감하고, 석별의 글을 썼던 것입니다.

그 아재는 이별은 영원하지 않다는 불변의 진리를 알고 있어서,

가슴으로 울면서, 지팡이로 맨땅 위에 통분의 글을 쓴 것입니다.

그 글 가운데쯤 어딘가에는 모르긴 해도,

"고독이란! 사랑이란! 그리고 이별은 누구의 것인가!"라는 물음에 대한 답이 들어 있을 것입니다.

그런데 엊그제 들려오는 소식에 의하면

그 아재가 영영 돌아올 수 없는 길에 들어섰다고 합니다.

그것도 고향이 아닌 도시의 변두리에 있는 요양원에서

우리 곁을 서서히 떠나고 있다고 합니다.

가슴 아픈 일입니다.

처량한 일입니다.

참 슬픈 일입니다.

그 아재의 평생소원은
동네 사람들과 오순도순 이야기하며
사는 것이었습니다.

그런 아재여서!
우리 곁을 떠나게 될 때는 마음에 간직되어 있는 말 한마디쯤은 하고
갔음직도 한데, 그 한마디를 들을 수도, 그 한마디를 알 수가 없습니다.

우리는 인생은 한 번 가면 돌아 오지 못하는 것이라고 알고 있습니다.
그러면 그 누구를 우리 곁에서 떠나보내더라도
그 아재처럼 떠나게 해서는 안 됩니다.

우리는 살아 있을 때는,
우리는 살면서는,
잘 지내자는 한마디 말 정도는 하고 싶습니다.

그런데 그 아재에게는 왜 미련만 가득 안고 떠나게 했을까요!
그래서는 안 됩니다.
그렇게 해서는 절대 안 됩니다.

그래서 마음이 아픕니다.
그 아재를 생각하면
참 가슴이 아련합니다.

왕골 방죽

왕골 방죽은,

내 친구 순식이가 타원형의 방죽길을 "벅바, 벅바!" 소리를 지르며 내달려 눈이 동그랗고 예쁜 왕잠자리를 잡던 우리 마을 앞에 있는 방죽을 말합니다.

또 적굴 마을에 살던 그 공부 잘하기로 소문난 영심이가 왕골 방죽 둑에서 삐비를 뽑아 손에 한 움큼 들고,

"야, 광식아! 너 이 삐비 먹을래!" 하고, 건네주던 곳이기도 합니다.

그 영심이는 초등학교 시절 머리가 좋아서 그런지 구구법도 국민교육헌장도 참 잘 외웠습니다.

그래서 종래 시간이 끝나면 바로 보충 수업도 받지 않고 그냥 바로 집으로 돌아갈 수 있었습니다.

그때 그런 영심이가 얼마나 부러웠는지 모릅니다.

또 왕골 방죽은 우리 아버지가 자신의 키보다 더 크게 자란 왕 골을 낫으로 베어 온 다음, 마당에 자리 잡고 앉아 한 손에 조막 칼을 들고 왕골의 배를 반으로 갈라 그늘에 말린 다음 왕골 하나하나를 바늘대에 물려 틀에 넣고 돗자리가 촘촘히 엮어지게 하던 곳이기도 합니다.

그런데 어느 날이었습니다.

큰 방에서 아버지는 돗자리 틀에 바늘대질을 하고, 형은 돗자리 틀 앞에서 보두를 잡고, 어머니는 아버지의 바늘대에 왕골을 대 주며 돗자리를 짜고 있었습니다.

그런데 그날 전라북도 전주에 산다는 돗자리 장사가 집에 왔습니다.

그러고는 이런 말로 장사를 시작했습니다.

"아재, 그동안 잘 계셨소! 그나 아재는 뭘 먹고 살기에 작년이나 올해나 똑같소!"

"어쩨 그래 보이요, 그러면 좋지요! 그나 사람은 변하면 죽는 것이요! 그러니 죽기 싫으면 하는 일이라도 열심히 하고 살아야 하지 않겠소, 글 안 하요!"

"그러지요, 암 그래야지요! 근데 아재는, 어째서 이 이쁜 아짐 데려다 고생만 시키요! 요 보쇼, 돗자리! 요런 놈 하나만 딱 사서! 사서 써 벌면 죽을 때까지는 끄떡없이 쓸 텐데! 뭣 하러 이 고생을 사서 하냐 이 말이요!"

"그래라요, 나도 그러면 좋지요. 그러기만 하면 호다 얼마나 좋겠소, 나도 어째 그러고 싶지 않겠소? 근데 돈이 원수란 말이요! 그 돗자리 살 돈이! 그런데 어쩌란 말이요! 당신 같으면 어쩌면 좋겠소. 다 공짜로 줄 수는 없을 것이고, 그러지 않소? 그나 어디서 왔소!"

"아따, 아재는 오늘도 또 그 말씀이네! 아마 이번까지 하면 한 백 번은 되겠소, 야! 내가 전라북도 완주라고 안 합띠여!"

"그러면 뭐 한번 물어봅시다. 그렇게 돗자리를 날마다 지고 다니면, 밥값이라도 벌기는 하요! 집에 식구도 있고, 새끼들도 있고 그럴 텐데!"

"그러지라요, 아재! 하나 어디 밥값만 벌어서 되겠소!"

"그러면!"

"아재! 보기에는 우리가 이렇게 다녀도 벌 것은 다 벌고, 새끼들도 켜서 서울에서 대학도 다니고, 집도 있고 그래라요!"

"글면 농사짓는 것보다는 낫소!"

"낫기만 하다요, 낫기만 해서 되겠소! 아재, 아재는 그깟 농사지으면 뭣이 남는 것 있습디여! 다 있는 놈들 종노릇 아닙디까! 참말로 뭣 빠지게 농사지어서 농협에 빚 갚으면 뭣이, 손에 쥐어지는 것이라도 있습디여!

아재, 우리가 돗자리 요놈 지고라요, 세상 구경하는 셈 치고 이리저리 다니며 팔면, 솔직히 농사짓는 것보다는 백배 천배는 나을 것이요! 아마."

"그래요, 잉, 그러면 참 다행이요, 다행! 어이 팔봉이! 뭣 하고 있는가! 거, 멍하게 앉아서 구경만 하지 말고, 자네 새끼들도 살 만큼 살지 않은 가! 요럴 때 돗자리 하나만 갈아 주소!"

"그것이 얼마나 간다요!"

"그것은 내가 모르재, 이 사람아! 자네가 직접 나서서, 이 양반들하고 한번 흥정을 해 보소! 비싸면 깎아 달라고도 하고."

"아재! 저 아재가 이런 돗자리를 산다고요! 참, 나! 내일 비라도 오면 모를까! 내가 볼 때, 저 아재는 이런 돗자리 공짜로 주어도 싫다고 할 것 같은데요!"

"무슨, 천만에 말을! 절대 글 안 하요! 저 사람하고 잘 한번 해 보쇼!"

"뭐라고라요, 나 참! 얼척이 없네! 어이, 이 양반들아! 사람을 그렇게 무시하는 것 아니여, 이 양반들아! 세상에 기는 놈 위에 나는 놈도 있어, 이 양반들아! 아재 글 안 하요!"

"그러재, 이 사람아! 사람이 사람을 무시하면 절대로 안 되재!"

"어이 돗자리 장사 양반들! 그것이 몇 푼이나 가간데, 글허요! 내 꼬락 서니가 이래서 그런 갑내. 어이 이 양반들아! 어째 이런 꼴로 있는게, 돗 자리는 엄두도 못 낼 것 같소! 옛말에 가는 말이 고와야 오는 말도 곱다 고 했소. 그런데 그깟 돗자리 하나 가지고 사람을 무시하고 그래요! 어이 이 양반들아! 한번 내놔 보쇼, 고것이 얼마나 간다요!"

"아재 그런다고 너무 화 같은 것은 내지 마시고, 우리도 돌고 돌아서 장돌뱅이요! 어째 아재가, 참말로 이런 돗자리를 사 볼라요! 만약 아재가 돗자리를 사면 내가 똑같은 값만 받고 하나를 더 줘 볼라요! 제기랄, 힘들게 지고 다니느니."

"어이 양반들 말하는 것 봐라! 당신들 방금 한 말 책임지쇼, 참말이지요! 그 말에 꼭 책임지쇼! 응."

"지키죠! 당연히 지켜야지요, 사내자식이 칼을 뺐으면 무가 아니면 두부라도 잘라야지요! 그런데 만약 아재도 못 사면 책임지쇼! 말로만 그러지 말고!"

"알았소, 고까짓 것! 그나 오늘 앰한 돗자리 하나 생기게 생겼네! 아재 지금 돈 가진 것, 없지요!"

"그러재 자네나 나나!"

"아재! 아직 우리 동네 농협 문 안 닫았겠죠, 저 사람들 하는 꼴을 본 게, 도저히 그냥 있어서는 안 되겠소, 야! 홧김에 서방질한다고, 내가 저 사람들한테까지 무시당하고 살 수는 없지요. 내가 지금까지 어떻게 살아왔는데, 아재! 내가 지금 당장에 나락 몇 가마니 리어카에 싣고 가서 농협에다 팔아 올라요! 저 돗자리 장사들 마음 변하면 안 된게, 저 양반들 꼼짝도 못 하게 아재가 꽉 잡아 놓고 있으쇼, 야! 만약에 가 볼면 아재가 물어내든가!"

"예끼, 이 사람아! 알았네, 알았어! 그나, 인자 일은 났네! 그나 어이 돗자리 장사 양반들, 당신들 이제 일은 났는데 어떻게 할라요! 뭣 하러 가만히 앉아 있는 사람 하나 더 준다고 화를 지르고 그랬소! 인자, 진짜로 한 개 더 안 주면 안 될 상황까지 왔소! 저 사람이 말이요, 고생하고 살아서 그런지는 모르지만 다른 것은 몰라도 꼭 약속하고, 자신이 하는 말에는 책임을 지는 사람이요. 저 사람 신용에 대해서는 우리 동네서 알아주는 사람이요! 보는 것은 저래 봬도, 사람 하나는 정말 진품이요 진품!"

"아재만큼이나요!"

"나야, 뭐! 그저 그렇고, 그나 사람은 착실하게 살면 되어요. 그러면 다 자연스럽게 부자가 됩디다! 객지에서 살다 우리 동네 와서 산 사람들, 다 돈 벌어서 나갔소! 그래 우리 동네 사람들이 하는 말이 있소, 뭔 말인지 아요! 객지에서 온 사람들은 다 부자 되어 나간대요!

그래서 텃세! 그 텃세란 게 있는가 봅디다. 아마 우리 동네 사람도 서울 가서는 그렇게 다 텃세 받고 살겠지요. 또 세상에 고생하지 않고 산 사람이 있다요? 하여튼 고생은 누구나 하는데, 그 고생을 값지게 하려면 정직하고 진실하게 살아야 해요, 그래서 양심이란 게 있는 겁니다!"

"그래야지요, 근데 세상이 어디 그렇디까! 정직하고 바른 놈만 병신 아닙디까! 처먹은 놈들은 다 공짜로 처먹고, 글 안 합디까! 다 이놈의 정치가 세상을 깡그리 망가뜨려 놨어요. 어쩌다 우리 정치가 이렇게 부패되었는지, 정치가 아니고 시궁창에서 마치 미꾸라지 새끼들이 노는 것이나 하나도 다름이 없어요. 아재! 우리가 막말로 장돌뱅이 아닙니까! 세상 여기저기를 다니면서 사람들 말을 들어 보면 죽일 놈들은, 정치하는 놈들입디다. 그놈들이 그놈의 권력이 무엇인지, 권력에 빌붙어서 허세 한 번 부려 볼라고, 세상 다 자기들 좋게 만들어 놓고 인심도, 사람 마음도, 다 동서남북으로 철저하게 갈라놓아 버린 것 아니어요, 나쁜 놈들! 정치하는 놈들! 정치꾼들!"

"그나, 어쩔 것이요! 가난했던 놈들이, 백정의 자식놈들이, 순사의 자식놈들이, 지주의 자식놈들이, 친북의 자식놈들이, 친일의 자식놈들이, 그놈들이 대한민국이라는 땅 안에 살면서! 마음도 찢어지고, 양심도 속이고, 거짓말 시합을 하고, 돈에 빠지고 권력에 빠져서 사는데, 우리가 그놈들한테 무슨 희망이 있다고 기대를 거니, 우리가 미친놈들 아니요!

그러면 뭣 할 것이요! 사람이라면 다 죽는데, 그래서 내가 그놈들한테 하고 싶은 말은, 집구석에 들어가면 맨 먼저 방 천장을 보고, 내가 오늘은 거짓말을 어느 정도 했을까! 생각이라도 해 보라고! 한 번이라도."

"호다 그러기라도 하면 얼마나 좋게요!"

"근데 어째 이 아재가 안 오요! 야."

"올 것이요. 그 사람요, 옵니다. 기다려 봅시다!"

그로부터 얼마 가지 않아 왕골 방죽이 사라져 버렸습니다.

그러고는 왕골 방죽이 있던 자리에는 정부미 보관창고가 들어섰습니다.

그 후 십여 년이 지나자 정부미 창고도 아스팔트 도로가 깨끗하게 먹어 버렸습니다. 그러면서 아스팔트 도로에는 차만 달리면 된다는 겁니다.

돌아가는 차 바퀴에 왕골 방죽에 대한 추억이 얽혀 돌아가고 있는 것도 무시하고, 그저 씽씽 차만 달리면 된답니다.

옛것은 오늘도 차바퀴에 밟혀 사라지고 있는데도.

오늘 당신은 차 바퀴를 몇 바퀴나 돌게 했습니까!

당신은 차 바퀴가 돌아가게 한 만큼

당신은 당신의 소중한 추억을 그만큼 잃어버린 것입니다.

당신만 그런 것이 아니라,

당신 주변에 있는 그 당신까지도 그랬을 것입니다.

과거를 잊지 마세요,

과거를 잊으려고 하지 마세요,

왕골 방죽에서의 추억이 있어서 오늘의 우리가 있는 것입니다.

꼼마리들의 반란

"꼼마리들의 반란, 꼴마리들의 반란, 꼰마리들의 반란, 꽁마리들의 반란!"
어떻게 표현하는 것이 좋을지, 또 시빗거리가 아니 될지
여기에 대한 명확한 답을 찾기는 참 어려웠습니다.
그래서 그 친구가 말한 의미에 충실하기로 하고
'꼼마리들의 반란'으로 쓰기로 했습니다.

2024년 5월하고도 이십여 일이 지난 육칠 일 경이었습니다.

아무런 부담도 없이 70년 정도의 세월을 각자 먹어 버린 꼼마리들과 꺽다리들이 과감히 주거지를 이탈하고 서울 근교에 있는 장어 전문점이라는 식당에서 공개적으로 만나게 되었습니다.

그런데 시계를 거꾸로 돌려놓은 다음 50년 정도의 세월을 거슬러 올라가면 사실 그때는 꼼마리들의 세상이 아니라 꺽다리들의 세상이었습니다. 그래서 그때는 꼼마리들이 꺽다리들 옆에 꼽사리 끼여서 산다고 해야 옳을 정도였습니다.

그런데 변화에 둔감하고 보수적이며 고집이 별나게 센 꺽다리들은 일평생이 자신들의 생각대로 될 줄만 알고 살아왔습니다.

우주선이 달나라를 가고, 하늘에 우주 정거장이 생기고, AI 시대가 오고, 온 세상이 전산화 속으로 빨려 들어가고 있는데도, 이 변화의 속도에 민감하게 반응할 생각도 전혀 없이 오직 자신만의 생각을 고집하고 그

런 생각만 하고, 또 거기에 안주하며 그렇게만 살아오고 있었습니다.

자신의 오만함이 가져올 미래에 대한 무능력, 이러한 것은 아예 예상
도 못 하고.

또 꼼마리들의 반란은 이미 시작되어 있는데도 그 사실은 까맣게 모르
고, 아니 꿈에도 예상하지 못하고, 현실에 안주하며 그렇게만 살아오고
있었습니다.

하지만 변화에 민감하고 시대에 순응한 꼼마리들은 과거는 과거일 뿐
이라며, 새로운 세상의 전개를 위해 집요하고 은밀하게 참고 또 참으며
일만 해 왔습니다.

반란은 반드시 은밀하게 기획해야 반드시 성공한다는 확신 속에 행동
개시일이 오기만을 기다리며 그렇게 살아온 것입니다.

야릇한 꿈과 희망을 비수처럼 가슴에 간직한 채로!

아직 결론을 내리기에는 일러 조금은 더 두고 봐야 알게 될 것입니다.

정말 꺽다리들 세상이 꼼마리들 반란으로 인해 완전히 역전이 될 것인
가! 아니면 꺽다리들이 그럴 수는 없다면 혁명적으로 마음을 바꾸어 세
상을 안고 가 버릴지, 그도 아니면 꼼마리들의 반란이 사회 적재적소에
서 동시에 일어나 세상을 완전히 지배하는 지배계급의 위치에 서게 될
지 아직은 진행 중입니다.

그리고 또 과연 꺽다리들이 세상 살기에 성공했는지, 아니면 꼼마리들
이 세상 살기에 성공했는지는 아직 결판을 내 버리기에는 이릅니다.

지금까지를 결과로 하여 결론을 내리기에는 아직은 꺽다리들에게도,
꼼마리들에게도 각자가 해야 할 몫이 조금은 남아 있기 때문입니다.

그런데 확정적이지는 않지만 지나온 세월만 놓고 보면, 아니 그 시간만 놓고 보면, 마치 백과사전이라도 보는 것 같습니다. 꼼마리들의 은밀한 반란 계획에 꺽다리들은 완전히 먹히었다. 꼼마리들의 반란은 이제 완전히 성공했구나! 이렇게 한 판단이 결코 오판은 아닐 것이라는 생각도 듭니다.

사실 꺽다리들은 역겨울 정도로 으스대고, 우뚝우뚝하고, 건들건들하고, 또 건방을 떨고 큰소리치고, 정말 보란 듯이 아니꼽게 그랬었습니다.
그런데 그 시간에 꼼마리들은 이를 악물고 참았습니다. 그러면서 두고 보자 이 꺽다리들! 무슨 수를 써서라도 우리는 꼭 반란을 일으킬 것이다.
꼼마리들의 대 반전의 반란을!
그리고 집요하게 인내하고 노력하며, 성공을 위한 전진의 걸음을 한 걸음씩 한 걸음씩 걸어온 것입니다.
결론적으로 말하면 꼼마리들은 꺽다리들이 속수무책으로 당할 수밖에 없는 비밀 계획을 야심 차게 세워 가슴에 묻고 행동개시일만이 오기를 기다리며 하루에 하루까지 차곡차곡 담으며 살아온 것입니다.

그런데 꼼마리들은 자신들의 반란 계획이 이렇게 쉽게, 정말 행복하게 그리고 완전히 혁명적으로 성공할 줄은 꿈에도 몰랐습니다.
총칼 하나 들지 않고서, 또 소규모 적인 충돌도 없이 정말 자연스럽게 시대의 흐름에 순응해 가면서 대성공의 반란이 될 줄은 정말 몰랐습니다.
그래서 요즘에는 꼼마리들이 꺽다리들에게 이렇게 말합니다.
얼마 전까지만 해도 꺽다리들이 꼼마리들을 불러 놓고 말했는데!
"야! 꺽다리 이리 와 봐라! 야, 많이 컸네! 엊그제만 해도 크기는 컸었는데, 진짜로 많이 컸네! 꺽다리 너 진짜 많이 컸다!"

그런데 이제 꺽다리들이 꼼마리들을 불러 이렇게 말할 수는 없습니다.

"야! 꼼마리, 이리 와 봐라, 너 많이 컸다, 까불지 마라! 까불면 죽는다, 알았냐! 응?"

이제 꺽다리들이 할 수 있는 것은 입맛만 다시고 쓴웃음을 짓는 것입니다.

그러면서,

"세상 참 많이 좋아졌다, 야! 세상이 좋아졌어! 너 간이 부은 것은 아니지! 너 언제부터 그렇게 됐냐!"

그러자,

"지랄하고 자빠졌네, 자식! 이제 그냥 막가는 거야, 자식아!"

그러면서,

"허허, 세상 참 웃기네! 웃겨!"

꼼마리들의 어질 인(仁) 자 하나 믿고 산 삶이 대반전의 반란을 대성공케 한 것입니다.

살아 보면 세상은 참, 별것 없습니다.

세상은 참 별것이 없습니다.

어느새 꺽다리들과 꼼마리들이 또, 다시 만나 어깨동무하고 건배까지 하는 세상에 와 있습니다.

세상에 이보다 더한 이상의 세상이 있겠습니까!

이 이상의 행복도 즐거움도, 이 이상의 유쾌한 삶도 있을 수가 없을 것입니다.

이제 꺽다리들과 꼼마리들이 얼굴만 마주 보면 이런 말을 합니다.

"야! 세상 별것 없지!"

"그래 세상 참, 별것 없더라! 정말 살아 본게, 세상 참, 별것 아니더라! 그러니 다른 것은 이제 다 제쳐 벌고, 우리 얼굴이라도 종종 보자! 이제 나이도 먹을 만큼 먹어 버렸지 않냐! 인자 본게, 참 그때가 좋았더라. 그때가 참 좋았어. 물론 그래서 오늘이 있겠지만!"

"아야, 꺽다리! 너, 머리가 다 빠져 버렸다."

"야, 꼼마리! 너 남의 말할 정도는 아닌 것 같은데! 너는 머리뿐만 아니라 배도 아주 든든하게 나왔구만!"

"그래야! 네가 보기에도 그러냐! 아야, 그렇든 저렇든 우리는 친구 아니냐!"

"그래, 하여튼 너 보고 싶었다, 보고 싶었어, 친구야!"

"나도 그랬다, 짜식아!"

"사랑한다, 친구야!"

"그래, 그리고 우리 잘살자! 자식이고 돈이고, 그것 다 필요 없더라. 우리가 살아 있을 때가 최고지, 꺽다리 너 참 보고 싶었다."

"나도 그랬어! 꼼마리 네가 정말 보고 싶었어! 그래도 우리가 살아 있어서 너도 나도 볼 수 있는 것 아니겠냐!"

"그래 친구가 있어서 좋다. 친구가 좋다, 참 좋아! 친구야! 친구야! 사랑한다."

"친구야! 나도 사랑한다, 친구야!"

친구들!

꿈처럼 아름답던
그 시절이 가 버려서
그리워지는 친구들이 있습니다.

그 친구들!
그리고 그 친구!

꿈이 불덩이처럼 이글이글 타오르고
의리 또한 거침이 없어
결코, 이루지 못할 일이
없을 것 같은
그런 친구였습니다.
그런 친구들이었습니다.

그로부터
얼마의 시간이 갔다고,
얼마의 시간이 지나가 버렸다고,
간간이 들려오는 소식은
몸이 아프고,
세상을 떠나고,
그리운 친구들입니다.

그래서인지,

그래서일까요!

잊고 살았던 이름도 문득 떠오릅니다

다 그리워지고,

다 보고 싶고,

그런, 그래서 친구들인 것 같습니다.

친구야!

친구야!

친구야!

마음속으로 불러 봅니다,

조용히 불러 봅니다.

친구야!

친구들아!

그리운 날들

물동이를 이고, 물지게를 지고
좁은 돌담길 사이를 달리던
누나와 형들이 그리운 날들이 있습니다.

월남치마를 입고, 무턱대고 도시만을 동경하던 이웃집 누나도 그립고, 대바구니를 옆구리에 끼고 나물 캐러 간다더니, 목포역에서 서울행 완행열차를 타고 서울로 도망가 버린, 그 부잣집 누나도 그리운 날들이 있습니다.

또 호롱불이 밝혀 주는 사랑방에 모여 앉아, 어설픈 동네 이야기를 도란도란 나누며 꿩 약을 만들던 그 형들도 그립고, 단발머리를 바람에 휘날리며 텃논에서 고무줄놀이에 흠뻑 빠져 있던 그 소녀들도 그리운 날들이 있습니다.

또 코를 훌쩍거리면서도 논둑 밭둑을 달려 삐비를 한 움큼 뽑아 들고 먼 산을 멍하니 바라보고 있던 무릎이 구멍 난 고리땡 바지를 입고 있던 친구!
그 친구 이름마저 기억나지 않지만, 어디에서 어떻게 사는지, 무엇을 하고 사는지, 참 그리운 날들도 있습니다.

또 친구가 생쌀을 집에서 슬쩍 가지고 나와서 "이거 먹을 사람!" 하고 주

머니에서 꺼내며 소리지를 때, "나! 나, 나도, 나도!" 하며, 그 생쌀 한 주
먹이 그렇게 먹고 싶어 손을 들고 서로 밀쳐야 했던, 그 친구들도 그리운
날들이 있습니다.

머리에 부스럼이 나서 덕지덕지 붙어 있어도, 구구법도 달달 외우고, 국
민교육 헌장도 그렇게 잘 외워 대던 미숙이 그 친구!
또 얼굴은 가물가물하지만, 이름은 기억하고 있는 나무에 올라가서 새
도 잘 잡고, 새집도 잘 가져오고, 새도 잘 키우던, 세종대왕이란 별명까
지 가지고 있던 그 친구!
그 친구들이 그리운 날도 있습니다.

또 여치 집을 수수깡으로 그렇게 멋지게, 튼튼하게 만들어 내던 광식이
그 친구도 그리운 날이 있습니다.

이렇게 그리운 날들이 있어,
우리는 아쉬움이 있습니다,
그래서 누구를 기다리고,
또 누구를 그리워하면서 사는 것 같습니다.

그런데 그 그리운 날들 속에 남아 있는 친구들과 함께 어울려 놀고 살며
추억을 만들어 내던 사랑방이며, 뒷동산이며 논이며, 밭이며, 탱자나무
며, 개구슬 나무며, 수차며, 도랑이며, 실개천이며, 샘 등등이 다 어디로
갔는지!
아쉬움뿐입니다.

그래서 아쉬운 것들에 대한 그리움이 많은 것 같습니다.

그런데 우리는 마당도 없는 세상에서 살기에 바쁩니다.
그런데 그 속에서 추억을 생각한다면, 추억을 만들어 낸다면 그것은 참
무의미한 일이기도 한 것 같습니다.
추억은 삶이 엮어 낸 소중한 기억 아니겠습니까!
우리는 삶이 있어서 그리워지는 날들이 얻어지는 것입니다.
오늘이라도 자신에게 가장 그리운 날들이 있는지,
한번 생각해 보시기 바랍니다.

실꾸리

항구 도시로 유명한 목포항구에 있는 영해 장교나 조양 장교에서 오전 9시면 기적을 울리고 출발하여 정오 12시 경이면 우리 고향 부두(선착장)인 버지에 도착하는 여객선이 있었습니다.

이때 여객선의 이름은 대략 천신호를 비롯하여 일륜호, 남일호, 영신호, 한양호 등 이런 여객선이 있었습니다.

그런데 그때 여객선을 타고 다니며 동네에 와서 물건을 파는 일명 보따리 장사가 있었습니다. 이 보따리 장사를 보자기 장사, 또는 떠돌이 장사라고도 불렀습니다.

보따리 장사는 꼭 보자기를 머리에 이거나 손에 들고 집집을 찾아다니며 물건을 팔았는데, 그 보자기 속에는 화장품을 비롯하여 여러 종류의 옷가지 그리고 실타래가 들어 있었습니다.

그런데 그때 보따리 장사와 우리 동네 사람들과의 관계는 참 유기적이었습니다.

그래서 동네 사람들과 외상거래도 가능한 단골 관계가 성립되어있었습니다.

그래서 보따리 장사는 올해 판 물건값을 다음 해에 와서 받아 가기도 했으며, 또 그 물건의 값을 곡물을 시세로 환산하여 받아 가기도 하고, 때로는 물물교환으로 바꾸어 가기도 했습니다.

그런데 우리 어머니는 보따리 장사가 집에 오면 다른 것은 제쳐두고서라도 이상하게 실타래만은 꼭 사셨습니다.

그러고는 손에 실타래를 들고 장롱에 등을 기대고 앉아 두 발을 쭉 뻗고, 오글오글 꼬여 있는 실타래를 두 발의 발가락에 걸쳐 놓았습니다. 그러고는 실타래 속 어딘가에 숨어 있는 실의 끝을 찾아내더니, 그 실의 끝을 잡아 손에 들고 있는 막대기에 감기 시작했습니다.

마치 물레를 돌리듯이 말입니다.

그러면 어머니가 손에 들고 있는 막대기에는 한 올 한 올의 실이 감겨 가며 실꾸리가 되었습니다. 배가 제법 그럴싸하게 포동포동한 실꾸리가, 보기에도 좋은 예쁜 실꾸리가 만들어졌습니다.

이렇게 제법 구성진 실꾸리, 정말 그럴싸한 실꾸리가 만들어지면 어머니는 또 실꾸리에 있는 실의 끝을 잡고 바늘귀에 실을 꿰었습니다.

그러고는 손가락에 골무를 낀 다음, 손에 바늘을 들고 머리에 문질러 가며 한 땀 한 땀 꿰매 가며 참 특별한 요술을 부려 솜이불도 만들어 냈습니다.

그뿐만이 아닙니다.

누나의 폭이 터진 월남치마도, 아버지의 찢어진 바지와 구멍 난 양말도, 형의 큰 바지는 작게, 작은 잠바는 크게 만들어 꿰매는 참 대단한 기술을 보여 주기도 했습니다.

그때 그런 시절에 어머니를 생각하면, 어머니는 참 특별한 기술에 요술까지 부릴 줄 아는 숨은 능력이 있었다는 생각이 듭니다.

그런데 그때 어머니는 실꾸리를 참 소중하게 생각했습니다. 그래서 사용이 끝난 실꾸리라고 해서 아무렇게나 밀쳐 놓지는 않고, 꼭 바구니에 넣은 다음에 아이들 손이 닿지 않는 곳에 보관해 놓으셨습니다.

만약 실꾸리가 아이들 손이 닿는 곳에 있으며 아이들이 무심코 실꾸리를 통째로 들고 가서 연실로 써 버릴까 봐서 더 그랬습니다. 그래서 어머니는 실꾸리를 꼭 장롱 속이 아니면 시렁에라도 보관해 놓으셨습니다.

이렇게 보면 실타래에서 풀린 한 가닥 한 가닥의 실이 한 올 한 올 감겨 구성한 제법 그럴싸한 실꾸리에는, 사실 어머니의 깊은 삶이 들어 있는 것입니다. 무척 고뇌했을 그 삶이 아름다운 삶으로 변화하여 들어 있는 것입니다.

어머니가 보자기 장사에게 산 실타래!

어머니가 만들어 낸 실꾸리!

그 과정에 얽힌 어머니의 삶이 현재 우리가 있게 한 것입니다.

어머니의 고운 마음을 아세요!

어머니를 사랑하는 마음을 가지세요!

어머니를 잊지 마세요!

만약 지금 당신이 실꾸리를 무시한다면,

그것은 당신이 어머니를 무시한 것과 다름이 전혀 없습니다.

어머니는 그래서 그 난해한 실타래도 풀어 실꾸리를 만들어 내고, 그 실로 촘촘히 우리의 긴 여정을 엮어 놓기까지 한 것입니다.

그래서 실꾸리가 그렇게 소중한 것입니다.

담쟁이

우리 동네는
사람이 오라 할 만큼
그 무엇도 없습니다.

그러니
가라는 사람 또한 없습니다,
살라는 사람 또한 없습니다.

내가 살아서
네가 살아서
동네가 좋아서
마을이 좋아서
고향이라 좋아서

돌담이라도 믿고 의지하고
돌담이라도 잡고 도란도란
이야기하고,

그렇게 수천 일의 긴긴 시간을
역사라 하면서까지
마음 하나 변하지 않고 버티며

살아오고 있습니다.

내가 버린 동네라지만
네가 버렸다는 고향이라지만
너는 버려도
나는 한번 지켜 보겠다며
우리가 살고 있습니다.

우리 동네 담쟁이가!
우리 고향 담쟁이가!
고향을 지키며 살고 있습니다.

담쟁이가
고향에서 살고 있습니다.
담쟁이만
고향에서 살고 있습니다.

질경이

질경이는 동의보감(탕액편)에 "성분이 차고 맛이 달고 짜며 독이 없고, 기름을 주로 치료하고 오림을 통하게 하며, 수도를 이롭게 하고, 소변의 임삽을 통하게 하며, 눈을 밝게 하고, 간 속의 풍열과 독풍이 충안에서 적통하고, 장애한 것을 치료한다.

또 잎이 크고 이삭이 길며 길가에 잘 나고 쇠 발자국 속에서도 나기 때문에 차전이라 한다. 고간으로 볶아 잘 찧어서 쓰는데, 약으로 사용할 때는 씨는 쓰지 않는다. 토혈, 육혈, 요혈, 혈림에 즙을 내서 먹는다."

질경이는 한약재로 쓰일 때는 아버지를 유혹했으며,
꽃과 꽃대로는 나를 유혹했습니다.
화려하지도 않으면서도
그다지 순수하지도 않으면서도

질경이는 그렇게 다정했던 내 친구와
어깨동무하고 다니던 내 친구와도
얼굴 한번 슬쩍 쳐다보고
꽃대를 걸고 싸움까지 하게 했습니다.

질경이라서 그랬습니다.
질경이여서 그랬습니다.
그래서 질경이를 썩 좋게 생각할 수는 없습니다.

그뿐이 아닙니다.
질경이는 또 친구랑 나랑 꽃대를 걸고
누가 이기나 보자며 싸움까지 하게 했습니다.

내가 이길 때는 얼마나 좋은지
입을 씰룩거렸습니다.

네가 졌을 때는 홍당무 같은 얼굴을 하고
코를 식식 불며, 이까지 득득 갈게 했습니다.

왜 질경이는
왜 튼튼한 꽃대로
왜 하얀 꽃을 피워서

나를 유혹하고
친구를 유혹해서

그 예쁘던 친구와도
그 다정한 친구와도
마음조차 상하게 했는지!

나를 유혹한 질경이는
참 나쁜 질경이입니다.
친구를 유혹한 질경이도

참 나쁜 질경이입니다.

그런 질경이라서 호평받지는 못합니다.
그런 질경이라서 숨어서 삽니다.

내 고향 진달래

앞산에 피면서
먼 산에 피면서
봄소식 전해다 주는
내 고향에 진달래

내 눈과 마주치면
내 사랑 불러오는
내 고향 진달래

산들산들 살랑살랑
봄바람과 춤추고
내 사랑 그립게 하는
마음씨도 고운 내 고향 진달래

앞산에 피어 있는 진달래
먼 산에 피어 있는 진달래
그리움만 먹고 살게 하는 내 고향 진달래

먼 산에 핀 진달래
앞산에 핀 진달래
잊으려고 해도 잊을 수가 없는 내 고향 진달래!

4부

소똥구리

무슨 연이 있어서
그리도 정답게
마주 보고 서서!

두 발로
밀고 받고
두 발로
받고 밀고,

돌리고
돌려서
돌리고
밀고

종일토록 굴려 가도
얼마나 갈까!
어디까지나 갈까!
도대체 어디로 가는 걸까!
어디까지 가려는 걸까!

이글거리는

8월의 뙤약볕 아래서!

8월의 땡볕에 마른 소똥을
연약한 손과 발로
어떻게 파서
그리도 동그랗게
그리도 예쁘게 만들어서

흙먼지 자욱한 울퉁불퉁한 들길에서
영치기 영차
영치기 영차
정답게도 굴려 가는 걸까!

소똥구리 단둘이서!

제기 풀

해가 가고 달이 가고 계절이 바뀌어도 우리 동네 돌담 밑에서는 변함없이 잡초가 자랐습니다. 논둑에서도 밭둑에서도 잡초는 자랐습니다. 이렇게 자라는 잡초 중에도 잎이 곱고 넓게 퍼져 있는 잡초가 있었습니다. 이 잡초가 제기차기에 얼마나 안성맞춤이었는지 우리는 이 잡초를 '제기풀'이라 불렀습니다.

이 제기풀로 제기를 만들 때 첫 번째로 하는 일은 이 풀의 퍼진 잎들을 손으로 싹 감싸 모으고 뿌리까지 송두리째 뽑는 것이었습니다.

그리고 두 번째로는 뿌리까지 송두리째 뽑힌 제기풀을 종이로 곱게 덮어 감싼 다음에 엉덩이 밑에 놓고 깔고 앉거나, 아니면 마른걸레나 헝겊 밑에 놓아서 풀의 숨이 죽게 하는 것이었습니다.

그런 다음에 제기풀의 숨이 죽어 있으면 제기풀을 꺼내 손에 들고 탈탈 털었습니다.

풀 제기는 이렇게 만들어졌습니다.

우리는 만들어진 풀 제기를 들고, 동네 삼거리나 처마 밑, 또는 텃논이나 마당이 넓은 친구네 집에 모여 제기차기를 했습니다.

이때 제기 차는 방법은 양 발로 차는 양발제기와 한 발로 차는 한발제기, 또는 외발제기, 그리고 한 발을 땅에서 떼고 차는 반발제기와 발등으로 차는 발등제기도 있었습니다.

그런데 그때 우리가 제기 차는 모습은 정말 가관이었습니다. 얼마나 가관이었는지 모릅니다. 정말 배꼽을 잡고 웃어도 다 웃지 못할 정도로 그렇게 우스웠습니다.

더 웃기는 것은 어떻게 그렇게 다양하고, 어쩌면 그렇게 별별스러운 모습으로 제기를 차게 되었는지! 아무리 생각해도 웃음이 정말 절로 절로 나옵니다.

볼 수만 있다면 한 번 더 보았으면 좋겠다는 생각뿐입니다. 아마 지금 보아도 배꼽 잡는 웃음은 나올 수밖에 없을 것 같습니다.

특히 풀 제기를 차 본 친구라면, 풀 제기를 찬 친구라면 그 모습을 보고 웃지 않을 수도 없을 것입니다.

그런데 그때 풀 제기로 제기를 찬 친구 중에는 죽어도 제기를 많이 차야 한다며 신발과 발 사이에 깍대기를 끼고 코를 씩씩 불며 제기를 찬 친구도 있었습니다.

또 어느 친구는 풀 제기를 차기 시작하면 한 번에 백 개에서 백오십 개 정도는 쉽게 찬 친구도 있었습니다.

그런데 이 친구는 이런 말도 했습니다.

"아야, 나는 아! 제기 차면서 서울을 가라 해도 쉽게 갈 수 있어야!"

"진짜로야!"

"그래!"

"그러면 내기 한번 할래!"

"심판은 누가 하고야!"

또 어느 친구는 제기를 많이 차서 다른 친구에게 다섯 개, 또는 열 개, 오십 개를 빌려주기도 했습니다.

그러면서 이 친구는

"아야, 오늘 빌려준 제기 내일 꼭 갚아라! 글 안 하면, 쌀 한 주먹을 주든가! 아니면 날마다 이자로 배가 붙는다."고도 했습니다.

또 어느 친구는 제기차기 시합에서 저 다음 날까지 대주기도 했습니다.

그러면서 이 친구들은,

"아야, 너도 지는 날이 있어야! 맨날 봄일 줄만 아냐! 너 졌을 때, 그때 한번 봐봐라! 내가 너한테 어떻게 한가!"

"야, 이 새끼야! 그때는 그때고, 오늘은 밤이 새도 대주라고!"

"그래, 알았어, 알았다고!"

"야, 똑바로 대라! 그렇게 성의 없이 대주면 진짜로 대준 것으로 안 친다, 잉!"

"알았어, 이렇게 대주면 돼지! 너도 언젠가는 한번 걸리기만 해 봐라!"

하지만 이 친구 얼굴이 홍당무처럼 붉어지고, 이를 부득부득 갈면서도 제기를 대줄 수밖에 없었습니다.

풀 제기에 건 약속이 있어서, 또 어느 친구는 종일토록 제기 대주는 게 얼마나 화가 나고 분한지 코를 훌쩍거리며 사정사정을 하기도 했습니다.

"아야, 쪼끔만 봐주라! 너 나하고 친하잖아! 내일 내가 쌀 한 주먹 갖다 주께, 응!" 하면서.

하지만 이 친구 얼마 가지 않아 시원하게 복수했습니다.

어디서 어떻게 구했는지 알 수는 없지만, 상평통보란 글씨가 새겨져 있는 엽전으로 만들어진 제기를 가지고 와서 딸가닥 딸가닥 소리가 나게 제기를 차면서,

"아야! 친구들아! 저 새끼는, 아, 이 엽전 제기 절대 못 차게 해야! 저 새끼는 오늘은 빼야, 빼! 너! 저번에 내가 저 새끼한테 제기차기에서 져서 이틀이나 대주는 것 봤지! 말도 마라! 저 새끼, 정말 징하더라! 내가 조금만 봐주라고 그렇게 사정하고, 얼마나 그랬냐! 너희들도 봤지, 알지!

와, 저 새끼 정말 징하더라! 내가 그렇게 사정해도 아예 모른 체하고, 야! 안 봐주더라니까! 그런데 내가 오늘 저 새끼한테 이 엽전 제기를 차라고 하겠냐! 그런게 일단 오늘은 저놈은 빼자, 빼, 응!

야, 새끼야! 너 전번에 정말로 그랬잖아! 나한테 이틀이나 제기 대주라고 하고, 집에서 밥 먹고 있을 때도 우리 집까지 쫓아오고 그랬잖아! 내가 그렇게 깎아 달라고 사정해도 한 개도 안 깎아 주고!"

"아야, 너 정말 그랬냐!"

"몰라! 너희들 저 새끼, 말을 믿냐! 저 새끼 얼마나 거짓말을 잘하냐! 야 이리 와 봐, 너희들 이것 먹을래! 쌀 먹을 사람 손 들어!"

"아야, 뭐냐 뭐, 나도 좀 조금만 주라! 응, 응!"

그런데 그로부터 며칠이나 지났을까!

비닐 제기가 나오더니 바로 반짝이 제기까지 나와버렸습니다.

여기서 풀 제기의 생명은 막을 내려야 했습니다.

그때부터 우리 동네 아이들은 스파이크 운동화를 신고 제기를 차기 시작했으며 여자아이들은 맹꽁이 운동화를 신고 반발 제기를 차기도 했습니다.

그러다 이제 경쾌한 소리가 딱딱 나는 제기를 운동화를 신고 가끔 차보기는 합니다,

"아야, 너 제기 찰 줄 아냐!"

"알지!"

"그래야! 안 잊어먹었어!"

"그래, 볼래! 자 봐라! 잘 세어라! 까먹지 말고!"

언제까지 이런 말이라도 할지!

그런 날들이 그리 많지는 않은 것 같습니다.

이런 날들이라도 조금이라도 더 있었으면, 얼마나 좋을까! 하는 생각
은 있습니다만,

시간이 그렇게 가지는 않습니다.

아버지가 하고 싶던 말

아들아!

우리나라는 참 이상한 나라다.

하늘에 무지개가 떠서 그런지는 모르지만 아무리 생각해도 참 이상한 나라다.

국민이 너무 오색찬란하다.

단일민족이라고 하면서, 또 헌법에 명시되어 있는 한 민족이라면서, 왜 그렇게 서로 멸시하느라 안달을 떠는지 정말 알 수가 없구나!

더구나 침략과 전쟁에 의한 수탈과 지배까지 그렇게 받았으면서도, 잘난 사람이 너무 많아!

그놈의 사상이 무엇이길래, 내가 잘은 모른다만 국민은 국가를 위한 국민이어야 하지 않겠니!

왜 이념과 사상으로 사분오열되고, 한 나라라는 범주의 땅에 사는 국민이라면서 그렇게 서로의 가슴을 멍들게 하고 찢어지게 하고, 또 권력을 쟁취해야 한다는 사람들은 왜 그리도 많은지!

알고 보면 다 그놈이 그놈일 것 같은데,

다르면 뭐가 얼마나 다르고, 다르면 무엇이 어떻게 다르다는 건지, 자칭 다름이 많은 능력자가 너무 많아!

그렇지 않다면 우리가 사는 모양에 꼴도 많은 변화가 있음 직도 한데, 그렇지가 않아서 참 역겹기가 짝이 없지 않냐!

그놈의 선거는 때만 되면 치르는데, 부정한 짓 말고는 무슨 변화가 있어야지, 죄인에 거짓말 천국이지 않냐!

그리고 또 무슨 놈의 정당은 그리도 많은지, 꼭 비 온 다음 날의 대밭 같지 않더냐!

우후죽순처럼 막 생겨나서, 그렇게 잘나고, 그렇게 국민을 지배하고 싶으면 씨족 국가, 동네 국가, 친족 국가를 만들어 살면 되지!

전쟁 때도, 배고픈 시절에도, 도둑놈이 득실거리는 시절에도 이러지는 않았다.

그래도 그때는 양심이란 것이 있었다.

그런데 그 시절을 겪고서도 아직도 국민을 혼란스럽게 하고!

또 먹고 살기는 어렵고!

제 놈들이나 부자는 말로만 어렵지 개뿔이나 뭣이 어려워!

제 놈들이 말로만 그러지 말고, 시장 갈 돈, 보일러 기름값 걱정이라도 해 보고 살았다면 이래서는 안 되지!

제 놈들 돈하고, 서민들 돈하고, 농사나 짓고 산 사람 돈하고, 돈이 너무 달라!

왜 똑같은 돈인데, 돈이 다를 거나!

만 원이면 만 원짜리 돈이지!

또 그건 그렇다 치고, 이놈의 세상은 어느 놈이 옳은지 알 수가 없다. 어떻게 보면 거짓말 잘하는 놈이 최고인 것 같기도 하고, 또 어떻게 보면 죄지은 놈이 최고인 것 같기도 하고.

네가 생각해도 이건 우리가 바라는 세상이 아니지!

아들아! 너도 생각 좀 해 보렴,

우리 동네 이장에서 대통령까지!

장이라는 계급장이 몇 계단이나 있는지….

그 장이란 사람들, 모두가 다 우리처럼 순수하게 농사나 지어 먹고 사는 사람들, 이래저래 지배나 하려고 권력을 잡으려는 것 아니겠니?

말로는 다 잘살게 해 주겠다고 꼬드기고!

권력의 지배, 끗발의 지배, 돈의 지배를 맛보아서, 자신들도 그렇게 해야겠다는 것 아니겠냐!

서민이 무슨 죄가 있다고, 없는 것이 무슨 죄가 된다고,

끗발 없는 것이 무슨 죄가 된다고,

잘살게, 편히 살게 그리는 못 해 줄망정,

사탕발림의 말이나 던져 놓고!

또 돈 몇 푼 던져 주고 권리를 사서,

자신들이 지배해야 한다며 그 얕은수, 그 하수를 써 재끼니,

나라에 무슨 미래가 있겠냐!

나라에 무슨 발전이 있겠냐!

왜 국민의 국가에서 우리처럼 순수한 국민이 권력자들의 편애를 받고 살아야 하는지! 생각하면 할수록 분하기도 하고 참 얼척이 없다.

그것도 오직 권력만 잡겠다는 오만한 거짓말쟁이들한테 말이다.

우리는 권력자들이 잘못하여 역사적으로 얼마나 많은 박해와 천대, 그리고 피해를 받았냐!

아마 너는 돈 주고 학교에서 역사를 배워서 잘 알 것이다.

아들아!

문제는 우리 자신이다.

우리가 지금도 변하지 못하고 그대로 사는 이유는,

다 우리의 잘못이다. 우리 국민의 잘못!

그래서 권력자들이 술수를 부린 것이고,

국민을 상대로 그 술수를 써먹은 것이고,

국민을 한마디로 우습게 본 것이지.

그래서 돈 주고 표를 사고, 거짓말로 표 얻고, 그러지 않았겠니!

그놈들이 도덕을, 그놈들이 양심을 말한다면

정말 우습지, 우스운 일이고.

그런데도 현실이다.

우리 헌법에 대한민국은 민주공화국이라고 명시되어 있다.

그것은 국가의 주인은 국민이라는 것이다.

그런데 국민 스스로에게서 부패의 싹이 돋는다.

그 국민이 권력을 탄생시키고,

그 권력에 국민이 빌붙어서 꼭 기생처럼 살고,

그러니 나라도 썩고 국민도 썩고, 권력도 썩고,

그러지 않겠니!

아들아, 꼭 생각해 봐라!

우리 국가가 침략을 당해 국민이 고통을 받고, 외세의 지배까지 받을 때, 우리를 그토록 고통스럽게 한 것이 누구였냐!

우리가 우리를 잡아다 죽이고, 괴롭히고 그러지 않니.

어떻게 다른 나라에 사는 놈들이, 어느 날 갑자기 우리가 사는 집에 들이닥쳐, 누구네 집에 수저가 몇 개고, 징병으로 끌고 갈 놈이, 징용으로 데려갈 사람이, 시집 안 간 여자가 있다는 것까지 알 수가 있었겠니!

밀대 짓!

간사스러운 짓!

야박한 짓!

다 우리가 우리를 배신하고 한 짓이다.

왜놈들 보기 좋게 말이다.

우리가 우리를 산으로 해변으로 끌고 가서 칼로 찔러 죽이고, 몽둥이로 때려죽이고, 그러지 않았니!

그런데 아직도 경상도 사람, 전라도 사람, 충청도 사람, 강원도 사람을 구별하고, 박정희 비자금 몇조가 어디에 있고, 김대중이 감춰 놓은 돈, 몇천억이 어디에 있고!

다 얼척이 없는 일 아니냐!

그런데 왜, 권력은 자신들만 잡아야 한다는 것일까!

왜 자신들은 무조건 옳은 것일까!

이건 정말 말도 안 되는 오기를 부리는 것이고 거짓말이다.

역사의 수레바퀴를 거꾸로 돌려 올라가면

우리는 모두가 다 역사적인 죄인이다.

아들아, 봐라!

우리가 선택한 대통령도 보고, 국회의원도 보고, 지방자치단체장도 보고, 또 무슨 의원이라는 감투를 쓴 놈들도 보고.

그놈들이 한결같이 하는 말이 있다,

"국민을 하늘처럼 모시고, 다 잘살게 해 주겠다고."

그런데 과연 그런 놈이 있더냐! 자신을 희생하고, 진실을 말하는 놈!

없지!

자신들이 한 말을 지키는 놈이 없어, 눈을 씻고 찾아도 없어.

앰하게 우리처럼 농사짓는 놈들만 정말 뭣 빠지게 일만 하지!

생각하면 분하다.

이렇게 사는 것도 분하고, 저렇게 사는 것도 분하고,

조금 젊기라도 하고, 미래가 창창하다면, 뭔 수를 내서라도 너희들이라도 배를 두드리며 먹고 살게 하고 싶은데.

다 갔어, 그 시절이 갔어!

가 버렸어!

이제 입으로 말고는 할 것이 없다.

명심보감에 이런 말이 있다.

천자불인이면 국공허하고

제후불인이면 상기구하고

관리불인이면 형법주하고

형제불인이면 각분거하고

부처불인이면 영자고하고

붕우불인이면 정의소하고

자신 불인이면 환부제니라,

굴기자는 능처중하며 호승자는 필우적이라.

아들아!

그래도 말이다,

지금 생각해도 후회는 없다.

하지만 이런 세상이 올 줄 알았더라면, 목포에 있는 유달산도 팔아먹은 놈이 있는 세상에 나도 순사라도 했으면 지금 이렇게는 살지 않을 텐데, 하는 아쉬움은 있다.

그런데 그렇게 하지는 못했다.

너는 가끔이라도 내가 그런 아버지였으면 하고 바라기도 했을 것이다. 그 아버지가 더 좋은 아버지라고 생각하면서.

너는 내가 학교 육성회비를 낼 때면 꼭 농협으로 가서 영농자금 대출을 받아서 내고, 농사를 지어 다음 해에 대출금을 갚고 하는 것을 보았을 것이다.

그러면서 나는 어떤 일이 있어도 너만큼은 농부가 되어서는 안 된다고 생각했다.

그래서 나는 새벽이면 일어나 똥장군을 지고 논으로 밭으로 달렸다.

온몸이 똥물에 적시고, 땀에 적셔도 상관하지 않고, 또 비 같은 것, 그런 것은 오든 말든 상관도 하지 않고 말이다.

그런데 네가 내 자식으로 태어나서 도시에서 살겠다고 하니, 오매불망 걱정뿐이었다.

도대체 무슨 세상이길래, 도시에서는 사람이 산다는 집이,

이름은 아파트!

가격은 억, 억!

십억도 아니고, 사십억 오십억이 보통!

사람이 죽으면 집을 가지고 가는 것도 아닌데!

어쩌다!

왜!

세상은 이 모양에, 이 꼴이 되어 가는지!

참 한심하기 그지없다.

세상에 배웠다는 놈들은 많은데, 세상은 왜 이러는지!

세상 정말 우스운 일이다.

혹시 너는 내가 죽어도 권력에 빌붙어 사는 그런 짓은 절대로 하지 말거라!

권력은 거짓말 잘하는 놈, 생각이 나쁜 놈들이 하는 짓이다.

자신도 관리하지 못하는 놈들이 국민을 잘살게 하겠다고, 능글능글 웃으며, 뻔뻔하게 말이다.

물론 진심으로 하는 말이 아니어서 그러겠지!

하지만 그렇게 가볍게 그런 행동을 해서는 아니 되지!

아들아!

세상 사람 누구에게나 어려움은 있단다.

그것은 우리가 사는, 살아야 하는 이유이기도 하다.

살면서, 살아가면서 아무리 어렵고 힘든 일이 있어도 꼭 사람으로서 지켜야 할 도리와 최소한의 양심!

그 양심만이라도 가지고 살려고 노력하거라,

우리가 아무리 깨끗하게, 양심적으로, 또 남을 위해 희생하는 삶을 살아도 이슬보다 청명한 순간도 없다.

이 점을 꼭 명심하거라.

그리고

하루에 단 한 번이라도 반성하는 삶을 살거라.

그리고 마지막으로 너에게 이런 말을 하고 싶구나.

"아침에 일어나면 첫 번째로 거울을 보아라.

그다음에는 빗자루를 들고 빗자루질을 하며,

빗자루로 쓸 것이 없으면 네 마음이라도 쓸고,

그도 아니면 네 발 앞을 쓸고,

그러면 너의 하루도 누군가에게 아주 소중한 하루가 될 것이다."

꼭 명심하거라!

몽당연필

오늘날 우리가 경제적 풍요를 누리고 살 수 있는 것은 '몽당연필에서 배운 절약이 얼마나 소중한가?' 하는 정신도 일부 있을 것입니다.

우리의 1953년도 1인당 국민소득은 67달러이며, 세계에서 가난한 나라 1, 2위였으며, 70년대의 월급은 천 원에서 이천 원, 짜장면이 40원, 일명 보릿고개 시대였습니다.

또 80년대의 국민 개인소득은 2천192만 원, 부채는 1천754만 원이었으며, 2천 대의 국민소득은 2만 달러에 세계 10위(OECD 회원국)였습니다.

위와 같이 우리의 7, 80년대 삶은 사실 배부르게 먹는 것이 무엇보다 우선시되었습니다.

그렇게 배가 고프던 시절이라서 생필품은 물론이고 연필 한 자루도 종이 한 장도 무척 귀하고 소중하게 생각되었습니다. 그래서 헌 시멘트 포대는 물론이고 헌책이나 공책도 눈에 보이는 대로 차곡차곡 모아 두었다가 썼습니다.

또 조그만 여백이라도 있는 종이는 보이는 대로 차곡차곡 모아 두었다가 송곳으로 구멍을 뚫고 실이나 노끈으로 묶은 다음에 쓰기도 했습니다.

그리고 종이가 있으면 반드시 연필이 있어야 했으며, 연필이 있으면 반드시 종이 또한 있어야 했습니다. 그래서 종이와 연필은 불가분의 관계였습니다.

그런데 그때 그렇게 소중하게 생각했던 낙타 표 문화연필이 생각이 납니다. 이 연필은 연필 옆면에 낙타 그림이 새겨져 있었는데, 얼마나 소중하게 생각했는지 모릅니다.

그래서 낙타 표 문화연필이 필통 속에 몇 자루 들어 있는 친구가 얼마나 부러웠는지 모릅니다. 또 그 친구가 책보를 허리에 매고 달리면 필통 속에서 연필이 굴러다니며 딸가닥딸가닥 소리를 냈는데 그 소리조차도 사실은 부러웠습니다.

그리고 그때는 요즘처럼 연필깎이가 있는 시대도 아니었습니다.

그래서 연필이 닳아지거나 연필심이 부러지면 아버지나 형이 낫이나 부엌에서 사용하던 칼을 숫돌에 삭삭 갈아 연필을 깎아 주었습니다.

그런데 무지하게 연필심이 강하고 잘 닳아지지도 않는 그런 연필도 있었습니다.

이러한 연필로 글씨를 쓸 때는 손에 힘을 꽉 주고 눌러서 쓰든가, 아니면 연필심을 입에다 대고 침을 발라서 글씨를 썼습니다.

그러다 그 이름도 유명한 모나미 볼펜이 나왔습니다.

모나미 볼펜이 나오면서 막대기에 묶어서라도 끝까지 쓰던 몽당연필은, 최후의 수단으로 모나미 볼펜 껍데기 속으로 들어가서 사용되기도 했습니다.

그런데 사실은 이때부터 몽당연필이라고 부르는 것이 옳은지, 모나미 연필이라고 부르는 것이 옳은지, 아니면 모나미 몽당연필이라고 부르는 것이 옳은지 모르지만, 하여튼 몽당연필의 불명예스러운 모습은 서서히 자취를 감추게 되었습니다. 그러면서 절약이 몸에 밴 몽당연필의 정신은 손상되기 시작했습니다.

그러면서 다수의 모형과 형형색색을 갖춘 펜들이 우후죽순처럼 막 쏟아져 나오기 시작했습니다.

그러자 그렇게 귀하고 소중하게 생각하고 쓰던 펜과 펜촉, 그리고 잉크에 이어 만년필까지도 멀리하면서….

여기서 끝이 아니었습니다.

이름도 너무 다양해서 알 수가 없고, 사용 방법도 까다로우며, 모양새도 참 별나게 이상한 펜들이 등장했습니다.

그런데 이유를 알 수 없는 아쉬움이 생깁니다.

비록 몽당연필이 자신이 만든 시대를 사라지게 하고, 경제성을 창출하여 경제적 부를 그만큼 축적해 놓았다 하더라도, 몽당연필이 추구했던 정신! 그 절약 정신을 잊고 살아서는 안 되지 않을까요!

내가 어린 시절 몽당연필은 참 귀여운 모습도 보여 주었습니다.

따라서 우리가 몽당연필을 떠나보냈다 하여, 그 몽당연필의 과거까지 송두리째 냉정하게 버려도 될 만큼, 과연 우리는 그런 고도의 경제적 풍요에 와 있다고 생각하지는 않습니다.

아마 우리는 옆에 누군가가 몽당연필을 만들어서 사용한다면 우리는 그저 신기하다고 할 것입니다.

머릿속에는 시대의 변화를 냉정하게 거부하던 우리 아버지의 고지식한 생각은 버리지도 못하고….

지나가 버린 일입니다만, 솔직히 어느 한때는 정말 몽당연필이 닳지 않기만을 빌기도 했었습니다.

또 어느 때는 그렇게 닳아지지 않아서 애를 태우던 몽당연필이기도 했고요.

그런데 이제 몽당연필은 그 흔적조차도 찾기가 어려워졌습니다.

우리는 있을 때 아껴야 한다는, 최소한의 경제 상식은 알고 실천하며 살아야 합니다.

이것은 우리가 살아가는 데 가장 필수적인 경제 원칙입니다.

따라서 우리는 이런 경제 상식을 과거의 난국에서 고통을 통해 직접 체험해 얻었으며, 여기서 체득한 결과는 '흥청망청은 절대 안 된다'는 것입니다.

그래서 경제적 풍요와 흥청망청을 분리하는 삶을 살아야 합니다.

오늘의 경제적 풍요가 내일의 빈곤을 당신에게 가져다줄 수도 있으니까요!

그때 당신은 과연 어떤 생각을 하고, 어떤 행동을 하시겠습니까!

몽당연필 2

몽당연필을 손에 꽉 쥐고서
첫사랑을 고백하는 연애편지도 썼습니다.
그리고 그 소녀를 기다려도 보았습니다.
그 소녀가 다니던 길가에 서서
밤이면 달도 보았습니다.
보리향기 그윽한 길가에서
그땐, 그랬습니다.

그런데 이제 몽당연필이 말합니다.
나는 사랑을 받지 못하고 살았습니다.
나는 그저 닳아만 졌습니다.
내 모든 흔적이 사라지는 것도 모르고!

광에서의 추억

광에서 인심 난다는 말이 있습니다.

먹고 살 만큼 넉넉해야만 남을 동정하게 된다는 사전에 있는 말입니다.

그러려면 노력해서 자신의 곳간을 풍족하게 채워 놓아야 할 것입니다.

나는 광이 있는 시골집에서 태어나고 자랐습니다.

그래서 광이 우리 가족의 먹고사는 문제를 해결해 주는 든든한 창고였다는 것을 잘 알고 있습니다.

그런 광은 바로 우리 집 큰방 옆에 있었는데, 큰 방과 광 사이에는 문이 하나 있었습니다. 이 문을 우리는 '광 문'이라 불렀는데, 이 문을 통하면 광을 참 편하게 갈 수 있었습니다.

광 문은 큰방의 윗목에 있었으며, 광 문 바로 옆에는 고구마를 보관해 두던 '두 대'라는 볏짚이나 수숫대로 만든 곳간도 있었습니다.

두 대에는 주로 고구마가 보관되고 있었는데, 함박눈이 펑펑 내리는 날 밤에 두 대에 있는 고구마를 꺼내 부엌칼로 깎은 다음에 가족들이 이불 속에 발을 넣고 빙 둘러앉아 오순도순 이야기를 나누며 먹을 때, 고구마의 그 시원하고 꿀 같은 맛!

그 맛 정말 잊을 수가 없습니다.

그렇게 맛이 있었습니다.

그때를 생각하면 지금도 입에서 군침이 사르르 돕니다.

또 광에 있는 독이 있었는데 독에는 곡식을 보관했습니다.

독은 항아리 중에서도 큰 항아리를 뜻하는 일반적인 표현인데, 독은 그 집안에 대한 부의 상징이기도 했습니다.

그래서 형편이 넉넉하고 부유한 집일수록 큰 독이 많았는데, 독에 곡식이 가득 차 있으면 그것은 어머니가 가족을 위해 얼마나 책임 의무를 다하고 있는가를 보여 주고 있는 것이기도 했습니다.

그런데 그때 광에 있는 독에서 곡식을 쥐가 소금을 먹듯이 참 얌 생이처럼 훔쳐다 판 아이들도 있었습니다.

어머니는 물론이고 가족들 누구도 모르게 슬쩍슬쩍 훔쳐서 말입니다.

그리고 훔친 곡식을 동네 점방으로 가지고 가서, 그렇게 먹고 싶었던 팔뚝만큼 큰 홍두깨 빵도 사서 먹고, 동네 점방 외상 장부에 적혀 있는 풀빵 외상값도 갚고, 또 딱지를 사기도 하고, 그동안 참았던 풍선 뽑기도 해 보고, 풍선 껌을 사서 씹으며 불어도 보고, 오다마 사탕도 사서 깨물어 나누어 먹기도 하고, 굴뚝 과자도 사서 다섯 손가락에 끼고 다니며 자랑도 해 보고 그랬습니다.

먹어도 먹어도 배가 고파서 그랬습니다.

먹어도 먹어도 속이 허하고 궁해서 그랬습니다.

그럴 수밖에 없었습니다.

그도 끙끙 앓으며 참고 참다가, 궁리에 궁리를 하다가, 하다가 그랬습니다.

돈이 없어서!

돈이 귀해서!

그동안 그렇게 하지 못했던 것, 참았던 것, 한 번이라도 해 보고 싶어서 그랬습니다.

그런데 정말 베짱이 큰 어느 아이는 훔친 곡식을 팔아서 용돈으로 아무렇지도 않은 듯 보란 듯이 쓰기도 했습니다.

그러면서 그 아이는

"내가 집에서 곡식 훔친 것 누가 알아! 누구도 몰라, 아마 쥐새끼도 모를 거야! 어머니도 몰라! 또 까짓거 알면, 지천 좀 들으면 되지, 아니면 회초리 몇 대 맞던가!" 하는 마음뿐이었습니다.

그런데 그런 날이면 그 아이의 어머니께서는 꼭 이런 말씀을 하셨습니다.

"너 지금 뭣을 그렇게 맛있게 먹냐!"

"오다마 사탕 쪼가리인데요!"

"그래, 너는 그놈의 사탕을 어디서 나서 먹냐!"

"음, 친구가 사서 쪼개 갖고 나누어 먹었는데요!"

"그래야, 그 친구란 놈은 어디서 돈이 나서 날이면 날마다 그렇게 너만 사탕을 사 준대! 그 집구석은 그렇게 돈이 많대! 너, 혹시 나쁜 짓 한 것은 아니지! 내일부터는 절대 그놈하고 놀지 말아라, 물든다, 응, 알았냐!"

"야!"

답은 했어도 이상했습니다.

그리고 이상하다는 생각이 들어 고개를 갸우뚱하지 않을 수가 없었습니다.

광에서 곡식 훔친 것을 어머니가 알 리가 없는데! 하면서 고개를 갸우뚱했습니다.

그런데 하루가 지나고 보니 어머니께서는 이미 알고 계셨습니다.

어머니만의 특별한 방법, 즉 기는 놈 위에 나는 놈이 있는 것처럼, 내가 곡식을 아무리 감쪽같이 훔쳐도 어머니만이 알아내는 방법이 다 있었습니다.

어머니께서는 독에 채워 놓은 곡식이 마치 쥐새끼가 소금을 먹는 것처럼 하도 조금씩 조금씩 줄어들자, 하는 수 없이 어머니만의 비 표시를 생각해서 독에 해 놓기 시작한 것입니다. 그래 놓고는 집에서 나갔다 돌아오면 먼저 광으로 가서 독에 든 곡식 위에 해 놓은 자신만의 비 표시를 본 것입니다. 그러고는 자신이 해 놓은 비 표시가 훼손되거나 모양이나 형체가 비뚤어져 있으면, 누굴까! 어느 놈일까! 누구의 짓일까! 하면서, 절대 남의 집 새끼는 아닐 텐데, 하고 서서히 범인 잡기에 나선 것입니다.

그런데 그때 어머니가 범인을 잡는답시고 독에 든 곡식 위에 해 놓은 표시는 어머니의 손 모습이 찍힌 곡식도 있었고, 아버지의 밥그릇이나 대접 또는 국그릇을 엎어 놓은 곡식도 있었고, 또 어머니가 손가락으로 그려 놓은 자신만의 그림도 있었습니다.

그렇게 해도 범인이 잡히지 않으면 어머니는 하는 수 없다는 생각을 하고 곡식 위에 십자가를 그려 놓기도 했었다고 합니다.

그런데 우리는 그런 것도 모르고, 아니 아예 생각지도 못하고, 오직 곡식만 훔치려고 하고 룰루랄라 하는 생각만 한 것입니다.

그날그날의 집안 상황만 얄팍하게 주시하면서, 보리 한 됫박도 훔쳐 보고, 쌀 두 됫박도 훔쳐 보고, 어느 날은 콩 한 자루도 훔쳐 보고, 유채 씨 한 보세기도 훔쳐 보고, 들깨 참깨 한 대접도 훔쳐 보고, 정말 훔칠 것이 있으면 꼭 여우처럼 훔쳤습니다.

그러다 들키기도 했습니다.

그럴 때 처음에는 죽어도 아니라고 했습니다.

그런데 아무리 아니라고 해도 소용이 없었습니다.

어머니만의 표시!

어머니만의 그 표시가 망가져 확실한 증거가 되고 있는데, 우겨 본들 무슨 소용이 있겠습니까!

회초리만 맞았지요!

매만 더 맞았지요!

지천만 실컷 듣기도 했지요!

광이 있어서 알게 된 긍정적인 면과 부정적인 측면입니다.

그때 광에 있는 독에 담긴 곡식이 원인이 되어 어머니한테 지천도 듣고, 매도 맞고, 회초리로 종아리도 맞고, 그랬는데 지금 생각해도 온몸이 알싸합니다.

물론 어머니의 가슴도 아팠을 것입니다.

어머니는 사랑이 있어서 더 아팠을 것입니다.

하지만 어머니가 광에 있는 독을 잘 관리해서 오늘에 우리가 있는 것입니다.

어머니가 굳센 마음으로 광을 잘 관리해서,

어머니가 광 열쇠를 잘 전달해 주어서,

오늘날에 우리가 있는 것입니다.

어머니께 감사드립니다.

어머니만의 광 열쇠는 어머니만의 것이었으며

어머니는 광 열쇠를 다음 세대에 전해 주면서

집안의 대물림은 꼭 이어져야 한다고 했습니다.

광 열쇠가 사라지는 일이 있어서는 절대 안 될 것입니다.

무슨 일이 있어도 광 열쇠는 이어져야 합니다.

어머니가 광에 담아서 독으로 건네준 행복까지

다음 세대에 또 다음 세대로 반드시 이어져야 합니다.

다만 아버지는

그때 왜 침묵이었는지,

그것은 의문입니다.

강아지의 일기

　제가 키우고 있는 강아지의 이름은 '대박'입니다.

　그런 대박이 무럭무럭 하루가 다르게 자라더니 엄마 개가 되었으며, 어느 날 아빠 개를 만나 강아지까지 낳게 되었습니다.

　그래서 대박이 낳은 강아지를 가까운 이웃이나 지인에게 분양도 하게 되었습니다.

　그런데 강아지를 한 마리씩 분양하게 되면서 별의별 생각을 다 하게 되었습니다.

　"과연 내가 집에서 강아지를 키우는 것과 같이 남의 집에 가서도 무시당하지 않고 살 수 있을까! 또 천대받지 않으며 잘 자랄 수 있을까!" 하는 생각이 들었습니다.

　그러면서 나는 평소에 강아지를 어떻게 대했으며, 얼마나 사랑하고 소중하게 생각했는가! 또 사람들이 개라는 이유를 들먹이며 그렇게 대해서는 안 되는데도 불구하고 함부로 대하거나, 또 관심을 가지고 돌보아 주어야 함에도 그렇지 아니하고 무심하게 지나쳐 버리지는 않았는가! 하는 생각도 들었습니다.

　그런데도 강아지는 어느 때는 이런 내 마음을 무시라도 하는 듯, 내 생각과는 전혀 다르게, 아니 내 마음의 십 분의 일도 알아 주지 않는 행동만 하기도 했습니다. 마치 내 마음 같은 것은 아예 알아줄 생각도 전혀 없는, 그런 행동만 하기도 했습니다.

　어느 때 그런 강아지들이 하는 행동을 보면 놀부 심보만 가득 들어 있는 강아지들로 보였습니다.

그래서 이런 생각까지 하게 되었습니다.

'아, 강아지들이 나를 함께 사는 주인으로 생각하는 것이 아니구나! 이 놈들이 나를 자신들의 화풀이 대상으로 생각하고 행동하는구나!' 그러지 않고서야 어떻게 내가 지금까지 겪어 보지 못한 세상에 있는 온갖 심술을 나를 상대로 다 부리겠습니까!

그래서 '아, 저놈들이 평소에 나한테 가지고 있던 좋지 않은 감정을 쌓고 쌓아 두었다가 아예 날을 받아 모반을 꾀하는구나!' 하는 생각까지 하게 되었습니다.

아마 그래서일 것입니다. 내 앞에 입으로 물 수 있는 것이 있으면, 일단 물고 마음대로 줄행랑을 치는 것이었습니다.

그리고는 어디론가 가서 그 물건을 잔인하게 물어뜯고, 또 발로 밟고, 안고 뒹굴고 하면서 정말 작살을 내야 직성이 풀리는 것 같았습니다.

그래서 우리 집 방문 밖에 있는 물건 중에 특히 신발은 온전한 것이 전혀 없을 정도입니다. 명품 신발이건, 시장표 신발이건, 유명 상표가 붙어 있는 신발이건 하여튼 구별할 필요도 없이 그런 정도입니다. 어느 때는 내 신발이 마치 강아지들의 원수라도 되는 것 같았습니다.

그런데 어느 날이었습니다. 강아지들이 내 신발이 보이자, 내 눈치를 슬슬 보았습니다. 그런가 싶더니 요놈들이 아주 앙큼스럽게 애교를 떨며 야금야금 걸어왔습니다. 그리고는 그렇게 잼싸게 신발을 물고 달려 도망가고, 도망가서 잔인하게 물어뜯고, 그랬습니다.

그런데 이런 날도 있습니다.

내가 밖에 나가서 잠깐 일을 보고 집에 들어오게 되었는데, 나를 본 강아지들은 무척 반갑다는 듯 꼬리를 출랑출랑 흔들며, 특유의 귀여운 애교는 다 부리고 내 옆으로 아장아장 걸어왔습니다. 그러고는 내 발 앞에 앉기도 하고 엎드리기도 하고, 뒹굴기까지도 하면서 정말 있는 이쁜 짓은 다 했습니다.

그런데 그놈들 중에 한 놈이 어슬렁어슬렁 걸어와서 무엇을 원하는지, 내 발 앞에서 멍을 때리고 앉아 있는 놈이 있었습니다. 그런데 갑자기 한 놈이 구석진 곳을 향해 달려갔습니다. 그러더니 요놈들 전체가 무슨 생각이 들었는지, 그곳을 향해 떼몰이로 갔습니다.

그러고는 그곳에 모여 서로 얼굴을 비벼 대고, 발로 잡고 뒹굴고, 핥고, 정말 좋아서 난리가 났습니다.

그런데 웬걸! 아니 요놈들이 그 난리를 치고 노는 구석지고 그늘진 곳, 그 담벼락 밑에 내가 며칠 전에 잊어버렸다며 그렇게 애타게 찾고 있던, 명품 운동화 한 짝이 뒹굴고 있었습니다.

이 운동화는 사실 내가 세상 무엇과도 바꿀 수 없고, 또 바꾸어서도 안 된다며 정말 소중하게 생각하는 운동화였습니다.

또 그럴 정도로 깊고 소중한 의미가 듬뿍 담겨 있는 운동화였습니다.

그런데 그 운동화 한 짝이 하필이면 강아지들이 좋아 난리를 치고 있는 담벼락 밑에 상처만 가득 안고 있는 것이었습니다.

사실 나는 이런 상황을 보기 전까지만 해도 "어떻게 강아지들이 내 운동화를 물고 가서 놀 수 있겠어! 그럴 리가 없지." 하는 생각뿐이었습니다.

또 가령 그런 일이 있다고 하더라도 이 운동화는 운동화 끈까지도 자동으로 조여지고 풀어지는 최첨단의 시스템까지 갖추어져 있는 명품 운동화인데, 그래 보았자지, 뭐! 하고 대수롭지 않게 생각도 하고 있었습니다.

그런데 그 운동화가, 내가 그렇게 아끼는 운동화가 하필 강아지들에게 물어 뜯겨서 상처투성이가 되어서 나뒹굴고 있는 것을 보고 정말 놀라지 않을 수가 없었습니다.

그러면서 그러면 내가 운동화를 잊어버린 그날부터 정말 내가 상상도 하지 못한 일이 벌어지고 있었구나! 하는 생각뿐이었습니다.

개새끼가! 아니 강아지가! 그것도 어린 강아지가 운동화를 어떻게 물고 와서, 자동화 기능으로 끈이 조여지고, 풀어지기도 하는 운동화의 끈을 풀고, 또 물어뜯어서 상처까지 냈다! 정말 나로서는 감히 상상도 못할 일이었습니다.

아니 어린 강아지들에게 무슨 기술이 있어서, 이런 일이! 과연 이러한 일을 누가 믿을 것이며 상상이나 하겠습니까!

그런데 내 눈앞에 벌어져 있는 것은 현실이었습니다.

더구나 그런 짓을 했을 것이라고, 추측이라도 할 수 있는 상대는 강아지 말고는 아예 없는데 어떻게 하겠습니까!

나는 고개를 갸우뚱하면서도 자문자답으로 의문투성이의 수수께끼를 풀 수밖에 없었습니다.

그러면서 참 강아지 요것들이 기상천외한 기술, 아니 별 요술도 다 가지고 있네! 참 요것들이 하는 짓은, 물어뜯는 것, 말고는 없는 줄 알았는데! 하기야 그러면 요술이 왜 있겠어!

그런데 문제는 나에게 있었습니다.

개는 절대 그런 짓을 할 수 없을 것이며, 또 그럴 수 없을 것이라고 단정 지어 생각하는 나의 선입견에 문제가 있었던 것입니다.

세상에는 절대 그럴 수 없다고 우리가 단정적으로 생각하는 일도 벌어지고 있으며, 또 사람 새끼가 그럴 수 없다는 일도 짐승만도 못하게 벌어지는 일도 얼마나 많이 있습니까!

사람은 이성을 가지고 있어서 만물의 영장이라 하면서도 실은 짐승만도 못한 일도 많이 하고 살지 않습니까!

그중에 최고가 위선이겠지요. 솔직히 개는 위선을 할 수도 없고 하지도 않습니다.

그래서 나는 그날 이후 개는 참 영특하다, 또 개는 우리가 생각지도 못했던 일도 해낼 수 있는 특별함도 가지고 있다며 나의 편견에 치우친 생각을 바꾸기로 했습니다.

다만 우리는 개의 특별함을 알고 있지 못하다. 또 개만의 특별함은 일반적인 동물들이 가지고 있는 개개의 특별함과도 다르다는 것을 알고 있지 못하다. 따라서 개를 키우려는 사람이라면 최소한 다른 동물을 키우려는 사람보다는 더 개에 대한 일반적인 상식이라도 가지고 있어야 한다는 생각도 하게 되었습니다.

그러면서 우리는 개를 몰라도 한참을 몰라서 그러지, 사실 개는 우리가 아는 정도의 상식을 뛰어넘어 정말 별 신기할 정도의 놀라운 기술도 다 가지고 있다는 생각도 하게 되었습니다.

그러다 저만치에서 귀를 쫑긋 세우고 두 눈을 껌벅껌벅하고 있는 강아지들의 엄마 대박이 눈과 내 눈이 마주쳤습니다.

그러자 대박이는 나에게 눈으로 말했습니다.

"개를 의심하지 마세요! 개가 잘못이 있으면 얼마나 있겠습니까! 개라서 말을 못 해서 그러지, 말을 알아먹지 못한 것은 아닙니다. 우리도 머리가 있는데, 왜 생각인들 없겠습니까!

그리고 우리 강아지가 덜 커서, 철이 없어서 그랬겠지요! 뭘 알아서 그랬겠어요. 정말 주인이 미워서 그랬겠어요? 그냥 물고 뜯어 보니 좋아서, 입이 근질근질해서 그랬을 뿐일 것입니다.

개도 잘 알지 못하면서, 웬 강아지 탓만 하세요. 그깟 운동화 정도라면 잘 보관해 놓지 그랬어요! 강아지들이 뭘 안다고, 개도 무시하면서, 개라서 막 무시하면서, 왜 그러세요! 개라서 말은 못 하지만, 느낌은 있어요.

만약 개가 말을 한다면, 개도 참 할 말이 많아요! 그만 하세요!

사람들이 잘못한 것은 무조건 괜찮고, 개가 잘못하면 무조건 혼이나 내고, 우리보다 못한 사람도 세상에 얼마나 많아요! 그렇지 않아요!"

그러더니 대박이 머리를 돌려 버렸습니다.

"그래, 그러겠다. 대박아, 응!"

이제 내가 네 마음을 알겠다. 운동화에 상처가 난 것은 개의 문제가 아니라, 나만 생각하는 내가 문제라는 것이지. 그러고는 머리끝까지 오른 화를 서서히 식히며 대박이 가족에게 먹이를 주었습니다.

내가 먹으려고 냉장고에 보관해 놓았던 삼겹살까지 꺼내 정성껏 구워서 주었습니다.

그러면서 덤으로 밥그릇에 먹이도, 물통에 물도 가득 채워 주었습니다. 줄 수밖에 없었습니다.

우르르 강아지들이 달려들어 물을 먹습니다.

개는 물을 혀로 핥아서 먹는 것 같습니다.

그런 강아지들 앞에서 나는 이런 생각도 하게 되었습니다.

"사람은 좋으면 좋은 대로, 싫으면 싫은 대로 말을 하지!

그러면서 마음도 서로 주고받고. 그런데 말도 못 하는 강아지에게 무슨 잘못이 있다고, 또 강아지에게 잘못이 있으면 얼마나 있다고. 예끼, 개 같은 놈! 예끼, 개 같은 새끼! 이런 말도 우리는 서슴없이 하는데!

그런데 강아지를 보면서 내가 느낀 것은, 감동과 반성!

세상에는 강아지보다 못한 사람도 많이 있어. 그래서 짐승보다 못한 놈이란 말도 있고, 개보다도 못한 놈이란 말도 있고!"

나는 개보다는 강아지를 보고 많은 것을 깨달았습니다.

깨달을 수밖에 없었습니다.

강아지의 엄마 이름은 성이 없는 대박입니다. 대박이 낳은 강아지들은 대박자나 대박여가 되겠지요. 대박이 낳은 강아지들은 이 순간에도 성장을 위해 먹이를 먹느라 정신이 없습니다.

먹이통으로 아예 들어가서 먹이를 먹는 놈도 있고, 몸으로 다른 강아지를 밀치며 욕심을 내거나 화를 내며 먹이를 먹는 놈도 있고. 어느 놈은 아예 "너희들 왜 그래!" 하면서 물끄러미 보고 있다가, 먹이를 먹는 놈도 있고, 순한 놈은 아예 이따 먹겠다며 옆에 있는 물만 혀로 딸꾹딸꾹 얌전하게 먹는 놈도 있습니다.

강아지들은 크면서 철도 들고, 말썽도 부리며 크는 것 같습니다.

사람도 강아지 한 마리쯤 키워 보면 어떨까! 하는 생각도 듭니다.

강아지들의 먹이 먹는 모습이 참 행복한데, 그 모습을 보고 있는 내 마음은 어둡습니다. 마치 강아지들이 먹이를 보면 달려들듯이 우리가 사는 세상에는 오직 사익만을 쫓아 사는 사람들이 너무 많은 것 같습니다.

오늘이라는 하루도 그러지 않았으면 좋겠는데, 인간의 욕심은 끝이 없어서 또 무슨 감언이설을 하고 먹잇감을 쫓아 나설지….

권력을 지향하는 사람들에게 한마디의 말은 하고 싶습니다.

"마음속에 있는 그 말!"입니다.

어디에선가 우리 집 개가 아닌 남의 집 개가 멍멍하고 짖는 소리가 들려옵니다. 대박이 가족도 이쯤에서 서로 몸을 대며 잠을 청하는 것 같습니다.

오늘도 우리에게는 이해와 사랑, 그리고 배려가 필요한 하루였습니다.

미운 사람에게도 사랑을, 사랑하는 사람에게도 배려가 필요한 하루라 생각하시고, 집으로 돌아올 때 빈손, 빈 마음으로는 절대 오시지 마시고, 희망 하나라도 마음에 새기고 오시기 바랍니다.

개는 자신의 주인을 알고 있습니다.

큰 저수지(버둑)에서 추억

1950년 정도에 섬이나 시골에서 태어난 사람이라면 저수지에서의 추억 하나쯤은 간직하고 있을 것입니다.

그 시절에는 사실 섬이나 시골에 목욕탕이나 그와 비슷한 시설 또한 없었습니다.

그래서 겨울을 제외하고는 저수지(버둑)를 비롯한 샘가, 도랑, 개천이 목욕탕 구실을 톡톡히 했습니다.

그런데 겨울에는 이와는 정반대 상황이어서 목욕 한 번 하려면 섬이나 시골 사람들은 정말 고생 말도 못 하게 했습니다.

그래서 겨울에 목욕 한 번 하려면 첫 번째로 하는 일은 일단 물지게를 지거나 양동이를 들고 이고 샘으로 가서 물을 길어 와야 했습니다. 그리고 그 물을 가마솥에 부은 다음 아궁이에 불을 때서 물을 데워야 했습니다.

그리고 물이 데워지면 그 물을 바가지로 한 바가지씩 일일이 퍼서 큰 대야에 물을 채웠습니다. 그다음에는 그 물에 찬물을 부어 가며 손으로 온도를 맞추었습니다.

그리고 나서야 포도시 부뚜막으로 올라가서 깨를 홀라당 벗고 대야에 들어가 목욕을 할 수 있었습니다.

그리고 몸에 새까맣게 낀 때를 닦는 것입니다.

"아, 시원하다!" 하면서, 온몸이 근질근질하고 시커멓게 끼어 있는 때를 삭삭 닦아 내는 목욕을 한 것입니다. 그 시절의 목욕은 이렇게 했습니다.

이렇게 할 수밖에 없었습니다.

그 시절에는 물이 얼마나 귀했는지 모릅니다.

그때는 물이 얼마나 귀했는지, 집집마다 부뚜막 옆에는 꼭 물항아리가 있었으며, 그 물항아리에 물을 매일 가득 채워 놓는 것은 시골에 사는 사람들의 중요한 일과 중에서도 참 소중한 일과이기도 했습니다.

그래서 그때 여성들이 물 때문에 겪는 불편함은 말로는 다 할 수 없을 정도였습니다.

더더욱 조선 시대의 남자는 높고 귀하며, 여자는 낮고 천하다는 남존여비라는 봉건주의 사상에 유교, 즉 요, 순, 우, 탕, 문, 무, 주공의 도를 대성한, 수신제가 치국평천하의 자질과 이념까지 가세하여 득세를 부리는 시절이었으니, 여성들이 겪는 불편은 상상할 수도 없을 정도였습니다.

그런데 남자들의 특권은 참 대단했습니다.

한 예로 우리 할아버지 이야기입니다만, 할아버지는 종일을 사랑방에 앉아 담뱃대만 물고 계셔도 되었습니다.

그런 할아버지를 위해 할머니는 할아버지가 앉아 계신 사랑방에 화로에 불도 피워 놓아야 했으며, 방 윗목에 버젓이 있는 요강도 아침이면 비우고 깨끗이 닦아 놓기까지 해야 했습니다.

그래야만 했던 시절이었습니다.

할아버지에 대하여 할머니가 지켜야 할 의무, 하여튼 그런 것이 너무 많은 시절이었습니다. 지금 같으면 진절머리가 나겠지요. 하지만 할머니들은 지켜야 한다며 살았습니다.

칠거지악 아내를 내쫓아야 하는 일곱 가지 이유: 시부모에게 순종하지 않는 것, 자식을 낳지 못하는 것, 행실이 음탕한 것, 질투하는 것, 나쁜 병이 있는 것, 말이 많은 것, 도둑질하는 것.

에도 순종하며 살았습니다.

그런데 남자들은 샘가나 도랑 저수지 같은 곳에서 아무렇게나 스스럼 없이 깨를 홀라당 벗고, 몸을 씻어도 괜찮은 시절이었습니다.

그런데 여자들은 여자라는 이유가 있어서 절대 그럴 수도 없었을 뿐만 아니라, 그래서도 절대 안 되는 그런 시절이었습니다.

비록 한때였지만 그 시절에는 반드시 그래야만 했습니다.

그래서 그때 시골에 살거나 섬에 사는 사람들이 육지에 가는 날은 목욕하러 가는 날, 또는 몸에 때를 벗기려고 가는 날이기도 했습니다.

그랬으니 육지에 가서 목욕탕에 가면 정말 때라는 때는, 있는 때 없는 때를 막론하고 샅샅이 문질러서 벗겨 냈습니다.

정말 손톱에 때가 낄 정도로 문질러서 때를 벗겨 냈습니다.

또 목욕탕에 누가 있으면 마치 언제 만나서 아는 사이라도 되는 것처럼, 아무 거리낌도 없이 등을 좀 밀어 달라 하기도 하고, 등에 똥 비누질도 좀 해 달라고도 하고 그랬습니다.

그런데 그때 우리 마을 몰안 구석에 있는 큰 저수지(버둑)도 목욕탕 구실을 톡톡히 했습니다.

그때 우리 집 담 너머 집에는 말도 못 하게 심한 친구 놈이 살고 있었습니다. 이 친구 놈 정말 별난 놈 중에서도 별난 놈이었습니다.

이 별난 놈은 참 이상하게 저수지만 가면 힘이 솟는다는 그런 놈이었습니다. 그런데 이놈은 별난 놈이라서 그런지, 큰 저수지에만 가면 일단 수문 옆으로 갔습니다. 그러고는 말 한마디도 하지 않고 깨를 홀라당 벗고 첨벙 물속으로 들어갔습니다. 그러고는 헤엄을 치며 그렇게 까불거렸습니다.

그래서 이 친구 놈의 별명을 친구들이 깡통이라고 지어 주었습니다.

왜 그랬냐면, 이놈이 저수지 물속으로 들어가서 헤엄을 치고 있으면 꼭 빈 깡통이 물 위에 떠서 출랑대는 것과 같았습니다. 그래서 친구들이 이 친구를 부를 때, "야! 깡통아!" 하고 불렀는데, 그때부터 이 친구는 본이름보다는 오히려 깡통이라는 별칭이 유명해 지금도 아마 이 친구를 부를 때는 깡통아! 야 깡통아! 하고 부를 것입니다.

그런데 참, 깡통 이 별난 놈 말입니다. 이놈이 물속에서 헤엄을 치고 있으면, 어느 때는 이놈이 물속에서 달음박질이라도 치고 있는 것인가! 하는 생각이 들기도 하고, 또 어느 때는 이놈이 물속에서 두 손 들고 춤을 추고 있는 것인가! 하는 생각이 들 정도로, 하여튼 이놈은 세상에 있는 오두방정은 다 떨고 놀았습니다. 그것도 물속에서 헤엄을 치면서 말입니다.

그래서 하도 너무도 그래서, 아니 큰 저수지 한 가운데가 저렇게 얕은가! 하는 생각이 들기도 했습니다.

그런데 이 별난 친구 깡통은 여기서 끝이 아니었습니다.

아 이놈이 글쎄, 저수지 둑에 서서 구경하고 있는 우리를 보고는, "야! 새끼들아! 너희들 이렇게 헤엄칠 수 있어! 못 하지! 너희들은 죽어도 못해 새끼들아! 솔직히 너희들 나 보면 약 안 오르냐! 야 새끼들아! 이거봐, 나를 좀 보라고, 너무 멋있지 않냐! 도대체 너희들은 여태껏 뭐 했냐, 헤엄도 못 치고, 공부만 했냐! 그런다고 학교에서 시험 보면 1등하는 것도 아니더라! 야, 아나 물이나 먹어라, 새끼들아! 세상에 공부만 1등하면 다냐! 야 씹새들아! 아나 물이나 먹어라! 아나 물!" 그러고는 자신의 혀까지 쭉 빼 보이면서 나불대고 까불어 댔습니다.

그런데 깡통 이 친구, 여기서 끝이 아니었습니다.

물속에 있는 자신이 무슨 왕이라도 되는 것처럼 황당한 착각을 하고

밖에 있는 우리를 향해 손으로 물까지 잡아서 치고 던졌습니다.

차악 차악, 척척!

그런다고 가만히 당하고만 있을 우리가 아니었습니다.

"야, 이 깡통 새끼야! 너, 죽으려고 환장했냐! 너 지금 거기가 어딘 줄 아냐! 사람이 죽은 자리야! 이 새끼야! 너 우리 동네 동구테, 말자 누나가 거기서 빠져 죽은 것 몰라! 야 새끼야, 안 죽으려면 빨리 겨 나와, 새끼야!"

"아야, 뭐라고야, 참말로야!"

"그래, 새끼야! 너 뒤에 봐봐라! 거, 말자 누나가 뒤에서 쫓아 오고 있다, 이 새끼야!"

그 순간 별난 친구 놈 깡통! 입술이 파래지면서 쏜살같이 물 밖으로 나왔습니다.

그러고는

"아야 진짜로 그랬냐! 그래서 그랬을 거나! 꼭 누가 뒤에서야, 막 잡아당기는 것 같더라니까! 그래서 그랬구나! 아야, 그러면 진작 말해 주지!"

"네가 이 새끼야, 그렇게 까불어 대는데 우리가 미쳤냐!"

"알았다, 알았어!"

이렇게 우리 동네 저수지는 이런저런 사연을 담고 있습니다.

좋은 사연은 좋은 사연대로, 재미있는 사연은 재미있는 사연대로, 잊을 수 없는 사연은 잊을 수 없는 사연대로, 또 추억은 추억대로 이어 가면서, 또 사연에 사연을 더해 가며 구전이 되어 흐르고도 있습니다.

그리고 큰 저수지 모퉁이에 앉아서 빨래하던 우리 동네 아낙네들의 모습도 기억에 남아 있습니다. 그때 우리 동네 아낙네들 빨랫방망이로 빨래를 두들길 때 참 억척스럽게도 두들겨 댔습니다. 마치 빨랫감에 무슨 한이라도 있는 것처럼, 정말 죽어라 하고 방망이질을 해 댔습니다. 그러다가 살살 슬슬 큰 저수지 물속으로 들어가면서 목욕도 하고 그랬습니다.

그런데 그 순간만 기다리는 별난 친구 놈도 있었습니다. 그 별난 친구 놈의 이름이 아마 달수였을 것입니다. 달수 이놈이 큰 저수지에 첨벙 뛰어들어 헤엄치고 놀기 시작하면 그때 물속에 있는 붕어들도 아마 놀라서 도망갔을 것입니다.

그런데 이 별난 달수 놈은 정말 이상했습니다.

자신이 큰 저수지 물속에서 헤엄을 치고 놀면 노는 것이지, 갑자기 물속으로 들어갔다가, 불쑥 물속에서 솟아올랐습니다. 그것도 하필이면 꼭 빨래하고 있는 동네 아낙네들 앞에 말입니다.

그러면 그때 빨래에 정신이 팔려 있던 동네 아낙네들 깜짝 놀랐습니다. 그러고는 "아이고, 저 오살 놈! 오늘도 그러네, 저 오살 새끼는 어째서 저런다냐! 아이, 저 오살 놈 좀 봐봐라, 야! 저것이 뭣을 알고 저럴거냐! 모르고 저럴 거나, 그나 뒤 꼭지에 피도 안 마른 것이 날은 넘었어야! 그나 나는 내 간이 다 떨어지는 줄 알았다, 야!

야! 이 오살 놈아! 야 이 오살 새끼야! 너 빨리 저리, 안 겨 갈래! 어째 느그 집구석은 애비나 새끼나 하는 짓이 어쩌면 그렇게도 똑같냐! 모가 나도 그렇게 모가 나고, 느그 애비 하고 다니는 짓이나 새끼가 하고 다니는 짓이나 어째서 한 치의 차이도 없어야! 하기야 물이 위에서 아래로 흐르지, 아래서 위로 흐르겠냐!

너도 느그 애비를 꼭 빼닮았으니, 참! 느그 집구석도 싹수가 노래야! 그러니 진작에 쪽박 엎었지! 그나 한심하다, 한심해! 될 나무는 떡잎부터 알아본다는데, 어쩔거나!"

　그래도 큰 저수지 물은 바람이 시키는 대로 척척 척척, 찰싹찰싹, 아버
지들이 출력으로 만든 큰 저수지 석 장을 때렸습니다.
　그 석 장에 앉아서 동네 아낙네들이 빨래하던 빨랫방망이 소리는 중간
에 그치는 일은 절대로 없었습니다.
　그런데 동네 아낙네들의 빨랫방망이 소리를 가슴에 담고 살아야 하는
시대가 와 버렸습니다.
　동네에서 순진하고 착하기 그지없는 아이들은 저수지 둑에서 동네 아
낙네들의 빨래하는 모습을 보면서, 팔딱팔딱 뛰어다니는 개구리도 잡았
었고, 풀숲에서 찌르륵 찌르륵 우는 여치도 잡았었고, 풀에 앉아 눈이 초
롱초롱 빛나는 메뚜기도 잡았었고, 꽃 피기 직전의 배부른 삐비도 뽑아
먹었었는데.
　그러다 보면 해가 서산으로 넘어가기도 했었는데.
　그러다 보면 꼭 신발 한쪽을 잊어먹어 버린 친구도 있었는데.
　그 친구 별나게 신발 한쪽만은 잘 잊어먹는 친구였는데.
　그래서 그 친구는 집에서 종종 쫓겨나기도 한 친구였는데.
　그 친구는 어느 날 집에서 쫓겨나 옆집 헛간 처마 밑에서 훌쩍훌쩍 울
고 있기도 했었는데.
　이런 추억도 우리 동네 큰 저수지가 낳은 것인데….
　그런데 아쉽게도 우리 동네 큰 저수지가 큰 버둑이라 부르던 고유의
이름까지 잊고, 물까지 썩어 가고 있습니다.
　큰 저수지 물 위에서 한가롭게 노는 청둥오리 떼가 어느 때까지 놀 것
이라고 걱정하는 사람도 없습니다.

오리 떼는 누가 말하지 않아도 떠나야겠다는 생각이 들면 후루룩 훨훨 날아가고 말 것입니다.

왜 우리 동네 큰 저수지가 물풀의 천국이 되어 가고 있을까요!

나 아닌 누구도 우리 동네 큰 저수지를 보면 이런 말 정도는 할 것 같습니다.

"이래서는 안 되지, 이것은 아니지, 정말 아니지! 이러면 안 되지, 정말 안 되지!

내가 클 때만 해도, 큰 저수지는 물을 지키는 수감 아재가 있었고, 그 아재는 항상 허리에 수문 열쇠 꾸러미를 차고 다녔고, 그 아재는 큰 저수지 둑에서 풀도 못 베게 했어. 아니, 소도 못 다니게 했어! 큰 저수지 둑이 무너지면 안 된다고, 큰 저수지에서 만약 물이 새면 난리가 난다고!

그래서 우리는 큰 저수지 수문을 여는 날이면 그 물줄기를 따라다니며 첨벙첨벙, 팔딱팔딱 뛰는 붕어도 잡았고, 미꾸라지도 잡았고, 그랬어! 그러다 머리 위로 고추잠자리 떼가 지나가면,

야! 비가 오려나 봐!

야! 비가 오겠어!

하늘을 봐봐, 파란 하늘 뒤에서 먹구름이 쫓아오고 있잖아!

그래 그런다야! 빨리 가자, 빨리 가! 나 집에 가서 우케 걷어야 해!

아야! 근데 우리가 너무한 것 같지 않냐!

그러게 우리가 너무 앞만 보고 사는 것 같아!"

그래! 후회할 날들이 다가오고 있는데,

사람이 그런 정도는 알고 살아야 하는데,

그런 사람이 세상에 어디 있어!

그러니까 벌을 받지!
하늘이 주는 벌을!

산마루 고갯길

울퉁불퉁 비탈진 산마루 고갯길!

재 너머 사는 아재가 해 뜰 때 넘어와서
해 질 녘이면 넘어가야만 하던 산마루 고갯길.

뭔가 조금은 부족해 보이는
산골을 줍던 산마루 고갯길.

출처는 불분명하지만
아버지 어머니 먹으면 그렇게 뼈에 좋다고 하여
주머니가 불룩해도
산골을 더 줍고만 싶던 산마루 고갯길.

산마루 고갯길을 어둠이 내려오고 있는 것도 모르고 산골만 줍다가! 헐
레벌떡 집에 들어서자 기다리기라도 했다는 듯 아버지가 하신 말씀은,
"너 종일 어디서 뭐 했냐! 이놈아! 밥값은 하고 놀아야지, 지금이 때가
어느 때냐! 부지깽이도 한 몫은 하는데, 일은 안 하고 그렇게 맨판 자빠
져 놀기만 하면, 밥은 누가 주냐! 이놈아! 응, 사는 것도 다 수지가 맞아
야 하는 것이다. 너 같이 그렇게 살면 무슨 수지가 맞겠냐! 응? 이놈아,
정신 차리거라!"
이런 지천 반 물음 반의 아버지 말씀을 듣고 나는 어깨가 축 처졌는데,

그래도 주머니 속에 있는 산골을 꺼내 아버지 앞에 슬며시 손을 내밀자 아버지가 하신 말씀은,

"이것이 뭣이대! 응, 이것이 뭣이냐! 응?"

"아버지, 어머니가 먹으면 뼈에 그렇게 좋대요!"

"뭐다, 이것을 먹으면 내 뼈가 좋아져야!

이놈아, 나는 네가 속만 안 썩이면 뼈가 문제가 아니라 마음도 편하고 하늘도 날아서 가겠다, 이놈아! 어디서 그런 말도 안 되는 말은 들었냐! 호다 그러기만 하면 이놈아! 네 말대로 이것만 먹고 뼈가 건강해지면, 세상에 아픈 사람은 하나도 없겠다! 이놈아, 응!"

그때!

바로 그 순간!

내가 그렇게 믿고 주운 희망의 산골에 대한 기대는 깨지고 말았습니다.

나의 불확실한 믿음이

아버지의 불명확한 지식이 충돌하였는데,

나의 기대만 산산조각이 나고 말았습니다.

그래서 믿음은 허탈이 되었고

희망은 산산이 부서져 절망이 되었으며

일말의 기대는 실망만 안겨 주었습니다.

그런데 아버지의 일에만 매달려 사는 일상에는 전혀 변함이 없었습니다.

아버지가 밭에서 뽑아온 콩단을 당에 펼쳐 놓고 도리깨로 터는 날이었습니다. 석양이 산마루 고갯길을 내려와서 처마를 드리우고 있는 시간이었습니다.

아버지는 마당에 펼쳐 놓은 콩단에 힘찬 도리깨질을 해 댔습니다. 그
러자 콩단에서 튀어나온 콩알들이 제 맘대로 실컷 날아갔습니다. 아버
지는 지금까지 이렇게 날아간 콩알 한 알, 한 알을 그냥 내버려 둔 적이
한 번도 없습니다. 도망간 콩알, 날아간 콩알, 구석진 곳에 박힌 콩알 한
알이라도 반드시 주워 손에 들고 있는 바가지를 채우는 것은 아버지의
일평생 철학이었습니다.

그런 아버지의 모습이 어제와 달라 보이는 날이 있었습니다.
그동안 내가 상상하지도 못했던 얼굴이 보였습니다.
수심이 가득하고,
주름 꽃이 가득 피어 있고,
왜 등은 구부러져 있는지!

아버지는 자신이 지은 경제학만 믿고 살아오셨습니다.
그 경제학을 바탕으로 한 경영학은 "나는 구 원을 가지고 있더라도, 일
원을 벌어 십 원을 채우려는 노력을 성실하게 하겠다!" 하는 것이었습니다.
그리고 일평생 아버지만의 철학이 있었는데, 세상은 반드시 이치에 맞
게 돌아간다는 것이었습니다.
그런 아버지도,
그렇게 강하리라 믿었던 아버지도,
세월을 이기지는 못했습니다.
아버지의 턱수염까지 하얗게 변해 가고 있던 날, 나는 아버지의 마음
이라도 편하게 해 주어야겠다는 작심을 했습니다.

그리고 산골을 주우러 다니던 산마루 고갯길을 마지막으로 내려오면서, 아버지가 소 코뚜레로 좋아하실, 동그랗게 휘어진 소나무도 보아 놓았습니다.

또 아버지가 소 멍에 만들기에 안성맞춤일 알맞게 휘어진 소나무도 보아 놓았습니다.

하지만 아직도 산골의 효능에 대해서는 아쉬운 미련이 있습니다.

만약 내가 산마루 고갯길에서 주웠던 산골을 우리 어머니 아버지가 먹었더라면!

혹시!

그런데!

꽃

꽃이
왜
피는지

꽃은
어떻게
피는지

알려고
하는
사람도

아는
사람도
없습니다.

그런데
꽃은
참 아름답습니다.

또

예쁘지 않은 꽃도
없습니다.

꽃은
어디에 있든
어떻게 피어도
참 예쁩니다.

꽃은
향기를 생각하면서
보세요.

방아 이야기

쿵덕쿵덕 소리는 학교에서 소풍 가던 날 새벽에 우리 집 앞마당 구석에 있는 도구 텅에서 어머니가 도구 테를 들고 떡을 찧는 소리였습니다.

쿵덕 쿵 쿵덕 쿵 소리는, 친구네 집 외양간 옆에 있는 디딜 방앗간에서 곡식을 찧는 소리였습니다.

방아를 찧을 때 어머니 등에서는 코흘리개 아이가 보자기 속에서 쌔근쌔근 잠을 자고 있었으며, 아버지는 배 연기를 하늘로 보내며 방아의 다리를 밟고 계셨습니다.

어머니는 마음만 먹으면 도구 텅으로, 도구 테로, 방아와 함께 쑥떡도, 인절미도, 시루떡도, 송편도 만들어 낼 수 있었습니다.

그런데 어머니가 방아나 도구 테로 찧어서 만든 뜨끈뜨끈한 떡을 광에서 칼로 뚜벅뚜벅 썰 때, 옆에 서 있다 하나 주워 먹을 때, 그 떡 맛!
정말 떡의 맛은 그 이상도, 그 이하도 없었습니다.
하여튼 떡 맛은 그랬습니다.

그런데 과거의 떡과 요즘의 떡은 모양도 다르면서 맛도 확실하게 다릅니다.
과거의 떡은 사실 모양에 치중하기보다는 어머니가 정성을 들여 만들었습니다. 그래서 떡에 깊은 맛과 은은한 향이 배어 있었습니다.

그런데 현대판 떡은, 첨단 과학이 만들어 낸 기계에 조미료와 색소까지 더해져 만들어지고 있는데도 떡에는 반드시 있어야 할 정성이 전혀 들어 있지 않으며, 모양과 색은 그렇다 할지라도 떡에 있어야 할 맛이 깊지가 않습니다.

하여튼 떡은 누가 뭐라고 해도 어머니의 정성에 방아가 합세한 다음, 도구 텅과 도구 테가 춤을 추면서 만들어져야 제맛을 낼 수 있는 것 같습니다.

그러지 않아 집에 있어야 할 방아가 도시의 카페에서 얼굴에 분을 바르고 있습니다. 그러니 방앗간도 제자리에 있을 턱이 없습니다.

거기에다 마당 한구석에 뒹굴고 있던 도구 텅과 도구 테도 그럭저럭 떠돌이로 살다가 급기야 고물상에 팔려 나가고 말았습니다.

이제 아쉬워한들 무슨 소용이 있겠습니까!

그래도 어머니가 만들어 주시던 그 떡 맛이 남아 있어!

어머니의 그 떡을 그렇게 먹어 보고 싶은데!

내 눈을 유혹하는 떡들은 많습니다. 그런데 어머니의 떡은 찾아도 찾아도 찾을 수가 없습니다.

어머니가 아니 계셔서, 어머니가 만든 떡을 먹을 수는 없겠지요. 하지만 어머니의 손맛이 들어 있는 떡을 그렇게 먹어 보고 싶습니다.

그런 날이 오기는 할는지요!

하여튼 어머니의 떡을 먹을 수 있는 날을 기다리며,

오늘을 삽니다.

풀꽃 반지

이리 보고 저리 보고
보기만 하여도
그렇게 예쁘게만 보이던 순희가!

가시나무 덩굴이 우거진
그 언덕을 헤치고 올라가
여치가 울던 그 언덕을 헤치고 올라가
살짝 핀 예쁜 풀꽃을 꺾어 와
야! 손 내밀어 봐! 하고
내 손가락에 끼워 주던 풀꽃 반지!

이름도 모를 꽃이라서
향기도 알 수 없었지만
마음만은 그렇게 상큼하게 해 주던
내 손에 풀꽃 반지!

순희의 깊은 마음은 알 수 있었지만
인연의 과거와 미래에 대해서는
알 수가 없어 그저 다짐만 받고 싶던
내 마음에 풀꽃 반지!

순희가 보고 싶고
순희가 그리워지면
지금도 생각나는
내 사랑 풀꽃반지!

순희는 잊을 수 있어도
사랑하던 순희가
어디에서 어떻게 사는지 몰라도
그리워지는 내가 기억하는 풀꽃 반지!

내 마음에 풀꽃 반지
내가 사랑하는 풀꽃 반지
내가 진정으로 그리워하는 풀꽃반지.

효의 찬가

누구를 기다리는 것일까!
고독한 산자락을 지키고 앉아

기다려도 기다려도 오지 않음을
진정으로 몰라서일까!

아니면
기다리고
기다림을
지키려는 것일까!

고독만이 가득해 보이는데
쓸쓸함만이 가득해 보이는데
처량함만이 가득해 보이는데

무슨 미련이 있길래
비가 오면 오는 대로
눈이 내리면 내리는 대로
왜!
맞으면서
기다리고 있는 것일까!

생전에
그렇게 생생하고 절절하게 부르던
효의 찬가도 가식이었단 말인가!
그렇게 다정하게 다짐하던 약속도
가식이었단 말인가!

아니면 생전에 부르던 노래가
모두 허사였단 말인가!
모두가 허사였단 말인가!

아버지의 묘에는
먹구름이 와서 놀다 가고,
어머니의 묘에는
슬픔만이 쌓여 가고,

모두가 다 허사네!
가사도 허사네!
다 허사라서 허사네!

붕어빵

어느 날 오후였습니다.

서쪽 하늘을 보자 먹구름 속으로 석양이 들어가고 있었습니다. 그런데 갑자기 세찬 바람이 불어오면서 싸락눈까지 내렸습니다.

그러자 무슨 일인지 가슴이 허해지면서 그렇게 붕어빵이 먹고 싶었습니다. 또 붕어빵이 먹고 싶으니, 도시에 살 때 먹었던 붕어빵도 생각나고 그 붕어빵집도 생각이 났습니다.

내가 자칭 맛있는 단골집이라고 자랑하고 다니던 붕어빵집은 도시의 으슥한 길모퉁이에 있는 허름한 포장마차였습니다.

그런데 내가 그 붕어빵집에서 붕어빵을 사 먹을 때, 그때만 해도 붕어빵집 앞에 세워져 있는 나무 판때기를 주워다 만든 간판에는 천 원에 다섯 개라는 글씨가 보기에도 선명하게 흘림체로 쓰여 있었습니다.

거기에다 내가 말만 잘하면 붕어빵 집에서 파는 붕어빵 한두 개 정도는 덤으로 얻어먹을 수도 있었습니다.

그것도 붕어빵 집의 젊은 여자 주인의 미소와 함께 팥 앙꼬가 가득 들어 있는 붕어빵을 말입니다.

그뿐이 아닙니다. 그 붕어빵 집의 젊은 여자 주인은 어느 날 새롭게 개발한 붕어빵이라고 하면서, 갓 구워 낸 뜨끈뜨끈한 아 맛나 붕어빵을 손으로 호호 불며 들고 와서 한번 맛을 봐 보라며 주기도 했습니다.

그런데 나는 이런 도시의 붕어빵과 빵집의 유혹도 냉정하게 거부하고 시골에 살고 있습니다.

섬이었다가 육지가 된 이상한 시골!
송 원대 유물이 우르르 쏟아져 나온 도덕도 앞바다가 있는 시골에!

아마 그래서 그럴 것입니다만,
붕어빵 집이 없는 것은 그렇다손 치더라도
붕어빵을 팔 만한 가게도, 팔고 싶은 사람도 없는 시골!
이해가 됩니까!
또 노점상을 하고 싶어도 마땅한 장소가 없는 시골!
이해가 됩니까!

그래서 더 그럴 것입니다.
일단 궁금하면 붕어빵이 생각납니다.
뜨끈뜨끈한 그 붕어빵이 생각납니다.
특히 비바람 눈보라가 휘몰아칠 때면
더 생각이 납니다.
별나게 붕어빵이 먹고 싶고 그리워지기도 합니다.
그러면서 붕어빵이 먹고 싶어서 그런지
하여튼 내가 살다 온 도시도 그리워집니다.

그런데 의문은 있습니다.
왜 붕어빵은 길거리에서만 팔아야 하는지!
왜 붕어빵은 길거리에서만 팔아야 제맛이 나는지!

한때 붕어빵은 가난의 상징이기도 했습니다.

그런 붕어빵을 현재는 배부른 사람이 먹습니다.

그래서 그런지, 저래서 그런지, 하여튼 요즘 우리 주변에 있는 모든 것들은 붕어가 마치 물길을 거슬러 헤엄쳐 올라가는 것처럼 오직 고공을 향해 올라만 갑니다.

우리 같은 시골 사람들은 붕어빵조차도 마음대로 먹을 수 없게,
아 맛나 붕어빵 정도는 아예 생각 못 하게 올라만 가고 있는 겁니다.

붕어빵은 몇 개를 천 원에 파느냐와 천 원을 주고 몇 개를 살 수 있느냐가 무척 중요합니다.
붕어빵은 빵틀에서 구워지면서도 이상하게 물가를 지배하고 있기 때문입니다.

그런데 나는 아직도 붕어빵의 유혹을 냉정하게 거부하지 못하고, 주머니에 손을 넣고 만지작거리며 주저하고 있습니다.
붕어빵이 나의 경제 상황을 무시하고 그렇게 가슴을 후벼 파고 있는데도.

어쩌면 나는 맛있는 붕어빵 하나라도 자유롭게 먹을 수 있는 세상이 오리라는 허상을 예약이라도 해 놓은 듯, 그 세상이 오면 그 속에 있는 맛있는 그 붕어빵을 먹어 보려고 허울만 좋게 살아왔는지도 모릅니다.
그리고 붕어빵 속에 팥 앙꼬를 넣는 빵집 주인의 생각처럼, 많이 넣을까! 아니 조금만 넣으면 돈이 얼만데! 하는 숱한 갈등이 지배하는 나라에서.

그런데 사람들은 이구동성으로 말합니다.

기다려 보잖아요!

기다려 보자고!

그러면 과연 내가 시골에서도 마음대로 양심의 붕어빵을 사서 먹을 수 있는 날이 오기는 올까요!

도시에 살 때는 포장마차에서 붕어빵을 사서 먹으면 오뎅 국물 정도는 공짜로 먹을 수 있었습니다.

또 도시에 살 때만 해도 빵틀에서 구워진 뜨끈뜨끈한 붕어빵을 손에 들고 호호 불면서 먹을 수 있었습니다.

그때만 해도 훈훈한 인심과 정이 있었습니다.

그런데 아닌 것 같습니다,

붕어빵만이 간직한 야릇한 추억으로만 남아야 할 것 같습니다.

아 맛나 붕어빵은 아예 생각도 못 하는, 그러면서 뜨끈뜨끈한 붕어빵을 시골에서도 사서 먹을 수 있는 날이 오기를 기대합니다.

물론 그런 날이 오겠습니까! 만은.

아버지의 괭이꽃 3

아버지!

아버지는!
우리 아버지는!
평생 직업이 평생 농부라서
괭이꽃을 손바닥에서만 피우게 하는
참!
특별한 기술을 가지고 계셨습니다.

아버지는 직업이 농부여서
아버지는 직업이 농부라서
괭이가 손바닥에서만 자라게 하고,
괭이가 손바닥에서만 꽃을 피우게 하는
참!
특별한 기술도 가지고 계셨습니다.

괭이꽃은
꽃이면서도 향기가 없었는데
아버지에게 고통만 있으면
꽃을 피우는
참 신기하고 이상야릇한 꽃이었습니다.

그런 팽이꽃이
아버지가 울면 웃었고
아버지가 웃으면 울었습니다.
꽃다우면서도 꽃답지 않게 웃었습니다.
인정사정도 없이 참 잔인하게 울었습니다.
그래서 참 매몰찬 꽃이구나, 하는 생각이 들었습니다.

그런데 왜 그런 팽이꽃을
아버지는 다른 데도 아닌 손바닥에서만 자라게 하고
손바닥에서만 꽃을 피우게 하고
왜 그랬는지, 참 알 수가 없습니다.

팽이꽃은 정말 아버지 말고는
세상 누구도 자라게 할 수 없으며
꽃도 피우게 할 수가 없는 꽃입니다.

그런 팽이꽃이라서
팽이꽃은 아버지만의 꽃입니다.
팽이꽃은 그래서 세상에 있는 꽃 중의 꽃입니다.

사진틀

　누렇게 빛이 바래 가는 벽지를 등에 업은 상처투성이의 네모난 사진틀이 우리 집 안방 벽에 힘겹게 걸려 있습니다.

　네모난 사진틀 속에는 우리 가족들이 대대로 살아온 삶의 이력들이 첩첩이 쌓인 흑백 사진이 등에 등을 업고 들어 있습니다.

　이력들!
　자랑스럽기도 하고 수치스럽기도 한 날들의 이력,
　모멸스럽기도 하고 부끄럽기도 한 날들의 이력,
　그리고 죽기 전에는 꼭 이루어 내고야 말겠다며 큰소리치고 다짐하던 그 야망의 이력들.
　이런 이력들이 낱낱이 들어 있습니다.

　그런데 상처투성이의 사진틀 속에 갇혀 있는 흑백 사진의 사연을 곰곰이 따라가 보니, 내 삶의 이력에 붙어 있는 고난이나 고통의 순간들은 이야깃거리도 되지 않을 것 같습니다.

　하지만 상처투성이의 사진틀도
　그 자리에서 떠나게 될 것입니다.

　다 떠나도,

상처투성이의 사진틀은 떠나도
사진틀 속에 들어 있는 흑백 사진의
사연만이라도 떠나게 해서는 아니 되는데
시곗바늘을 거꾸로 돌릴 수는 없는 우리라서
역행보다는 순응할 수밖에 없습니다.

얼마 있지 않으면 흑백 사진이 들어 있는 상처투성이의 네모진 사진틀도 컬러 사진을 가득 안고 있는 컬러 사진틀에 그 자리를 내주게 될 것입니다.
헌것은 가라! 새것이 온다.

그런데 나는 불과 며칠 전에 다짐했었습니다. 먼지가 수북이 쌓여 있는 상처투성이의 흑백 사진틀을 내 얼굴을 닦은 흰 수건으로 닦아 내면서, "나는 죽어도 세상에 어떤 일이 있어도 상처투성이의 네모난 사진틀과 그 속에 있는 흑백 사진만은 아무리 보기 좋은 컬러 사진이나 사진틀이 나와도 바꾸지 않겠다!" 하고.
그런데 "우선 먹기에는 곶감이 달다!"라는 컬러 사진의 유혹에 빠진 나머지,
"그래, 지금 내가 어느 시대를 살고 있는데, 저렇게 빛까지 바랜 상처투성이의 사진틀이나 흑백 사진을 놔두면 무얼 하겠어! 누가 누군지 하나도 모르겠는데, 나나 고리타분하게 저런 것을 좋아하지! 사진틀은 파리나 좋아하고, 또 사진은, 그래 별의별 과거가 다 사진 속에 있겠지. 그러면! 좌우를 넘나들었던 사람들! 그런 사람들 족속들은 뭣 하러 저런 것을 다 지금까지 가지고 있냐며 당장 버리라고 그러겠지!

그러지, 그런 게 흑백 사진 속에 들어 있어! 그 작은 사진 한 장에 역사가! 그 역사가 긴 역사가 되고. 그런데 역사를 거부하는 놈들도 있어! 그 놈들은 둘 중에 하나! 선과 악이 아니면, 종북 친일! 그리고 이상한 이상주의자!

그래서 그런 시대를 먹어서 그런지 흑백 사진이 무척 고리타분하기는 해! 사진이라 말을 못 해서 그런지, 속이 썩어서 그런지…. 하지만 컬러 사진의 단순한 화려함보다는 흑백 사진의 고리타분함이 섬세하게 의미가 있어! 깊고 깊은, 의미가 있어!"

그런데 상처투성이의 사진틀 속에 갇혀 빛이 바래 가고 있는 흑백 사진이 나를 불러 말했습니다.
"나를 버릴 거예요!
정말 나를 버리실 생각입니까!
당신은 당신의 고추가 보이는 백일 사진도 버리실 겁니까!"

우리는 무엇이 얼마나 소중하다는 것을 알면서도 버립니다.
자신이 그렇게 애지중지하며 아끼던 것도 한순간에 버리고
삽니다.
자신이 그렇게 간직하고 싶다던 것도 한순간에 버리고
삽니다.
자신이 그렇게 지킨다던 약속도 한순간에 버리고
아무렇지도 않다는 듯 삽니다.
버리고 사는 것이 일상이어서 그런지 버리고
또 삽니다.

우리가 무심코 버리는 것들 속에는

우리가 살아온 날들과 살아가야 할 날들에 대해 소중한 것들도 들어 있습니다.

우리는 무심코 버린 것 같지만 사실은 그 일상 속에서 삶의 지혜를 배우고 사는 것입니다.

지금도 늦지 않았습니다.

어딘가에 버려져 뒹굴고 있을 흑백 사진 한 장이라도 찾아내, 그 사진 속에 감추어져 있는 은은한 여운이라도 찾아보시기 바랍니다.

그러면 당신의 삶도 그만큼의 새로워질 것입니다.

5부

물꽃

혹시!
물꽃을 보셨나요.
아침 햇살을 동반하고
잔잔한 호수에
파문을 일으키는
물꽃을 보셨나요.

물꽃은 시련의 꽃도 아니면서
희망을 싣고 피어납니다.
물꽃은 이별의 꽃도 아니면서
사랑을 싣고 피어납니다.

물꽃은
무지개처럼 피어나는 꿈을 안고 있는
소망의 꽃
약속의 꽃
기대의 꽃이랍니다.

마음이
허전하실 때는
꼭
창가에 앉아
물꽃을 보세요.

우리 아버지

우리 아버지는 이 세상에서 할 수 없는 것이 전혀 없는, 아니 그 무엇이라도 해낼 수 있는 것이 우리 아버지! 우리 아버지는 그런 사람이라고 생각했습니다.

특히 우리 아버지는 더 그러하다고 생각했습니다. 다른 아버지와 비교해도 우리 아버지는 더 그러하다고 생각했습니다. 그런데 그런 우리 아버지도 다른 아버지와 조금도 다르지 않게 세상을 떠나게 되었습니다.

그러자 아버지가 세상을 떠나기 전의 일들이 마치 주마등처럼 내 눈앞에 매달리기 시작했습니다. 특히 내가 아버지의 가슴을 아프게 했던 일들과 그날들이 꼬리에 꼬리를 물고 내 앞으로 다가왔습니다.

그런데 왜 아버지는 그렇게 가슴이 아프셨을 텐데, 한마디의 말씀도 하지 않고 영영 가 버리셨을까! 하는 생각뿐이었습니다.

그런데 나는 내가 아버지가 되고 아버지의 지위에 서게 되니, 동등한 일에도 참 억장이 무너지는 것 같고, 가슴도 아프고, 그럴까요!

또 우리 아버지라면 아버지의 자리가 어떠한 자리고, 아버지의 자리가 얼마큼 중요하고, 그에 따른 책임이 얼마만큼 중요하다는 것, 그런 정도는 알려 주고 갈 만도 한데, 왜 한마디의 말도 없이 내 곁에서 영영 떠나가셨을까요!

이러한 일들에 대하여
이러한 일들이 일어날 것이라고
예상이라도 했었다면,
이럴 줄이라는 것을 알기라도 했었다면,
이런 날들이 오리라는 것을
조금 전에라도 알았더라면,
내가 이런 생각을 하게 된다는 것을
아버지가 세상을 떠나기 전에 알았더라면!

그러지 못해서
그러지 않아서
남는 것은 회한과 후회뿐입니다.

그래서 내가 아쉬움과 반성을 앞세워 지나간 시간을 다시 돌이켜 온다 할지라도 이 세상에서 떠나 버린 아버지가 다시 돌아올 리도 없습니다.
이제 이미 늦었다는 것은 엄연한 사실입니다.
따라서 내가 살아 있는 동안의 내 삶은 다시는 그러한 일들로 후회하거나 반성하거나 속죄하는 일은 없을 것이라고 다짐합니다.

그리고 나의 자식들에게도 내가 가르치고 길러서 조금이라도 다를 것이라거나, 내 마음을 조금이라도 더 헤아려 줄 것이라는 손끝만큼의 기대도 접으려고 합니다.

그래도 내 마음 어딘가에 있는 불안감은 어쩔 수가 없습니다. 아마 십

중 팔 구는 나의 자식들도 내가 아버지에게 그러했던 것처럼, 내가 자신들의 삶에 있어서 아무리 소중한 말을 한다, 할지라도 듣기도 전에, "아이고 저 듣기 싫은 잔소리! 또 저 잔소리! 하고 그렇게 생각하고 말 것입니다.

하지만 나는 다짐합니다.

"나의 미래가 그렇게 많이 남아 있지 않아도, 그 시간만큼이라도 아버지가 살아온 삶의 십 분의 일이라도 실천하며 살겠다."

아버지는 집을 떠나 요양병원으로 구급차를 타고 가던 며칠 전까지, 꼭 새벽이면 일어나 봉창 문 앞에 앉아 봉초 담배를 말아 피우시면서 하루를 설계했습니다.

그 설계는 그렇게 요원한 것은 아니었습니다. 아버지의 생각은 오직 우리 가족들이 삼시 세끼를 어떻게 하면 배부르게 먹을 수 있을까! 하는 그저 소박한 생각, 그것뿐이었습니다.

그리고 아버지는 자신이 설계한 그 약속을 지키기 위해 하루도 빠짐없이 새벽이면 일어나 경대 서랍에 보관해 놓은 수첩을 꺼내 영농일기까지 쓴 것입니다.

농사에는 이보다 더한 가르침은 없다고 자신하며 틀니까지 오물거리고, 그러다 마당으로 가시면서 벽에 걸려 있는 민경을 보고 이런 말씀도 하셨습니다.

"아들아! 세상을 살다 보면 참 미운 사람도 많고, 힘들게 하는 사람도 많다. 하지만 그 어떤 사람도 마음에서까지 미워하지 마라! 너도 사람인지라 겉으로 사람을 미워할 수는 있을 것이다. 그래도 사람이 사람을 깊게 미워하면, 자신이 필요해서 파 놓은 우물에 자신이 침을 뱉는 것과 다름이 없다. 사람이 사는 세상은 그런 것이다. 그리고 세상 사는 것! 그것, 참 그렇게 허망하다. 세상 사는 것! 그것 아무것도 아니다. 그러니 항상 마음을 비우고 허허실실 반은 미친 듯이 살거라. 또, 그렇게 노력하며 살고. 그리고 사람은 사람인지라 누구에게나 욕심은 있다. 그래서 그 욕심과 욕망을 버리려 하고. 물론 그렇게 살기가 그렇게 쉽지는 않을 것이다.

그래도 그렇게 살려고 노력이라도 하면서 살아야 한다. 우리가 살면서 그렇게 소중하게 생각하는 돈! 그것도 필요 없고, 의기양양한 명예 그것도 필요 없고, 다 필요 없다!

불과해야 몇 년 살아 있을 때, 살아 있어서, 생명을 이유로 그럴 뿐, 그깟 불과 그 순간의 부귀영화일 뿐이지 죽어서 무슨 필요가 있겠냐! 어차피 죽을 놈들이 무슨 필요가 있겠냐! 그래서 최소한 인간이, 아니, 사람이 사람에게 욕하고, 욕먹고 그런 일은 없어야 하지 않겠니! 항상 꼭 마음을 비우려 노력하고, 또 꼭 그렇게 살기를 부탁한다."

그래서 나는 아버지의 흔적을 찾아가며 삽니다.

아버지의 말씀들을 하나하나 곰곰이 생각하며 하루에 하루를 더해 가며 삽니다.

우리 동네 이발관

　우리 동네 한가운데를 관통하는 길의 가장자리에는 삼거리이발관이
있었습니다.

　삼거리이발관의 주인은 김씨 성을 가지고 있는 동네 아재였습니다.

　또 삼거리이발관 지붕에는 함석으로 만든 간판이 있었는데, 간판에는
자유 이발관이라는 고딕체의 글씨가 하얀 페인트로 쓰여 있었으며, 이
발관 주인 김 씨는 6.25 전쟁 때 다리에 총상까지 입어 왼쪽 다리가 거
의 없는 것과 같을 정도였습니다.

　그래서 이발관 주인인 김 씨 아재는 지팡이가 없으면 거의 한 걸음도
걸을 수가 없었습니다.

　그런 데다 김 씨 아재의 아버지는 일제 강점기 시절 밀대 짓을 하여 동
네 사람이 징병 징용으로 끌려가 사도 탄광 노동자로, 또 총알받이로 생
을 마감하게도 했습니다.

　그래서 매일 눈을 뜨면 이발관 문을 열고, 축음기에 가수 배호가 부른
'마지막 잎새'라는 노래가 들어 있는 판을 올려놓고 틀었습니다.

　"그 시절 푸르던 잎 어느덧 낙엽 지고

　달빛만 싸늘히 허전한 가지

　바람도 살며시 비켜 가건만

　그 얼마나 참았던 사무친 상처길래

　흐느끼며 떨어지는 마지막 잎새

　싸늘히 파고드네 가슴을 파고들어

오가는 발길도 끊어진 거리

애타게 부르며 서로 찾은 길

어이해 보내고 참았던 눈물인데

흐느끼며 길 떠나는 마지막 잎새."

그런데 열린 문틈 사이로 보이는 이발관 내부는 정면 벽에는 거울이 있었고, 거울 왼쪽에는 밀레의 저녁 종과 이삭줍기 사진이 들어 있는 액자가, 오른쪽에는 인자무적과 가화만사성이란 글씨가 들어 있는 액자가 세월을 먹어서 그런지 침울한 모습을 하고 이발관 내부와 어울리며 걸려 있었습니다.

또 거울 앞에는 나무 선반이 길게 설치되어 있었는데, 선반 위에 있는 작은 나무 상자가 있었고 그 상자 속에는 면도기와 외발 바리 깡이 들어 있었습니다.

또 작은 나무 상자 위에는 몸이 하얗고 뚜껑은 파란 구루무 통이 있었으며 그 옆에는 바로 알 수 없는 영어 글자가 난잡하게 새겨진 포마드 통이 있었습니다.

또 이발관 창문 바로 밑에는 이발관 먼지를 다 뒤집어쓰고 있는 숫돌이 있었는데, 숫돌은 이발관 면도기기나 가위를 삭삭 가는 유일한 도구였습니다. 그러다 얼마 안 가서 가죽 띠가 나왔는데 그 가죽띠에 면도기도 갈고 가위도 갈아서 썼습니다.

그런데 우리 동네 자유 이발관 주인 김 씨 아재는 정말 머리를 자를 때 사용하는 바리깡 솜씨와 가위질 소리, 그리고 면도 후에 머리를 감겨 주는 실력이 참 대단했습니다.

그래서 우리 동네 이발관은 문만 열면 손님이 끊이질 않았습니다. 더구나 이름도 자유 이발관이고, 또 이발관 주인인 김 씨가 전쟁과 침략을 겪었는데도 인심이 좋았고, 거기에다 김 씨 아재가 가위로 머리를 자를 때 나는 소리가 얼마나 안정적이고 경쾌했는지 모릅니다. 특히 면도할 때 나는 삭삭 소리는 음 이탈이 나지 않는 가수와 연주자의 협연과도 같을 정도였습니다.

그뿐만 아니라, 어느 연주자의 연주와 맞추거나 어떤 악기와 협연을 해도 전혀 손색이 없을 정도였습니다.

또 이발소의 가장자리에는 종일 물만 데우고 있는 연탄난로도 있었는데, 연탄난로 전에는 산에서 솔방울(솔꽁)이나 끄렁을 주워 와 불을 피우던 장작 난로가, 다른 이름으로는 무쇠 난로가 있었습니다. 그래서 그런 난로가 있을 때부터 우리 동네 이발관은 사실 동네 사랑방 구실까지 톡톡히 했습니다.

특히 가까운 읍내에 오일장이 서는 날이거나 동네에 잔치가 있는 날에는 더 그랬습니다.

그런데 어느 장날이었습니다.

우리 동네서 소나 돼지 중간상으로 꽤나 유명한 박 씨 아재가 읍내에 서는 오일장에 가려고 이발관을 들르게 되었습니다. 그동안 턱에서 시커멓게 자란 수염도 모처럼 깎고, 얼굴에 면도도 하고, 그리고 장에 가서 광이라도 한번 내야겠다며 마음을 먹고, 또 저번 장에 집에서 키운 소도 팔아 버려 외양간이 보기에도 허전해서 송아지라도 한 마리 사다 놓아야겠다며.

그런데 가는 날이 장날이라고, 하필이면 여태까지 한 번도 문이 닫혀 있던 적이 없는 이발관이, 이상하게 해가 중천을 향해 올라오고 있는데도 문이 잠겨 있는 것입니다.

그러자 박 씨 아재는 닫혀 있는 문만 발로 툭툭 차면서, "허허 이 사람! 가는 날이 장날이라고 하드만! 내가 모처럼 때 좀 빼고 꽝도 내고 장에 가려고 하는데, 왜 하필이면 오늘 같은 날 이발소 문을 지금까지 안 열어! 제기랄, 별일도 다 있네. 하기야 안 하던 일도 하려고 하면 연장이 부러지기도 하지! 그래도 조금은 기다려 봐야지!" 그러면서 문밖에서 기다리고 있자니 슬슬 화도 올라오면서 이것저것 별의별 생각이 다 났습니다.

그래도 하도 심심해서 죄 없는 땅만 발로 몇 번을 차다가 고개를 들었습니다.

그러자 동네 돌담 끝 저만치에서 세상에 더할 나위 없이 태평한 모습에, 주머니에 손까지 넣고 엉거주춤 걸어오고 있는 이발관 주인이 보였습니다. 거기에다 아주 태연자약하게 하품까지 하면서.

그러자 박 씨 아재! 홧김에 서방질이라도 하려는 사람처럼, 때는 이때다 하고 냉큼 소리를 질렀습니다.

"어이, 김 씨! 아, 이 사람아! 오늘 같은 날 늦기라도 했으면, 걸음이라도 좀 빨리 걷소! 오늘이 장날 아닌가! 그렇게 세월아 나 잡아먹어라 하고 걸으면! 기다리는 사람은, 자네 기다리는 사람은 뭣인가! 자네 몸이 불편한 줄은 아네만, 너무하네! 그게 걷는 건가, 기어가는 건가! 꼭 세 살먹은 아기처럼 아장아장, 그게 뭣인가, 이 사람아! 자네 나이가 몇인가! 예끼 이 사람아, 자네 아기는 아니재! 그나저나 자네 팔자는 참 상팔자여. 그래도 이 사람아! 늙은 소가 쟁기를 짊어지고 밭을 갈아도 그렇게는 안 갈겠네, 예끼, 원! 근데 어제는 무슨 염병이라도 했는가! 이 시간까지 세상 파리 새끼는 다 입에 물고 자다가, 엉금엉금 겨 나오게! 그나 자네 머리맡에 있는 재떨이에 담뱃불은 끄고 나왔는가! 자네는 하다 팔자가 좋은 사람이라 내가 별걱정도 다 해 주네! 그나 자네 같은 사람이 안 빌어먹고 사는 것을 보면, 참 세상이 용한지, 자네가 용한지 모르겠어! 그나 하여튼 자네는 용해. 용한 사람이여, 용한 사람!"

"아따, 아재! 아재는 뭔 말을 막 그렇게 씨부렁거려요? 아재가 날을 잘못 잡은 것은 생각도 안 하고! 근데 아재 뭣 하러 꼭 오늘 같은 날을 잡았소, 그 좋은 날은 다 팽개쳐 놓고!"

"자네 지금 뭣이라고, 하는 감! 자네는 시방, 이발관 문을 늦게 여는 것도, 내 잘못이라 이 말이여! 자네도 인자 다 되었네. 자네 하는 꼬락서니가 꼭 우리 동네 동구티 놀부 새끼 하는 짓, 그대로구만! 자네 알재, 놀부 심보가 뭔 말인지? 나이 한 살이라도 더 먹은 사람이 말을 하면 젊은 사람들이 '예 알겠습니다' 그러지는 않고! 뭐, 날을! 내가 날을 잘못 잡았다고? 예끼 이 사람아! 말이란 것이 아가 다르고 어가 다른 것이네, 응? 미안하다고 한마디 하면 될 것을, 뭐 내가 날을 잘못 잡았다고! 빈말이라도 다시는 그런 말 하지 말소. 그러면 안 되네, 이 사람아! 더구나 영업하는 사람이, 이 사람아!"

"아재! 허허 나 참, 아재 그 말이 생각이 있어서 한 말이요, 아니면 그냥, 아니 대충 한 말이요! 아니 시방, 이 시간에 이발하러 올 사람이 우리 동네에 한 사람이라도 있기나 하요! 아재처럼 발전성 없는 우리 동네 골수분자 빼놓고, 다른 사람들은 다 이발도 읍내 가서 한다요! 읍내 이발관에서는 면도도 여자가 해 주고, 여자가 어깨도 주물러 주고, 여자가 머리도 감겨 준다고 합니다. 근데 우리 같은 동네 이발관에 무슨 손님이 있겠소!"

"어, 이 사람 말하는 것 좀 보게. 이 사람아! 그게 부러우면 자네도 그렇게 해벌소! 그러지 않으면 정신을 좀 차리든가! 저 민경에 파리가 똥 싸 놓은 것 보소! 그리고 저 시계는 하루에 두 번이라도 맞는가! 자네도 밥은 먹으면서 왜 시계는 굶기는가! 언제 날 잡아서, 응, 이발관 청소도 좀 하고 그러소! 다른 사람들이 읍내 가서 이발한다고 시기만 하지 말고! 자네 이발관 안에서는 시궁창 냄새가 나는데, 향수 냄새가 펄펄 나고, 여자가 서비스해 주고, 그러는 읍내 이발관으로 사람들이 가는 것, 그것 당연한 것 아닌가! 자네라 해도 그러겠네, 이 사람아! 아니면 자네도 그렇게 해 벌던가!"

"정말로 내가 그렇게 하면 난리가 날 것이요! 만약 동네서 난리가 나면, 아재가 책임질라요!"

"이 사람아! 내가 왜, 돈은 자네가 버는데, 책임은 내가 져! 그렇게 하면 하여튼 좋기는 좋겠네, 그런데 말이 세! 자네가 게으른 것, 그것은 문제 아닌가! 그나 자네도 남의 탓은 잘하데, 그놈의 남 탓 타령은 언제나 그만할란가! 그나 세월이 그렇게 가도 자네는 옛날이나 지금이나 변하지는 않네그려! 제발 그 지저분한 생각 좀 바꾸소, 무슨 그런 케케묵은 생각으로 돈을 벌겠는가! 그나 그렇게 해서라도 돈 벌 생각은 있는가!"

"허허, 이 아재 말하는 것 봐야! 아재, 세상에 돈 싫어하는 사람 있다요! 은행에 있는 돈, 그 돈 다 갖고 싶소! 나는 돈을 벌어야 해라, 죽어도 돈을 벌어야 해라! 그래야 도망간 우리 마누라한테 복수도 하고, 그러지라요!"

"이 사람아, 그때가 벌써 언젠가! 한 이십 년을 넘었는가! 이 사람아, 그쯤 되면 볼장 다 본 것 아닌가! 글면 인자, 잊어버릴 때도 되지 않았는가! 잊어벌고 새끼들이나 데리고 잘 살면 되재, 응! 뭐하러 그런 것을 여태까지 가슴에 달고 사는가! 다 잊어벌소!"

"아재, 내가 어쪼고 잊어 벌것소! 내가 그년한테 청춘을 다 바쳤는데. 인자 정은 없어도, 한은 남았어라요! 내가 이 개지랄 같은 이발소에서 그 개새끼 같은 손님하고 눈이 맞어서, 그런 염병헐 사 단이 날 줄 누가 알 기나 했겠소!"

"그렇게 인자, 이것저것 다 잊어벌고 이발소나 잘하란 말이시!"

"아재! 그것도요, 내가요! 우리 동네서 아재처럼 돈 쓸 줄 아는 사람만 있다면, 지금 당장이라도 읍내 이발관 못지않게 해벌것소! 아재도 지금 인게 그러재! 아짐한테 꽉 잡혀서, 꼼짝도 못 하고! 아재 옛날 생각 한번 해 보쇼야! 정말 아재는 지금 안 쫓겨나고 산 것만도, 천만다행이어라요! 글 안 허요, 누가 아재 같은 사람하고 살것소! 내가 여자라 해도, 아재 같은 사람하고는 죽어도 안 살것소. 누가 그 꼴 다 보고 산다요! 쓸개 없는 사람이나 살재. 그래도 그 아짐은 용케도 지금까지 복장 안 터지고 사는 것 보면, 참, 부부라는 것이 뭣인지! 모를 일이 너무나 많단 말이요! 그래서 그 겉궁합 속궁합이 있고 그런가 봐요, 잉. 그렇게 아재도, 근데 아재 는 어째서 그렇게 여자들한테 인기가 좋소! 그것이 소문대로 그렇게 좋소, 아니면 여자 꼬드기는 특별한 기술이라도 있소! 그놈의 다방 여자, 술집 여자에 노름판에 갖다 바친 돈! 그 여자들만 해도 몇이요? 또 그 돈 만 합해도 요즘 아파트 몇 채는 대것소야! 그렇게 살았으니, 아재는 인자 오늘 죽어도 한은 없겠소! 혹시 오늘도 장터에서 어떤 할망구가 기다리 는 것은 아니요!"

"예끼, 이 사람아! 대통에 담아도 한 되도 안 되는 소리 작작 하고, 내 머리나 빨리 손질해 주소, 빨리 가야 하네!"

"아재! 뭣이 그리 바쁘요, 그리고 세상일이 다 아재 맘대로 댑디여! 그나 나는 아재가 부러워 죽겠소. 아재만 그 재미 다 보지 말고, 나도 한번 데리고 가 주쇼!"

"그래, 자네 혹시 말이여, 뱅글뱅글 돌리는 것 아는가!"

"춤이라요!"

"이 사람아, 무식하게 춤이 뭔가! 말이라도 좀 우아하게 하소!"

"글면 댄스, 지랄 염병 댄스, 이렇게요!"

"허, 이 사람 말하는 거 보게! 자네 가는 말이 고와야 오는 말도 곱다는 것 알재!"

"알재라요, 아재! 그나 오늘은 머리에 고대기 한번 댑시다. 어떤 할망군가 몰라도 아주 돌아 벌게 머리에 힘 한번 주고 장에 가서 비까비까, 한번 해 버쇼!"

"그러께. 기왕에 하는 거, 포마드도 좀 창창하게 발라서 한번 해보소!"

"오늘은 일은 나거소, 야! 그나 장터에서 잡혀갔고, 동네 뉴스는 안 되게 하쇼! 근데 아재는 어째 장날 되면 힘이 납디다, 잉! 인자 나이도 깨나 먹었는게, 정신 좀 차리쇼. 자숙도 하고. 아재는 장날만 되면 장터에서 암소 냄새 맡은 소 새끼들처럼 빼고 발버둥 치고 막 다닙디다!"

"예끼 이 사람! 나이 먹은 사람을 존중할 줄 알아야재, 말을 그렇게 막 해 버리는가! 상놈도 나이가 벼슬이라네. 내가 말시, 요 참에는 아주 맘을 단단히 먹어 버렸네! 그래 내가 오늘은 장에서 소 새끼도 사고, 돼지 고기도 몇 근은 꼭 사 올라고 하네. 자네 형수 김치찌개라도 끓여 먹으라고. 그나 우리 집사람 솜씨가 보통이 아니네, 자네 같은 사람은 한 번 먹어 벌면, 도네 돌아! 그리고 내일은 뒷면에 있는 우리 밭을 맨단 말시, 자네 형수가 사람도 얻어 놓았다고 하대!"

"그래라요, 정말 그래 벌면! 난리가 나것소. 인간이 비 올란게 별짓을 다 한다고! 혹시 죽으려고 환장했다고, 그러지는 안 허깨라요! 세상 살다 본게, 별 희한한 일도 다 있네! 십중팔구는 그럴 것이요! 그나 내일 비 오는 것은 아니겠지라요? 하늘이 시무룩한게, 걱정은 대요만은."

"내가 할 말 자네가 다 해 버렸네. 그나저나 오래 살 일이네, 살다 본게 자네한테 이런 서비스도 다 받아 보고, 허허! 나 참! 그나 동네 이발관이 편하기는 하네, 더럽기는 해도!"

"아재, 집 떠나면 고생이라고 안 합디까! 구관이 명관이고, 요즘 것들 아구통만 고급이재, 행동하는 것은 거짓말 빼고 뭐가 있습디여? 뼈 빠지게 사는 놈만 병신이어라요! 뭣을 믿고 살고, 무슨 기대를 하고 살고 그럴 것이요! 돈이 돈이고, 물도 돈이고! 아재도 인자 어디다 거짓말 공장이나 학원, 그런 것 하나 차리쇼. 그러면 돈을 아마 쓸어 담을 것이요. 그래 정당도 하나 만들고, 정치도 해 벌고, 그러다 죽으면 끝인게."

"이 사람아! 별놈이 별말을 해도 다 필요 없네. 송충이는 솔잎을 먹고 살아야 하네. 높은 가지에 익은 감은 사다리를 타고 올라가서 따야 하는 것이 세상 이치네. 세상에 순응해야지, 역행하면 갈 곳이 한 군데네! 세상에 욕심, 욕망 없는 사람이 어디 있겠는가! 다 자제하고 사는 것 아닌가! 그래서 배우는 것이고, 최고의 배움은 양심을 지키는 것이네. 요즘 세상은 위에서부터, 많이 배운 놈들부터 구린 네가 펄펄 나게 썩었어! 아마 얼마 안 있으면 썩은 내가 나라에 진동할 걸세! 우리야 죽으면 그만이지만, 솔직히 나라 걱정하는 놈보다, 자신의 배 채우려는 놈들이 너무 많아! 말하면 뭣하겠는가! 우리 같은 놈은 그저 하루하루나 잘 가라 하고 살아야제. 자네도 나도 말이세! 내일 아침에도 해는 뜰 걸세, 기대는 하지 말고, 그 해나 기다리며 사세!"

삼거리슈퍼마켓

우리 마을 삼거리에는 슈퍼마켓이 있었습니다.

그 슈퍼마켓이 있던 자리는 이전에는 구멍가게였다가 문구점으로도 바뀌었으며 문구점은 또 정육점으로도 바뀌었습니다.

그래서 그런지 예나 지금이나 마을 삼거리에 있는 슈퍼마켓 자리는 복잡하고 바쁘기만 합니다.

삼거리에 슈퍼가 있을 때는 낫이 필요한 사람은 빨리 낫을 사야 한다며 슈퍼 문을 열라고 해서 바빴으며, 또 쟁기 보습이 필요한 사람은 빨리 쟁기 보습을 사야 한다며 슈퍼 문을 열라 해서 바빴습니다.

또 삼거리슈퍼가 정육점일 때는 들판에서 일하는 사람들에게 참을 가져다주려는 어머니가 막걸리 안주로 고기를 가져다줘야 한다면서 문을 열라고 해서 바빴습니다.

또 삼거리슈퍼가 문구점일 때는 내가 연필 한 자루라도 더 사서 필통 속에 넣어 놓아야 한다며 빨리 문을 열라고 해서 바쁠 수밖에 없었습니다.

그런데 어느 날 우리 동네 삼거리슈퍼마켓 간판이 용달차에 실려 덜커덩덜커덩 동네 뒷면 길을 지나가고 있었습니다.

용달차 조수석 문짝에는 "철수네 고물상"이라는 글씨가 선명하게 쓰여 있었으며, 용달차 뒤 화물칸 문짝에는 "고물 삽니다, 연락처 010-0000-1351" 이렇게 선명하게 쓰여 있었습니다.

그런데 용달차가 달리며 일으키는 먼지 속에 논둑 밭둑을 따라가며 소를 띠끼던 친구들 모습이, 밭으로 나물을 캐러 간다면서 도시로 도망가 버린 누나들의 모습이, 곡식 한 됫박을 들고 점방으로 가서 오다마 사탕을 산 다음 망치로 깨서 나누어 먹던 친구들 모습이 아른아른 들어 있었습니다.

사실 우리 동네는 삼국시대 전주 이씨가 입도하여 시작되었으며, 그때부터의 과거와 현재가 진행형으로 뒷면 길에 깔려 있습니다. 그리고 그 뒷면 길의 시작은 동네 입구에 있는 비석거리에서부터이며 광암나루에서 끝이 납니다.

그 뒷면 길을 악착같이 달리며 한때는 친구들과 방패연 가오리연을 들고 날린 추억이 있으며, 또 비석거리에 있는 점방에서 팔던 홍두깨 빵이 그렇게 먹고 싶어, 무턱대고 어머니 아버지만 조르던 기억도 있습니다.

그런데 나의 추억을 무참히 짓밟으며 삼거리슈퍼마켓 간판은 실은 용달차는 목적지인 도시만을 향해 뒷면 길을 달려가고 있는 것이었습니다.

덜컹덜컹 싱싱, 싱싱 덜컹덜컹.

그런데 용달차가 우리 동네 뒷면 길을 달릴 수 있는 것은 우리 동네 사람들이 어깨가 멍들면서도 길을 만들어 놓았기 때문이었습니다.

물론 어머니 아버지는 어깨에 멍이 든 노동을 제공하였으며, 그때 흘린 땀의 대가로 전표와 금전을 받아 국수와 라면도 사서 먹었으며, 학교 육성회비도 냈습니다.

참 그리고 간판을 도시에 팔린 삼거리슈퍼마켓 옆에는 개구슬 나무도 있었습니다.

그 개구슬 나무에 열린 개구슬이 노랗게 익은 가을에는, 그 개구슬을 따서 먹는다며 길에 있는 돌을 참 많이도 주워서 던졌습니다.

그러면 돌멩이를 맞은 개구슬 나무에서 우두둑 소리를 내며 개구슬이 떨어졌는데, 그때 땅에 떨어진 개구슬 중에서도 잘 익은 것 같고 모양이 예쁜 개구슬만 주워서 "야! 이것 한번 먹어 볼래! 정말 달 것 같아!" 하면서, 내 옆만을 붙어 다니는 친구 순옥이에게 건네주기도 했는데, 이상하게 순옥이 머리에는 부스럼이 덕지덕지 나 있었고, 등이 별나게 새까만 통이가 엉금엉금 기어 다니기도 했습니다.

그런데 순옥이 그 친구 마음 하나만은 그렇게 순진하고 예쁜 친구였습니다.

그런데 순옥이가, 내가 땅에서 주워 무척 달 것이라며 건네준 개 구슬을 먹다가 "아야, 야 새끼야! 이 구슬은 너무 쓰다, 왜 이렇게 쓰데! 너 일부러 쓴 것만 골라서 줬지! 야, 이 오살 놈아! 나를 그렇게 골탕 먹이면 좋냐!" 하고 얼굴이 빨개지면서 퉤 퉤 하고 내뱉을 때 내 마음을 몰라주는 순옥이가 참 얄밉기도 했습니다.

하지만 나는 얼굴이 붉게 달아오르면서도 "내가 준 구슬이 써야! 그러면 이것 한번 먹어 볼래! 이것은 진짜로 달다, 달아!" 했는데 그 순간 순희 눈과 내 눈이 마주치기도 했습니다.

그때 순희와 나의 마음에서는 누구도 모를 사연이 솔솔 만들어지고 있었습니다.

"이런 게 사랑이야! 사랑은 이렇게 누구도 모르게 시작되는 것이야! 사랑이야! 사랑이래! 사랑은 이런 것이래! 사랑은 이렇게 시작되는 것이래! 아야, 너는 내가 안 좋냐! 나는 네가 좋은데! 너도 마음속으로는 이렇게 말하고 있지! 너도 내가 좋지!"

그날 이후 그렇게도 순옥이를 보고 싶어 하다가, 어느 날 문득 순옥이를 만나 텃논에서 연을 날리게 되었습니다.

연실이 감긴 포동포동한 실 꾸러미는 순옥이가 들고, 나는 가오리연을 들고. 삼거리슈퍼에서 파는 연은 살 수가 없어서, 뒤안에서 대나무를 베어 와서 나는 우리 집 마루에서 보리밥 풀로 만든 가오리연을 올렸고, 순옥이는 연실을 풀어 주면서 하늘 높이 높이 연을 날렸습니다.

그날 순옥이는 흥얼거리며 노래도 불렀습니다.

그러다,

"연아, 연아!

제발 높이 높이 날아라!

내 꿈을 싣고 날아라!

내 희망을 싣고 날아라!

연아, 제발, 꼭!"

그런데 툭!

연실이 끊어져 버렸습니다.

온몸을 흔들거리며 연이 멀리멀리 날아갔습니다.

연이 보일 듯 말 듯, 연이 날아가고 말았습니다.

그 이후 연에 대한 소식을 아는 사람은 없습니다.

알려 주는 사람도 없습니다.

그날 이후 지금까지 나는 그렇게 보고 싶은 순옥이로부터 일언반구의 소식도 듣지를 못하고 있습니다.

연이 그날 순옥이 마음도 안고 가 버린 것 같습니다.

아마 지금쯤이면 용달차가 싣고 간 우리 동네 삼거리슈퍼마켓 간판도 도시의 고물상에서 산소용접기에 의해 분해되어 자취를 감추었을 것입니다.

그런데 나는 아무런 거리낌도 없이 도시의 고물상 앞을 주저 없이 그저 지나갑니다.

홍두깨 빵의 향긋한 냄새를 안고.

여기서 십여 년의 시간이 흐르고 난 다음에는

우리 동네 삼거리슈퍼마켓이 있던 자리는,

그렇게 떠들썩하던 삼거리슈퍼마켓이 있던 자리는,

과연 어떤 모습으로 되어 있을지!

과연 어떤 모습을 하고 있을지!

그런데 내일을 부르며 석양은 갑니다.

우리는 오늘에만 있는 것입니다.

대장간의 추억

지나간 시간에는 아쉬움이 있으며,
떠나간 것에 대해서는 그리움이 있습니다.

우리 마을 대장간은 물지게도 힘들게 지나다니는 돌담길 골목 중 간쯤
에 있었습니다.

대장간에서는 닳고 구부러지며 본래의 기능을 상실해 버린 농기구들
을 비롯하여 집에서 사용하는 칼과 쇠붙이로 만들어진 생활용품들이 대
장장이의 손에 들려 불 속으로 들어가고, 물속으로 들어갔다 나오고, 또
망치에 두들겨 맞고, 오함마에 맞고, 펴지고, 오그라들고, 그러다 작은
망치를 맞고, 그런 과정을 거쳐 본래의 기능도 찾으며 새롭게 태어나는
곳이었습니다.

그래서 대장간에는 불이 뻘겋게 달아오른 쇠붙이를 식혀 주는 물이 담
긴 돼지 먹이통이 있었고, 나무나 돌을 조각해 만든 돼지 먹이통 옆에는
망치와 해머가 있었으며, 또 바로 그 옆에는 쇠 집게와 대장장이가 사용
하는 나무 의자가 시커멓게 색이 변해 가는 모습으로 있었습니다.

그리고 숯불이 이글거리는 가마의 아궁이 앞에는 조그맣고 예쁜 풍로
가 있었는데, 그 풍로 손잡이는 유별나게 반짝거리는 빛이 났습니다. 또
그 풍로의 맞은편 위에는 대장장이가 성냥이 끝난 물건을 올려놓는 시
렁이 있었습니다.

대장간을 우리 마을에서는 성냥간이라고도 불렀습니다.

그런 대장간의 하루는 항상 아궁이 앞에 있는 작고 귀여운 풍로가 돌아가면서 시작되었습니다.

풍로가 돌아가면 가마에서는 불이 이글이글 타올랐으며, 그 이글거리는 불 속으로 대장장이는 성냥해야 할 물건들을 던져 넣었습니다. 그리고 그 물건들이 시뻘겋게 불에 달구어지면 꺼내 망치로 두들겨 새로운 물건들을 만들어 냈습니다.

이것은 대장장이만이 가지고 있는 참 대단히 특별한 기술이었으며, 이 기술은 대장장이만이 가지고 있는 자부심의 근원이기도 했습니다.

그런데 나는 대장간에 의문이 있었습니다.

대장장이는 왜 그렇게 눈보라가 휘몰아치는 한겨울에도 하얀 러닝셔츠를 입고 망치질을 했을까!

그리고 그 하얀 러닝셔츠에는 왜 그렇게 많은 구멍이 나 있었을까!

또 대장장이는 왜 머리에 백정처럼 수건을 두르고 망치질을 했을까!

그리고 대장장이는 왜 망치질만 해 대면 얼굴에서부터 시커먼 땀이 흘러내려 가슴까지 적시고, 얼굴을 비롯한 몸에 검정이 덕지덕지 붙어 있는데도 왜 씩씩하고 용감하게만 보였을까! 또 대장장이가 웃으면 보이던 하얀 이빨, 그 빛나던 하얀 이빨을 보면 왜 그렇게 건강해 보이고 멋있었을까!

그런데 왜 우리 마을에서는 대장장이도 대장간도 사라졌을까!

그리고 우리 마을 어디에 대장간이 있었다고, 기억하는 사람이나 대장간이 사라지게 된 이유를 명쾌하게 아는 사람은 없을까!

대장장이와 대장간이 사라진 이유는 과연 손님이 없어서만일까!

아니면 대장장이가 먹고살아야 하는 깊은 이유가 있어서일까! 아니면 성냥해야 할 물건들이 없어서일까!

그리고 아침이면 대장간 앞에 서서 대장간 문이 열리기를 학수고대하고 기다리던 그 사람들은 도대체 어디로 간 것일까!

하여튼 대장간이 사라진 것도 이상하고,

대장장이가 우리 마을을 떠난 것도 이상하고,

돼지우리와 돼지 먹이통이 사라진 것도 이상하고,

이렇게 잡다한 일들이 또 순식간에 일어난 이유는 무엇일까!

혹시 우리가 이러한 일들을 생뚱맞게 만들어 낸 것은 아닐까! 억지를 부려가면서까지….

참 알 수는 없는 일입니다.

요즘 우리는 대장간을 갑니다.

대장해야 할 물건들이 있어서 가는 것이 아니라 구경 삼아서 갑니다. 신기해서 갑니다.

그런 대장간에는 사실 역사가 배어 있었습니다. 또 우리는 대장장이가 낳은 아들과 딸과 함께 세상을 꾸려 가고 있습니다. 거기에다 대장간에서 태어난 사람도 있습니다.

대장장이는 누구를 위해서, 무엇을 위해서, 그 땀을 흘렸는지!

천하의 대장장이도 태어날 때부터 대장간에서 대장장이 일을 해야 한다는 특별한 기술을 가지고 태어난 것은 아닙니다.

연마!

오직 그 연마가 대장장이를 탄생케 한 것입니다.

그래서 대장장이가 대장간에서 가마에 불을 붙이고 그 불에 자신이 가진 연마의 기술을 부리면, 그렇게 몸이 휘어진 쇠도, 벌건 녹이 몸에 덕지덕지 붙어 있는 쇠도 곧게 펴지고, 때까지 벗으며 본래의 모습을 찾았으며 새롭게 태어날 수 있었습니다.

우리가 대장간이나 대장장이에게서 배워야 하는 것은 아무리 묵은 때라도 벗겨진다는 것입니다.

생각을 새롭게 하면 주변에 있는 모든 것들도 새로워집니다.

새로운 생각을 하고 연마!

우리 집 건넛 집

우리 집 오른쪽에 있던 집은
내가 훌쩍 돌담을 넘어야만 갈 수 있던
친구 철이네 집.

우리 집 왼쪽에 있던 집은
나와 함께 어깨동무하고 다니던
친구 영미네 집.

우리 집 앞에 길 건너에 있던 집은
유별나게 얼굴이 검게 그을린 것 같으면서도
구두쇠로 유명한 아재가 살던 집.

우리 집이나 철이네 집이나,
영미네 집이나, 구두쇠 아재네 집이나
농사철에는 똑같이 품앗이도 하고,
배추김치, 열무김치를 담으면
담 너머로 건네주며
나누어 먹고 살던 집!

그런데 그렇게 길지 않은 시간 동안
내가 도시의 여행을 끝내고 돌아오니

그래도 우리 집은 초라하지만 남아 있는데

우정을 다지며 미래를 설계하던 친구 철이네 집은,
사랑을 속삭여 보고 싶던 영미네 집은,
참외 하나도 그렇게 인색하게 팔던 구두쇠 아재네 집은,
어디로 갔는지!

철이 네가 살던 집이 있던 자리는 무슨 일이 있었는지 고양이들의 놀이터로 변해 있고,
그렇게 사랑을 속삭여 보고 싶던 영미 네가 살던 집이 있던 자리는 쓰레기장으로 변해 있고,
구두쇠 아재네 집이 있던 자리는 이름도 모를 중장비들의 주차장으로 되어 있고.

여기서 끝이 아니라,
우리 집 뒷집에서는 새색시와 노총각이 만나 노부부가 될 때까지 아웅다웅 아웅다웅하면서도 평생 농사만 짓고 살았는데, 장날만 되면 읍내에 있는 병원에 가서 링거주사를 맞지 않으면 살 수가 없다고 하니 이보다 서러운 일이!
얼마나 서러운지,
아니 서럽지 않을 수가 없습니다.

꼬부랑 할머니가 되도록 호미질만 하고 일만 했는데,
꼬부랑 할아버지가 되도록 삽질만 하고 일만 했는데,

어떡하라고,

이제 어떻게 하라고!

솔직히 어제까지만 해도 이런 걱정, 해 보지도 않고 살아왔습니다. 나는 살아야 한다며, 날이면 날마다 하며 오직 돈만을 찾으며 살아왔습니다.

오직 나만의 삶을 위해 살아온 것입니다.

그래도 우리 집은 나라도 있어서 조금은 더 지탱할 수 있을 것 같습니다. 하지만 내 친구 철이네 집, 내 친구 영미네 집, 참외 하나까지도 그렇게 인색하게 팔던 구두쇠 아재네 집은!

흔적조차도 남아 있지 않습니다.

이별은 상대가 있을 때 하는 것인데,

왜 상대도 없을 때 고별을 해야 했는지

참! 아쉽고 가슴이 아픕니다.

정말 이런 일이 내 눈앞에서 현실이 되어 있을 줄은 까맣게 모르고 살아왔습니다.

그래서 아쉬움만 남아 있습니다.

이 또한 나만의 가슴에 남아 있을 뿐입니다.

내가 좋아하는 우리 집 강아지

　나는 개에 대해 특별하게 공부한 사실이 없습니다. 그래서 개에 대해 기본적인 상식이 있거나, 전문적인 지식을 가지고 있지는 않습니다.

　그런 내가 어느 날 나도 모르게 개를 키우게 되었습니다.

　강아지, 강아지! 또 내 개, 내 개라고 부르며 좋아 어쩔 줄 몰라 하면서까지. 그런데 내가 왜 개를 좋아하게 되었을까! 또 그 이유는 무엇일까! 하고 곰곰이 생각해 보았습니다.

　그런데 고작 생각나는 것은 내가 강아지의 맑고 초롱초롱한 눈빛과 강아지가 나를 보면 꼬리를 살랑살랑 흔들고 온갖 애교를 부리는데, 그런 강아지의 유혹에 내가 빠지고 있다는 것을 알았습니다.

　그리고 강아지가 내 승용차의 소리까지 알고 있어서 차 소리만 들려도 멍멍 짖으며 마중까지 나온다는 것이었습니다.

　솔직히 나는 강아지를 키우기 전까지만 해도 "개가 알기는 뭘을 알아!" 하고 무시해 버리거나, 또 "조그만 강아지가 알기는 뭘을 알아!" 하거나!

　또 개뿔이나 강아지가 안다고 하더라도 "그깟 개가 알면 뭘을 얼마나 알겠어!" 하고 대수롭지 않게 생각했습니다.

　그러면서 개를 좋아하는 사람들처럼 내가 강아지를 좋아하지 않는다면! 혹시 나에게 무슨 재앙이라도 생기는 것 아니야! 하는 생각이 들기도 들었습니다.

　그런데 내가 개를 좋아하고, 소중하게 생각하고, 또 사랑하는 이유가 또 있었습니다.

그 이유는 내가 혼자 사는 집을 개가 혼자 남아서라도 그렇게 당당하고 떳떳하게 지켜 준다는 것입니다.

그래서 내가 우리 집에 부재중일 때는 세상 그 누구라도 마음대로 집에 들어올 수가 없습니다. 또 들어와서도 안 됩니다. 이럴 때는 마치 우리 집의 진짜 주인은 개가 아닌가, 하는 생각도 듭니다.

하지만 그래도 나는 개가 좋습니다.

그리고 우리 집 개는 일단 누구의 잘잘못을 따지기에 앞서 무조건, 아니 절대적으로 내 편이라는 것입니다.

그래서 우리 개가 내 옆에 있을 때는 세상 누구라도 나에게 말을 함부로 하거나 덤벼서도 아니 됩니다.

만약 이런 사실을 모른 누군가가 아무 거리낌도 없이 나에게 덤비거나 내 몸에 손을 대려 하거나, 또 그와 유사한 행동을 하게 되면, 개는 절대 그 순간을 외면하지 않을 겁니다. 바로 그 순간 개는 험상궂은 얼굴에 입을 크게 벌리고 멍멍 소리를 지르며, 날카로운 이빨까지 드러내 보일 것입니다. 그리고 금방이라도 확 물어 버리겠다며 나를 보고 신호를 기다릴 것입니다.

이런 개가 나는 솔직히 좋습니다.

이 험난한 세상에 누가 나를 이렇게 적극적으로 보호해 주려는 행동으로 나서겠습니까!

눈만 뜨면 거친 범죄로 사람의 생명을 그렇게 경시하는 세상이고, 얼마나 거짓말쟁이들이 활개를 치고 사는 세상인데!

이런 세상에 내가 버티어 살기 위해서는 나를 진정으로 보호해 주는 개라도 한 마리 정도는 있어야 하지 않겠습니까!

강아지 때부터 키운 개 말입니다.

그래서 나는 솔직히 개를 좋아하지 않는다는 말을 입으로 뻥긋이라도 할 수가 없습니다.

그래서 나는 아무리 시각을 다투는 급한 일이 있어도, 개가 조금의 불편함도 없이 지내도록 해 주려고 하고, 또 잠시라도 짬을 내서 개하고 놀려고도 합니다.

이래서 나와 개와의 관계는 떼려야 뗄 수도 없는 불가분의 관계이며, 말없이도 교감을 하는 끈끈하고 정말 돈독한 관계! 그렇습니다.

그래서 나와 개는 눈만 마주쳐도 살짝 웃습니다.

그런데 어느 날 개에게 밥을 주면서 많은 것을 생각하게 되었습니다.

정말 미안한 마음으로 밥을 주면서, "오늘은 이놈들이 무척 배가 고팠을 거야! 그래 밥을 주면 이놈들이 확 달려들어 밥을 먹겠지! 그러다 서로 더 먹으려고 앙탈도 부리고!"

그런데 그것은 완전한 나만의 착각이었습니다.

개는 오히려 자신이 낳은 강아지들 먼저 밥을 먹으라며, 저만치 뒤로 물러서서 눈만 깜박거리고 있었습니다. 그러면서 강아지들이 서로 싸우지 않고 밥만 먹기를 바라는 그런 모습이었습니다. 그리고 자신은 두 귀를 쫑긋 세우고, 야금야금 입맛만 다시고 있었습니다.

그때 나는!

개가 저렇게 생각이 깊은가!

배가 무척 고플 텐데, 어떻게 개가 저렇게 참고 있지!

엄마라서 그러는 건가!

엄마라는 게 저렇게 무서운 건가!

엄마가 참 무섭기는 무섭구나! 참, 나!

그리고 잠시 후,

강아지들은 배가 찼는지!

입맛만은 다시며 아장아장 걸어 저만치로 물러서 갔습니다. 그러자 그때서야 엄마 개가 슬며시 일어나 어슬렁어슬렁 걸어왔습니다.

그러고는 강아지들이 먹다 남긴 밥을 먹기 시작했습니다.

개의 일상도 이렇다는 것인가!

참 신기하고 기이하게 개도 사는구나!

그런데 누가 개를 무시하지!

말을 못 한다고!

그런데 말 못 하는 개가 나를 반성케 하는 것은,

또 말만 잘하는 나보다 마음도 깊고, 거짓말도 안 하고, 이해심도 깊고!

참!

이런데 내가 왜 개를 좋아하지 않을 수가 있어!

내가 개를 좋아하는 것은 당연하지!

당연한 것 아닌가!

사람에게 배우지 못한 진실을, 믿음을

개에게서 배우는데!

사람과 개!

강아지에서 개!

누가 더 진실한지는 두고 볼 일입니다.

사는 동안만이라도 이해와 사랑으로,

제발 거짓말은 하지 말고 사세요!

길모퉁이 정미소

콩 쿵 닥, 쿵 콩 닥
시 시 쿵, 시 시 쿵
쿵 쿵 쿵,

길모퉁이 정미소에서
원동기 돌아가면서
동네 아침을 깨웁니다.

원동기 바퀴에 걸린 벨트가
돌아가자
샤오도도 돌아갑니다.

샤오도가 돌아가자
정미기와 제분기에 담긴
낱알들의 옷을 벗습니다.

정미기와 제분기가
어머니와 아버지의 적삼에 베인
고통의 날들을 벗겨 버리는 것입니다.

어머니의 얼굴에서 스멀스멀 웃음꽃이 피어납니다.

어머니의 주름에 가려졌던 얼굴에서 소망의 꽃이 피어납니다.
기다리던 광명의 날이 온 것입니다.

어제 이 시간에도 길모퉁이 정미소에서
원동기는 돌아갔습니다.
노킹 소리도 내지 않고 돌아갔습니다.
어머니 아버지 때문에라도 돌아가야 했습니다.

그래서 일 년 365일 내내 농사를 지었으며
그래야만 도시에 자식들에게 쌀이라도 보내줄 수 있었습니다.
그래야만 농협에서 받은 대출금 이자라도 낼 수 있었습니다.
그래야만 집에 온 손님에게 쌀밥이라도 해 줄 수가 있었습니다.

어머니 아버지는 대충 생각해도
이러지 않고는 살 수가 없었습니다.

곡식은 사람이 먹어서 곡식이라 한다는데,
곡식을 은행이 너무 많이 먹어 버려서,
길모퉁이 정미소에서 방아를 찧는 날에
아버지는 해장술에 취했습니다.
하루라도 더 버티기 위해서 취했습니다.

원동기가 쿵쿵 소리를 내고 돌아가게 하는 것은
어머니와 아버지 때문이었는데

동네 길모퉁이에서 정미소가 사라진 것은

꽤 오래전의 일입니다.

이렇게 아버지와 어머니의 꿈은 산산조각이 나고 말았습니다.

그래서 아버지가 작은 보시기 술잔을 들이키며 하신 말씀만 남았습니다.

"참 뭇이 빠지게 고생해도, 남는 것은 골병이고!

어깨에 멍이 들도록 고생을 해도 남는 것은 골병이고!

골병이 들도록 일을 해도 남는 것은 고생이고!

고생만 남고, 뭇이 있어야재!

젠장, 참!

사는 것이 참!"

길모퉁이 정미소 사연입니다.

길모퉁이 정미소에서는 고춧가루도 빻고, 참기름도 짜고 그랬었습니다.

그런 정미소가 아버지보다 먼저 우리 동네서 떠날 줄은 정말 몰랐습니다.

참말 몰랐습니다.

길모퉁이 정미소에서 힘차게 돌아가는 원동기 소리를 들으며 나도 힘찬 야망의 꿈을 키웠었습니다. 그런 나를 보면서 아버지는 똥장군 지게를 지고 논으로도 달려가고, 밭으로도 달려가고 그랬었습니다.

그런데 다 부질없는 일이 되고 말았습니다.

이런 세상이 오고 이런 세상이 될 줄은 정말 모르고 살았습니다.

그나 어쩌겠습니까!

바람 소리라도 들으며 살아야지요,

내가 나를 위로하면서라도 살아야지요,

허수아비

우리 아버지가 입은 한복 동전에 누렇게 때가 끼면 어머니는 손에 골무를 끼고 새 동전을 달면서 "아이고 이 지긋지긋한 일을 언제나 안 할거나! 정말 진절머리가 난다!"고 말했습니다.

그런데 아버지는 새 동전이 달린 한복을 입고 댓잎을 매면서 "제기랄 놈의 세상, 대충대충 살면 안 되는가! 격식이 뭣이라고 귀찮게 옷을 꼭입고, 이깟 옷으로 상놈, 양반을 가르고! 제발 이런 옷 좀 안 입고 살면 좋겠어! 차라리 이럴 바엔 우리 동네 나팔수 아재가 입고 오일장에 가서 그렇게 자랑을 늘어놓는다는 미군 사지 바지나 한번 입고 살아 봤으면 좋겠어!" 했습니다.

그런데도 허수아비는 나팔바지에 쫄티를 입고 있었습니다.

또 아버지가 양복바지에 가죽으로 만든 허리띠를 매고 어깨에 힘 한번 줘 봤으면 할 때, 허수아비는 그때도 청바지만 입으려고 했습니다.

그런데 아버지가 그럴싸하게 양복을 입고 명품 허리띠를 매게 되자, 허수아비는 어디서 어떻게 구해 오는지 디스코 바지가 아니면 힙합 바지까지 입었으며, 거꾸로 바지까지도 입었습니다.

그래도 아버지는 일만 알고 평생 논과 밭을 오가는데, 허수아비는 어디를 가서 놀다가 오는지, 어디에서 무엇을 하다 오는지, 봄과 여름 그리고 가을이면 꼭 논과 밭으로 나왔습니다.

또 아버지는 평생을 울다 웃다가를 반복하고 사는데, 허수아비는 무슨 특권이 있어서 웃는 얼굴로 손을 나풀나풀 흔들며 춤까지 추고 살아도 되었습니다.

그리고 아버지는 하늘을 보며 "세상 사는 것이, 원 이렇게 힘들어서야!" 하며 한탄의 소리를 하는데, 그저 허수아비는 무슨 좋은 일이 그리도 많은지, 바람과도 속닥거리며 함박웃음까지 짓고 나불나불 까불기까지 했습니다.

사실 아버지나 허수아비나 논과 밭을 지켜야 한다는 생각은 똑같았습니다. 하지만 아버지가 일할 때 허수아비는 무작정 노는 것이 임무인 것 같았습니다.

그런데 어찌 된 일인지
허수아비는 찢어진 옷을 입고 살다가도
행복하게 웃다가 세상을 떠나게 됩니다,
그와는 반대로 아버지는 평생을 피와 같은 땀을 흘리고 사는데 세상을 떠날 때는 울고 갑니다.

우리 주변에 고진감래라는 말이 있습니다.
그렇다면 허수아비도 세상을 울면서 떠나야 할 것입니다.
아버지는 웃으면서 세상을 떠나야 할 것이고.

그런데 우리가 사는 세상 돌아가는 것은 전혀 그렇지가 않습니다. 전혀 세상은 우리의 생각과는 무관하게 돌아갑니다.

그 이유를 딱 꼬집어서 말한다면

"거짓말쟁이들이 너무 많아서!

아니 건방지게 사는 놈들이 너무 많아서!"

이 정도로 말을 할 수는 있을 것 같습니다.

하여튼 그렇습니다.

그래도 우리 주변에는 항상 아쉬움이 존재합니다.

우리가 알고 있는 세상의 섭리!

또 세상 돌아가는 이치가 존재한다면,

허수아비가 웃는 웃음의 십 분의 일 정도라도 아버지는 최소한 웃고 세상을 떠나야 할 것입니다.

그런데 어디 그렇습니까!

아버지는 꼭 그런 날이 오기도 전에 세상과 이별을 하고 맙니다.

제 생각입니다만, 허수아비가 디스코 바지를 입든 힙합 바지를 입든, 아니면 거꾸로 바지를 입든, 입고 노는 모습을 아버지가 보는 것은 그래도 괜찮습니다.

하지만 국산도 아닌 외국산 담배, 양담배까지 허수아비가 입에 물고 춤추는 모습을 아버지가 보아야 한다면, 아버지는 과연 얼마나 가슴이 아플까! 하는 생각은 듭니다.

아버지!

아버지의 평생소원은

아마 허수아비가 되더라도

아프지만 않고 세상 사는 것, 그런 것이었습니다.

그런데 허수아비는 볼 수 있어도
아버지는 볼 수가 없는
세상에 내가 있습니다.
아니, 우리가 살고 있습니다.

아버지와 아들

아버지!
아버지는 모르십니다.
정말 모르십니다.
내 마음을 정말 모르십니다.

아들아!
너는 내 마음을 모르는구나!
아들아!
너는 정말 내 마음을 모르는구나!

모르는가요!
정말 모르시는 건가요!
알고도 모르는 체하시는 건가요!
모르면서 모르는 체하시는 건가요!

아버지!
아버지!
아들아!
아들아!

아버지는 몰라요!

정말 내 마음을 몰라요!
내 마음을 정말 몰라요!

그런데!
그런데!
어쩔 수가 없구나!

그런데!
그런데!
어쩔 수가 없어요!

아버지!
아버지!
우리 아버지!

아버지의 괭이꽃 마지막에

유별나게 아버지의 손바닥에서만 누렇게 자라서
누런 괭이꽃을 피우던,
그 괭이를 생각하면
가슴이 아픕니다.
참, 가슴이 아픕니다.
눈물이 납니다.
울어라도 보고 싶습니다.
소리 내서 울어라도 보고 싶습니다.

그런데 아버지는 아니 계십니다.

아버지는 왜
괭이가 하필이면 손바닥에서 그렇게 힘든 고통을 주면서
꽃을 피워도,
활짝 꽃을 피워도,

그렇게 꽃을 피워도,

아프다는 한마디 말도, 불평도, 불만도 하지 않으시고

인내하며 그러려니 하고 참고 살아왔을까요!

아니 그런 내색조차도 하지 않으셨을까요!

아버지여서!

아버지라서!

아버지는 그래야만 했을까요!

아버지라서 그럴 수밖에 없었을까요!

온몸에 멍이 들고

마음은 아프고

온 삭신이 쑤시고 아파도

아프다는 그 말 한마디조차 할 수 없는 것이 아버지!

아버지였습니다.

아버지였습니다.

아버지!

아버지는

왜

그래야만 했는지!

하고 싶은 말이 그렇게도 많았을 텐데!

그런 말조차도 해서도 안 되고

할 수도 없었고

아버지는

아버지라서!
그럴 수밖에 없었습니다.

그런데 나는
그런 이유도 모르고
그런 이유 또한 알려고도 하지 않고
아버지니까!
아버지여서! 하며
살았습니다.

그런데 다른 데도 아닌
아버지의 손을 생각하면
괭이가 꽃을 피우는 것을 생각하면
아버지가 생각나고
아버지가 생각나면
가슴이 아프고
참 가슴이 아프고 그렇습니다.

그 원수 같은 괭이꽃은
왜
아버지를 울게 하면서도
꽃은 피워야 했을까요!

그런 괭이꽃은

아버지가 울어야 할 때는 웃었고
아버지가 웃어야 할 때는 울면서도
그 꽃을 피웠습니다.

팽이꽃이라서 그랬습니다.
팽이꽃은 그랬습니다.

아버지와 팽이꽃은
고통과 고난을 헤쳐나가야 할
어쩔 수 없는 연으로 맺어진
불가분의 관계였는데,
그 꽃을 잊을 수가 없습니다.

아버지를 그렇게 힘들게 하고
아버지를 그렇게 힘들게 하면서도
피우기는 해야 했던
그 팽이꽃!
그 팽이꽃을 나는 잊을 수가 없습니다.

그런데 아버지는
그렇게 힘든 날에도 아버지는
한숨!
오직 한숨!
그 긴 한숨만 내쉬면 되었습니다.

봉초 담배 연기를 하늘로 보내면서,

아버지는 그랬습니다.
아버지라서 그럴 수밖에 없었습니다.

그런데 어느 날 아버지가 돌담에 기대고 서서
손바닥에 핀 괭이꽃의 누런 잎새들을
바늘을 들고 한 땀 한 땀 엮어 가며
산산조각내고 있을 때,
아버지의 얼굴!
그 고통의 얼굴!
생각조차 하기도 싫습니다.

내가 보던 아버지의 그때 얼굴!
내가 볼 수밖에 없었던
아버지의 그때 얼굴!

그 얼굴을 생각하면
그날을 생각하면
그때를 생각하면
가슴으로라도 울 수밖에 없습니다.

또 어떻게 울어야 할지도
모릅니다.

진정으로 답도 없습니다.

팽이꽃!
꼭 아버지의 손바닥에서만 자라야 하고,
꼭 아버지의 고통만을 먹어야 하던 꽃,

팽이꽃!

팽이꽃이 웃을 때
아버지는
얼마나 가슴으로 울었는지!

그런데 나는
팽이꽃의 향기
그 향기만 달콤하게 먹고 자랐습니다.

그런데 나도 아버지가 되었습니다.
내 손에서도 팽이꽃은 자라야 하는데,
일말의 책임이나 의무도
아니, 의식도 가지고 있지 않은 것 같습니다.

아버지는 그렇게 가슴으로 울면서도 팽이꽃을 피워 냈는데.
그 꽃!
팽이꽃의 향기만 먹고 자란 내가!

아버지의 괭이꽃

1판 1쇄 발행 2024년 11월 14일

저자 최제순

교정 신선미 **편집** 윤혜린 **마케팅·지원** 김혜지

펴낸곳 (주)하움출판사 **펴낸이** 문현광

이메일 haum1000@naver.com **홈페이지** haum.kr
블로그 blog.naver.com/haum1000 **인스타그램** @haum1007

ISBN 979-11-94276-49-4(03810)

좋은 책을 만들겠습니다.
하움출판사는 독자 여러분의 의견에 항상 귀 기울이고 있습니다.
파본은 구입처에서 교환해 드립니다.